ことのは文庫

わが家は幽世の貸本屋さん

―無二の親子と永遠の約束―

忍丸

MICRO MAGAZINE

Contents

▽

わが家は幽世の貸本屋さん

―無二の親子と永遠の約束―

序章　運命の日に

幽世（かくりよ）の町から離れた小さな丘で、満天の星を仰ぎながら父と語り合った日々を想う。

当時、まだ幼い私の世界はほどよく狭かった。なにも知らないが故に、なんにでもなれるような気がしていたし、隣で笑う養父は物語のヒーローよりも強くてかっこよかった。

そんな私が胸に抱いていた願い――。

大好きな養父の〝本当の娘〟になること。

血が繋（つな）がっていない事実がなによりも怖かった。

ある日突然、見知らぬ〝本当の親〟に引き渡されるのではないかと怯（おび）えていた。

隣で笑う温かな人から離されるのが嫌で。心から嫌で……。

どんなに努力したって〝本当の娘〟になれない現実からひたすら目を逸（そ）らしていた。

本当に子どもだったなあと思う。

東雲（しののめ）さんが私を捨てるはずなんてないのにね。

でも、当時の私からすれば死活問題だったのだ。なんとかして東雲さんを自分のそばに引き留めて置きたくて「なりたいものを見つけたら、手伝ってあげるね」と意気込んで話したのを覚えている。

『もしも、俺になにかなりたいもんが見つかったら、そん時はよろしくな』

私の言葉に、東雲さんはじんわり目を潤ませて笑ってくれた。

目尻に皺をいっぱい作って、照れ隠しに無精髭をしょりしょり撫でる。

怒るとものすごく怖い養父の、少年のような幼さが交じったはにかみ笑い。

あの表情は、今でも脳裏に焼きついている。

――いつか、東雲さんがくれたのと同じだけのものを返せるのだろうか。

私は、東雲さんが長い時間をかけて育てるだけの価値がある存在だったのか。

それは、誰しもが抱える〝子〟としての葛藤。

――ねえ、東雲さん。私は、あなたの期待通りに育ったでしょうか。

わからない。

なにもわからないまま……とうとう、この日を迎えてしまった。

柔らかな風が頬を撫でていく。幽世の空は澄み切った碧色に彩られていた。星々が瞬く空の下には、丘一面を覆うネモフィラ。風が吹くたびに花が海原のようにうねって、葉が擦れる音がざあざあと波音のように鼓膜を震わせた。

花々の間を進むのは、蝶入りの提灯を持ったあやかしたちだ。人に似た姿を持つ者も、獣らしさを残したままの者も、揃って黒い衣をまとっている。彼らが目指すのは丘の頂上。

ゆっくり、ゆっくりと、朧気な灯火が列を成してゆらゆら花の海を進む。

美しい景色だ。

妖しくも幻想的で、時間を忘れて見入ってしまいそうになる。

絶対に現し世では見られない……幽世だからこその光景。

およそ現実とは思えず、作り物だと言われた方がよほど納得できる。

だのに、これは私にとってまぎれもない現実で……。

瞬間、つきんと胸が痛んだ。

大きく息を吸って、吐く。ギュッと奥歯を噛みしめ、俯かないように必死に堪えた。

——この眺めを、きっと私は一生忘れないだろう。

「……夏織！」

声をかけられ、ハッと後ろを振り返る。

東雲さんとナナシの姿を見つけて、じんわりと涙腺が熱を持ったのがわかった。

でも、まだ泣くわけにはいかない。

笑みを顔に貼りつければ、東雲さんの表情がますます困惑に彩られる。

私が無理をしていることなんて、東雲さんにはバレているのだろう。養父に嘘をつけるなんて思っていない。でも……あと少しだけ。私の本心は隠しておこう。

「来てくれてありがと。びっくりした？」

「……どういうことだ。説明しろ」

不機嫌さを押し隠しもしない養父に苦笑しつつ、衣をひるがえして歩き出す。

穢れなき純白の衣を着た私が、青い花畑の中を進んでいく。闇夜に差し込む冴え冴えとした月光のような白色は、ネモフィラの青に映えていることだろう。

そして、今日という日にいたるまでの日々に想いを馳せた。

去年の秋。

かさり、かさかさと乾いた葉が囁き声をあげる……肌寒い季節。

すべては、一見すると変わりばえがないように思える日常から始まった。

第一章　養父の背中

――パチン、真っ赤な炭が爆(は)ぜた。

カタカタと秋風がいたずらに窓ガラスを揺らしている。

吹き込んでくる冷たい隙間風に身を縮めた私は、長火鉢に追加の炭を入れた。

木枯らしが吹きすさぶ秋の日である。冬ほど寒くはなく、コタツを出すには少々気が早い……そんな日は、私はいつだって東雲さんの部屋に入り浸った。

四畳の狭い部屋だ。押し入れがある他は、壁一面に本棚が設(しつら)えてあって、執筆用の小さな文机(ふづくえ)がひとつ置かれているだけ。畳の上には、東雲さんが仕事に使う資料やら、書き損じの原稿やらが散乱していた。綺麗に片付いているとは言いがたいが、ほどよく狭いこともあり長火鉢ひとつ出せば室内がすぐに暖まる。それが東雲さんの部屋に入り浸る理由。決して経済状態がいいとは言いがたいわが家では、燃料の節約は切実だ。

――まあ。今年は去年ほど切羽詰まっていないけどね。

手もとの家計簿を眺めて笑みをこぼす。背後に目をやれば、黙々と執筆に励む養父の背中があった。

最近、東雲さんが変わった。一番大きな変化は、好きだったお酒を飲まなくなったことだ。真面目に執筆に取り組むようにもなった。以前は締めきり直前までダラダラしていたのに、暇があれば原稿に向かっている。店番の時だって適当な値段で本を貸さなくなった。おかげで売り上げは上々だ。去年のように年越しの心配をする必要はないだろう。

どうして養父が変わってしまったのか……？

その原因に私は思い当たる節があった。

今年の夏頃、東雲さんの親友が亡くなったのだ。

丸いサングラスにド派手な羽織、中折れ帽を被った怪しげな男、玉樹さん。養父が幽世に来た頃からの付き合いで、ふたりで『幽世拾遺集』という本を出版していた。

『幽世拾遺集』は、幽世に棲まうあやかしたちが語る説話をまとめた本だ。東雲さんたちは必要に駆られて本を刊行するに至った。

あやかしには、元々物語を創作したり書き記したりする文化はない。必要がなかったからだ。あやかしはあくまで〝登場人物〟で、物語を綴るのは人間の役目だった。実際、多くの人間たちがあやかしを絵や物語に登場させてきた。玉樹さんもそのひとり。彼の雅号は「鳥山石燕」。江戸時代に『画図百鬼夜行』を刊行したことで知られている妖怪画の大家だ。

しかし、時代は変わってしまった。科学が発展した現代では、あやかしと人間の接点がほぼなくなってしまったのだ。かつてあやかしたちが棲み家としていた闇は、ことごとくが科学の光で照らされ、曖昧な存在はほとんどが原因を証明されてしまった。あやかしたちが存在する余地がなくなり、彼らは逃げるように幽世に移り住んだ。それは、あやかしにとって記録媒体を失ったのも同義だ。このままでは、誰にも語られずに存在を終えるあやかしが出てくる。現状を憂えた東雲さんたちは、自分たちで本を作ろうと決めた。

――一巻を刊行した時、東雲さん二巻も出すぞって息巻いていたっけ……。

玉樹さんもやる気だったと記憶している。『幽世拾遺集』は、ふたりにとって絶対に成し遂げるべき仕事という位置づけだったのだ。しかし、二巻を刊行する前に玉樹さんが亡くなってしまった。東雲さんは、親友の遺志を継ごうと懸命になっているのだと思う。東雲さんは昼夜問わず執筆に精を出している。娘だもの。なにか応援してやりたい。

――私は東雲さんになにをしてあげられるかなあ……。

創作に関して私は役立たずだ。ならば、サポートに回るしかないだろう。

「……よしっ！」

ちらりと時計に目を遣れば、すでにおやつの時間だ。台所に駆け込み、戸棚の中を漁（あさ）って意気揚々と東雲さんの部屋に戻る。長火鉢の上に網を置き、あるものを並べていく。棒状にカットされた全長三～四センチほどの〝秋冬のおやつ〟……干し芋である。

効率よく仕事をするために栄養摂取は欠かせない。そして、脳が疲労した時に必要なのは糖分。糖質たっぷりな干し芋は、腹持ちもいいし、何度も噛むことで脳の活性化も期待できる。つまり、干し芋は執筆のお供に最適だ！

腕まくりして気合いを入れた。

美味しいおやつを用意して、養父の執筆を応援する……。

東雲さんサポート大作戦の始まりだ。

——まあ、炙(あぶ)るだけなんだけど。

洋菓子だったらもっと可愛げがあったかしら、なんて苦笑をこぼしていれば、炭火にチリチリと炙られた干し芋から、ぷんと蜜に似た匂いが漂ってきた。

——はあ……！　あま～い匂い……！

ニコニコしながら菜箸で干し芋を転がせば、表面にきつね色の焦げができているのがわかる。よしよし、これくらいでいいだろう。食べ頃だ。

もちろん飲み物の準備も万端である。干し芋に合わせるといえばこれ。

冷たい牛乳……！

最高のタッグである。文句は受け付けない。個人の嗜好は自由なので。

お盆に飲み物とおやつが載った皿を載せて、そっと養父に近寄る。

「……東雲さん？」

声をかけながら顔を覗きこんでみたが、こちらに一瞥(いちべつ)もくれない。私がそばに来たことにすら気づいていないのだろう。とても集中している。筆が乗った東雲さんは深海で眠る貝のように自分の中に閉じこもる傾向があった。なにも口にしないまま、延々と執筆し続けるなんてザラだ。

——それで、翌日にエネルギー切れを起こすんだよねえ。

突然倒れこみ、半日ほど死人のように眠るのが東雲さんの行動パターンだ。

たまらず小さく唸った。このままじゃせっかくの干し芋が無駄になる。かといって、集中しているのに邪魔をするような無粋なことはしたくない。

ならば、手段はひとつだ。

ぷすりと干し芋に爪楊枝を突き刺した。ふうふうと息で冷まして、東雲さんの口もとに差し出す。ツンツンと干し芋で唇を刺激してやれば——ぱくりと食いついてきた。

「……おお」

上手くいった。原稿を見つめたままモグモグ咀嚼している養父を満足げに眺め、コップに差したストローを口に近づけた。

「……おお～」

成功である。無意識にストローに吸い付いた東雲さんは、ごくごく喉を鳴らして牛乳を飲んだ。一気に半分ほどになったコップの中身を覗きこみ、にっこり笑む。

——なんだか小動物に餌やりをしている気分。

拾ったばかりの金目銀目に、初めて餌をやった時は感動したなあ。

幼馴染みふたりの雛姿をしみじみと思い出しつつ、再び干し芋を差し出した。ぱくり、モグモグ。東雲さんは無言で咀嚼するばかりで、なんの反応も示さない。

「……ええと」

ちょっぴり不安になってきた。大丈夫なのこれ。ちゃんと味がわかっているのだろうか？　ナナシのお裾分けだ。そうそうはずれはないだろうけど……。

確認してみようとひとつ失敬する。ほふっと熱い蒸気が口から漏れ出た。

「んんっ。ちゃんと美味しい」

ふわふわと頬が緩む。炭火で炙ったおかげで、表面はカリッ！　中はしっとり、ねっとり。蜂蜜を思わせる濃厚な甘みが口の中いっぱいに広がる。これはいい。後で自分のぶんも焼こうと決意する。

「こんなに美味しいのに。気づかないほど集中してるんだねえ」

しみじみ呟いて、もうひとつ東雲さんへ干し芋を差し出した。牛乳と交互に口もとへ運んでやれば、あっという間に皿とコップが空になった。この調子なら、夕飯も同じ方法で食べてくれるはずだ。スプーンですくえるメニューにするべきかもしれない。チャーハンなんかはどうだろう。

台所に食器を下げて再び部屋を覗きこめば、東雲さんの大きな背中が見えた。

「………」

ちょっとだけ考えて、本棚からお気に入りの文庫を取り出す。クッションを抱えて東雲さんの背後に座る。とすんと養父の背中に寄りかかった。服越しに伝わってくるほのかな熱がなんだかくすぐったい。

「お仕事頑張って」

小さくエールを送る。ぴたりと東雲さんの筆が止まったが、すぐに動きを再開した。まるで返事の代わりみたいだ。クスクス笑って、おもむろに文庫を開いた。

——パチン、と炭が爆ぜた音がする。ときおり混ざるのは、カタカタ秋風でガラスが揺れる音、ぺらりぺらりと私がページを繰る音に、ボリボリ東雲さんが頭を掻く音だ。

静かな午後のひととき。

会話はないけれど、なんとも居心地のいい空間だった。

だけど、そういう状態は長く続かないものだ。

「はいっ！　お邪魔するよ〜〜〜〜！」

「ひっ!!　遠近さんっ!?」

穏やかな雰囲気をぶち壊し、したーん！　と勢いよく引き戸を開けて現れたのは、東雲さんのもうひとりの親友、河童の遠近さんである。高そうなブランドスーツで全身を固めたダンディなおじさまは「やあやあ！　元気だったかい！」と上機嫌に挨拶をする。かと思うと、背後にいた誰かに指示を飛ばした。

「ほら。ここまで持って来てくれたまえ。ああ！　雑に扱うんじゃないよ。慎重に」

「くっそ！　やっと着いた〜〜〜！　重すぎるだろこれ、遠近ァ！」

「……ひい、銀目と違って僕は体力ないんだからさあ。勘弁して……」

遠近さんの後ろから姿を見せたのは、烏天狗の双子である金目銀目だ。

彼らはやたら重そうな段ボールを手に、息も絶え絶えに部屋へ入ってきた。

「だ、大丈夫？　ふたりとも。というかなに？　すごい荷物だけど」

「遠近に聞いてくれよ……。ああもう駄目、死にそう。夏織、お茶……」

「ぼ、僕も。できれば冷たいの……」

「はいはい！　ふたりとも座ってて！」

よほど体を酷使したのか双子は汗だくだ。少々焦りつつも腰を浮かせた。

疲労困憊なふたりとは違い、遠近さんは元気いっぱいな様子だ。ズカズカと東雲さんへ近づいたかと思うと、養父の背中を容赦なくたたき出した。

「ちょ、遠近さ……！」

せっかく集中しているのにと止めに入ろうとする。この状態の東雲さんは滅多なことじゃこちらの世界に戻ってこない。しかし、遠近さんの言葉は、深層まで沈んでいた養父の意識を浮上させるのに充分な威力を持っていたようだ。

「東雲！　新刊だよ！　新刊が刷り終わったんだ！」

「……ああ？」

今までまるで反応がなかったのに、東雲さんが声を上げた。パチパチと目を瞬き、じっと親友の顔を見つめる。遠近さんがこくりと頷けば、途端に東雲さんの目が輝き出した。

「マジか」

「ああ！　大マジだ！」

がばりと東雲さんが段ボールに飛びついた。ポカンとしている私と双子をよそに、バリバリと包装を開けていく。中身をひとつ手にすると頬を紅く染めた。

「『幽世拾遺集』の二巻……！」

パラパラとページをめくり、ものすごい勢いで紙面を東雲さんの視線が滑っていった。

やがて最後のページへ到達した後、じっくりと本の装丁を眺める。表紙には、独特な筆遣いで描かれたあやかしたちの絵がデザインされていた。

「……玉樹。ちゃんとできたぞ」

ぽつりと呟いた東雲さんの瞳に、じんわりと涙が浮かんだのがわかった。

『幽世拾遺集』の二巻。つまり、東雲さんと玉樹さんがふたりで成した最後の仕事――。

――本を刷るところまで進めてあったんだ。

きゅうと胸が苦しくなった。なんだか私まで泣きそうだ。

「いい出来だと思うよ。私は」と遠近さんが朗らかに言えば、東雲さんはクシャクシャと顔を歪めて涙を拭った。洟(はな)を啜(すす)ってニッカリと笑う。

「礼をしに行かなくちゃな」

「だねえ」

ふたりはしんみりした様子で頷き合っている。

「お出かけするの？」

私が問いかけると、東雲さんは「話を提供してくれた奴へ挨拶に行く」と頷いた。

――そういえば、一巻が出た後も数日かけてお礼行脚していたっけ。

ならば旅支度をしなくてはいけないだろう。寒いだろうから、羽織とマフラーと、場合によってはコートもいるかもしれない。荷造りに頭を悩ませていれば、東雲さんが予想外のことを言い出した。

「夏織、お前も来い」

「えっ？」

キョトンと目を瞬く。

「お店は？　閉めるの？」

ふたりで店を空けるなんて滅多にないことだ。ひとりでも多くのあやかしに本を貸し出したいからと、決まった休みの日を設けていないくらいなのに。

東雲さんは「別にいいだろ」と率先して休業の張り紙の準備をし始めた。どうにも普段とは違う反応に首を傾げていれば、双子が元気いっぱいに騒ぎ出した。

「え！　夏織と出かけんの？　俺も行きたーい！」

「じゃあ僕も。銀目が行くなら僕もっ！」

「駄目だ。お前ら修行があんだろが。なに言ってんだ」

「「ぶ〜〜〜〜!!」」

「うるせえな。僧正坊(そうじょうぼう)に言いつけるぞ！」

東雲さんと双子が喧々囂々(けんけんごうごう)とやり合っている。

私は遠近さんと目を合わせて……思わず苦笑をこぼしたのだった。

＊　＊　＊

それから数日後。

しっかり戸締まりをして、店の前に臨時休業の張り紙を貼る。

手には大きな旅行鞄。これから泊まりがけで東雲さんの取材先へ挨拶に行く予定だ。

「勝手口の鍵も閉めてくる」

「うん、お願い」

インバネスコートをひるがえし家の裏手へ回る養父の後ろ姿を眺めながら、すんと小さく洟を啜る。店の前に視線を遣れば、カラカラと風に吹かれて落ち葉が飛んでいくのが見えた。いやに冷え込む日だ。吸い込んだ空気が肺を凍り付かせてしまいそう。往来を行くあやかしたちの足取りも鈍く、誰も彼もが着ぶくれしていて、一足先に冬本番が来たのかと思いたくなるほどだった。

だけど、今の私にとって寒さはさほど問題じゃなかったりする。

それどころじゃないと言った方が正しいかもしれない。

ソワソワと辺りを見回す。目的の人物を視界に見つけられなくて肩を落とす。意味もなく指先をこする。ショートブーツで地面の石を蹴ったり、毛糸の帽子の位置を微調整していたりしていると、髪型が崩れたような気がして鏡がほしくなった。

「……落ち着いたらどうなの。うざったいわねえ」

耳に届いた不機嫌そうな声に、ウッと小さく呻いて唇を尖らせる。

「だって。だって……」

「だってじゃないわよ。シャキッとしなさいよ。シャキッと」

地面に視線を落とせば、ふてぶてしい顔をした黒猫が私を睨みつけている。

火車という猫のあやかしで、親友のにゃあさんだ。苛立たしげに三本のしっぽで地面を叩いたにゃあさんは、スルスルと私の足を上ってコートの中に潜り込んできた。

襟元からぴょこんと顔を出す。落ちないように慌てて体を支えてやると、満足げにピクピクと耳を動かした。甘えているらしい。しかし、口ぶりは相変わらず辛辣だ。

「浮かれる必要があるかしら？　なにも前と変わらないでしょ。番になったからって」

「つっ……番って！　違うよ。水明とは結婚したわけじゃないから！」

真っ赤になって抗議する。にゃあさんはツンとそっぽを向いた。

「理解できないわ。好きならとっとと子作りするのが普通でしょ？　彼氏だろうが、番だろうがやることは一緒じゃない」

「子作りなんてまだしないからね!?　猫じゃないんだから……！」

思わず情けない声を上げれば、にゃあさんは素知らぬ顔で前脚を毛繕いし始めた。

火照った頬の熱を逃がすようにゆっくり息を吐く。どうして私がこんなにも動揺しているのか。理由は……言わずもがな、水明のせいだ。

白井水明。元祓い屋で、ふたつ年下の男の子。

今回の仕事には、彼も一緒に行くことになっている。

その事実を知らされたのは今朝方だった。東雲さんに、突然「アイツも来るからな」と言われた私は、心の準備ができないまま今に至っているというわけだ。

――だって、彼氏と泊まりがけの旅行とか。それも養父同伴……。

幽世の空を見上げて途方に暮れる。

なにごともなければいいんだけど。心の中は不安でいっぱいだ。

彼氏……水明と私は晴れて交際することになった。告白は私から。なかなか返事を聞けずにやきもきしたけれど、夏の淡路島で水明からも「好きだ」と返事をもらうことができた。あれから二ヶ月ほど経っている。特に大きな喧嘩もなく、何度か一緒に出かけもした。交際は順調だと言えるだろう。

――まだ、東雲さんに水明と付き合っているって言えてないんだけどね。

はあ、とため息をこぼす。白く染まった息が空気に溶けていく。養父に水明との交際を打ち明ける勇気はまだない。少なからず東雲さんが衝撃を受けるのを理解しているからだ。過保護な養父は、私のこととなると見境がなくなりがちだ。せっかく仕事に集中できているのに、邪魔をしたら悪い気がして――……いや。

「……そんなの、言い訳かな」

ぽつりと呟いてかぶりを振る。

今まで、私の中で最も大切な異性はまぎれもなく東雲さんだった。それが変わろうとしている。親への愛情と異性への恋愛感情は別物だとわかっているものの、日々変わりゆく自分自身の内面に心がついていかない。

恋人を作るという事実が親離れを意味しているような気がして。甘ったれな私は、まだ東雲さんのそばにいたい気持ちを捨てきれずにもだもだしているのだ。

——あああああああ。とんでもないファザコンだわ……。

水明への恋心が、東雲さんへの愛情をあぶり出したような結果となり、くすぐったくて仕方がない。正直、どうすればいいかわからなかった。旅行の間に水明との関係が東雲さんにバレたら大騒動になるだろう。揉める前に洗いざらい白状するべきだろうか？　いや、それもなあ……。

「夏織？」

ひとり悶々していれば、聞こえてきた声にピクン、と体が小さく跳ねた。じんわりと胸が温かくなる。そろそろと後ろを振り返れば、焦がしたキャラメルのような薄茶色の瞳と視線がかち合う。秋の乾いた風に、白糸のような髪がふんわりとなびいていた。透けるように白い肌、通った鼻筋に、花びらのように薄い唇。物語の王子様のような風貌を持つ彼の周りには、何匹かの幻光蝶（げんこうちょう）が舞っていた。燐光（りんこう）を放つ蝶が寄ってくるのは、彼が人間である証拠だ。

——水明。

高鳴っている胸を必死に宥め、こくりと唾を飲みこんだ。顔が赤くなっていないかな。今日の服はちゃんと可愛い？　いろんな想いが駆け巡り、苦労しながらようやく口を開く。

「……おはよ」

ぽそりと挨拶を口にすれば、彼の表情が柔らかく解けた。

「おはよう」

——なんて顔するの……。

サッと視線を逸らす。心臓がうるさくてたまらない。

初めて会った時、水明は滅多に感情を表に出すことはなかった。祓い屋家業を営んでいた彼にとって必要だったからだ。無表情が水明の標準装備。そう思っていた。だのに、今の水明はどうだろう。会うたびに表情が豊かになっていくような気がする。眼差しの優しさに心がかき乱され、彼の仕草から目が離せなくなる。

ひとつひとつはとても小さな変化だ。

それが積み重なると、とんでもない威力を持つのだと初めて知った。

「あ、あのさ。今日、一緒に来るって今朝聞いたんだけど——」

恥ずかしさをまぎらわそうと、慌てて話題を振る。

勇気を出して水明の方に視線を戻せば——。

「……ッ！」

目に入ってきた光景に噴き出しそうになってしまった。

水明のダッフルコートの襟元から、なにかがひょっこり顔を覗かせていたからだ。

「夏織、黒猫おはよ～！　わあ、オイラとお揃いじゃん！」

黒い毛に紅い斑（ぶち）を持った犬神……クロである。大好きな相棒に抱っこしてもらって非常にご機嫌のようだ。水明のコートの裾がバサバサ揺れている。コートの下で、クロが高速でしっぽを振っているのだろう。

「寒いねえ！　すっごく寒いねえ！　鼻が凍るかと思ったよ。地面も冷たくってさあ、肉球がしもやけになっちゃうよ～って水明に言ったら、中に入れてくれたんだ！」

「……そ、そっかあ」

「ふふふ。水明って優しいよねえ。さすがオイラの相棒。黒猫もいいねえ、暖かいでしょ。夏織は優しいよねえ。水明には負けるけど！」

フフンと得意げなクロに、すかさずにゃあさんが反応する。

「朝っぱらからキャンキャンうるさいわね。静かにしなさいよ。えぐるわよ」

「……なにをっ!?」

ギャワンッ！　と悲鳴を上げたクロに、にゃあさんは白けた視線を向けている。

「夏織を他と比べるんじゃないわよ。うちの子が一番に決まってるわ。馬鹿なの？」

「ば、馬鹿じゃないやい！　水明の方が……」

「黙りなさいって言ってるの。えぐるわよ」

「だからどこをっ!?」

顔色をなくしたクロに、にゃあさんはツンとそっぽを向いてしまった。

亡くなった母から私を託されたらしいにゃあさんは、養父に負けず劣らず過保護だ。どうも絶対に譲れない部分を刺激されたらしい。珍しく意固地になっている。

「あんまりからかわないの。にゃあさん」

「あたしはなにも悪くないわ。文句があるなら駄犬に言って」

やれやれと頭を撫でてやれば、震えが止まらないらしいクロを、水明が必死に宥めているのに気がついた。クロと一緒に育ったからか、水明は相棒に対してかなり甘い。

「クロ、いい加減アレに挑むのはやめるんだ。いたずらに傷つくだけだからな」

「で、でもおおおおおお……」

「泣くなよ。また駄犬って言われるぞ」

「うおおおおん……！　だって悔しくて！」

大粒の涙をこぼしているクロに、水明はひたすら優しい言葉をかけてやっている。

――相棒って言うより、仲がいい兄弟みたいだよねえ。

しみじみ思っていれば、ふと水明と視線が交わった。思わず互いの姿を確認する。犬神と黒猫をコートの中に入れている水明と私。客観的に見ると、すごくおかしい状況のような……。パチパチと瞬きをして、同時にプッと噴き出す。さっきは我慢できたのに、耐えきれなくなって笑い出してしまった。

「アハハハハ……！　俺たちなにしてんだろうな」

「まったくもう。本当に！」

ふたりでケタケタ笑っていれば、東雲さんが戻ってきた。

「なにやってんだ、お前ら」

呆れた様子の養父に、「ほら」とわんにゃん二匹を抱っこしている姿を見せる。

「ブフッ！　な、なんだそれ」

よほど私たちの格好が滑稽だったらしい。呆れ笑いを浮かべた養父に満足する。水明は東雲さんに笑われて恥ずかしく感じたようで、ほんのり頬を染めていた。

「仕方ないだろう。クロが寒がるんだから」

「あんまし甘やかしすぎるんじゃねえ。外に出たがらなくなるぞ」

「……う。善処する」

ふたりは穏やかな表情で語り合っている。彼氏になった水明と、養父が語らう姿。以前と変わりないはずなのに、新鮮な感覚がするのは私だけだろうか。

くすりと笑みをこぼす。ひとりで悶々としていたのが馬鹿らしい。今回の旅行の件は気にしないことに決めた。バレなかったらいい話だ。交際を報告するならきちんとしたい。

「ところで挨拶ってどこに行くの？　取材先って遠いの？」

幽世から現し世……人間たちが住む世界へ行くのに、そう時間はかからない。幽世に存在する地獄の中には、日本全国各地へ繋がる近道があるからだ。だから普段はたいがい日帰りなのに、あらかじめ泊まりがけの準備をするなんてよほどである。どこかの離島にでも行くつもりなのだろうか……？

私の問いかけに、東雲さんはしょりしょりと無精髭が残った顎を撫でる。悪戯っぽい笑みを浮かべると、

「確かに遠いっちゃ、遠いな。俺らが今から行くのは——隠れ里だからな」

意味ありげにそう言った。

「『隠れ里……？』」

私と水明は顔を見合わせ、思わず首を捻ってしまったのだった。

＊　＊　＊

貸本屋の顧客の中には、東雲さんとだけやり取りする客が少なくない。

東雲さんが足で稼いで販路を拡大してきた経緯があるからだ。

幽世に棲んでいないあやかしは、多くが秘境と呼ばれる場所に隠れ住んでいる。現し世に居場所を求めていない彼らは、たいがいが棲み家に閉じこもっていて、外の世界に触れること自体が稀だ。

そんな彼らに東雲さんは物語を届けてきた。

物語は誰にでも必要だという信念のもと、日本中を駆け回ってきたのだ。

今日、私たちが会いに行くのもそういう客のひとりだ。

幽世から地獄を通り、現し世へ移動した。巨大な木の虚（うろ）から出ると、むせ返るような落ち葉の匂いに包まれる。爽やかな秋晴れの空だ。人里離れた山奥のようで、木漏れ日が落ちる山の中には、風が木々を揺らす音が満ちていた。

ひょい、と私のコートの中からにゃあさんが飛び出た。太陽の昇らない幽世と違い、現し世は凍えるほどではない。ぐんと背伸びしたにゃあさんのもとへ、水明のコートから抜け出たクロが寄っていった。

「東雲さん、ここはどこ？」

「大分（おおいた）県の国東半島（くにさきはんとう）だな」

言葉少なに答えた東雲さんが歩き出した。慌てて後を追う。

枝葉が空を覆い隠している。巨木が並ぶ山の景色は雄大のひとことだ。とはいえ、手つかずの山奥というわけでもないらしい。虚から少し行ったところに石段があった。手すりが整備されているものの、ゴツゴツした自然石を利用しているからか、あちこち苔むしていて、お世辞にも上りやすそうだとは言いがたい。

「この階段を上がっていけば、熊野磨崖仏（くまのまがいぶつ）がある」

磨崖仏とは、岸壁などに掘られた仏像のことだ。この上にある磨崖仏は平安時代末期の作と言われていて、国指定の重要文化財になっているらしい。

「誰が作ったのかは現し世に詳しく残ってねえ。一説には、仁聞菩薩（にんもんぼさつ）の作だって言われてるみたいだけどな」

　熊野磨崖仏という名に聞き覚えのあった私は、ポンと手を打った。

「あっ！　この石段が、鬼が一晩で積んだっていう伝承がある？」

「ああ。鬼もずいぶんと雑な仕事をしたもんだ。熊野権現に言われて焦ったのかねえ」

　感心しつつ歪に積み上がった石段を見つめる。

　かつてこの場所には、悪さばかりをしていた鬼がいたらしい。鬼の過ちを正そうと、熊野権現は一晩で石段を作れと命じた。そうすればすべての罪を赦すと言われた鬼は、あっという間に石段を作り上げてしまったのだそうだ。巨躯の鬼が豪快に石を積み上げる姿を想像していれば、水明が私の横に並んで感慨深げに頷いた。

「へえ。やっぱり国東半島には鬼の伝承が多いんだな」

「水明、なにか知ってるの？」

「詳しくはないけどな。俺がまだ白井家で祓い屋の見習いをしていた時、国東半島は鬼に馴染み深い場所だと老爺たちが教えてくれた。普通、鬼は忌み嫌われ、畏れられる存在だが、国東半島では独特な価値観が育まれているとも」

　最も特徴的なのが修正鬼会だ。鬼祭りと火祭りが一体になったと謂れがある行事で、僧侶が鬼に扮して執り行う。一見して相反するように思える僧侶と鬼という存在も、国東半島では矛盾しない。鬼は祖霊同様に大切に扱われ、御加持を受ければ「五穀豊穣」「無病息災」を約束してくれるのだ。祭りの後に鬼を自宅へ招いて酒を振る舞いもする。この地において鬼は悪い存在ではない。

「だから、国東半島の鬼は狩るなと口酸っぱく言われていた」

「面白いね！　鬼が嫌われていないのは嬉しいな。ここの人たちは優しいねえ」

知り合いの鬼の顔を思い浮かべていれば、水明がくすりと笑った。

「お前らしい感想だな。確かにここの住人たちは優しいんだろう。……いや、優しいというよりは寛容なのかもしれない。外部から入ってくる思想や存在を柔軟に取り入れる下地があるのだと思う。神仏習合の発祥の地が国東半島なんだ」

神仏習合とは、土着の信仰と仏教が融合し、新しい信仰体系として再構成されることだ。国東半島では、元々信じられていた山岳信仰と、〝外〟からやってきた八幡信仰、天台系修験が習合して、六郷満山（ろくごうまんざん）という独特な文化が築かれた。

「そういえば、日本人で初めてローマでキリスト教の司祭になったペトロ・カスイ岐部（きべ）も国東半島の出身だったね」

なるほどなと納得していれば、水明の話を聞いていた東雲さんが豪快に笑った。

「おうおう。詳しいじゃねえか。勉強したんだなあ」

「……別に。たいしたことじゃない。祓い屋として必要な知識だっただけだ。それよりも！　目的地は磨崖仏でいいのか？　もしかして、これから会いに行く客は鬼か？」

どうも、水明は東雲さんに褒められるのがくすぐったいらしい。

照れ隠しに放った水明の問いかけに、東雲さんはゆるゆるとかぶりを振った。

「いいや。ここはあくまで出発地点だ。移動する」

東雲さんは屈伸をしたり、足首をグルグル回したりしている。石段を上がるだけにしては入念すぎる準備運動に目を瞬く。

「なんか気合い入ってるね？」

「そりゃそうだ。隠れ里ってだけあって、普通のやり方じゃ入れないからな」

「入れない……？」

「おう。犬猫ども、行くぞ！　にゃあは夏織を背中に乗せろ」

辺りの匂いを嗅ぎ回っていた二匹に声をかけた東雲さんは、懐からあるものを取り出した。文様が半分だけ描かれた割り符だ。東雲さんは、矢印や太陽を思わせる印にふうと息を吹きかけ――ニヤリと不敵に笑った。

「水明が言ってたとおり、ここは昔から外部からやってくるもんに対して寛容だった。拒否反応がまったくないとは言わねえが、時間をかけたら受け入れてくれる土壌があったんだ。こういう場所はな、行き場を失った奴らにとって好都合なんだぜ」

石段の上をじいと見つめる。高下駄を履いた足を大きく踏み出し――。

「さって。夏織、これから俺がすることを見ておけよ。正しい手順を守れば、おのずと隠れ里への扉は開かれる。失われたものを渡っていくぞ」

それだけ言うと、養父は勢いよく石段を駆け上り始めた。

「ちょっ……東雲さんっ!?　失われたってなにがっ!?」

「夏織、早く乗るのよ！」

「う、うんっ！」

慌てて巨大化したにゃあさんの背中に飛び乗り、東雲さんを追って駆け出した。いきなりの全速力である。振り落とされそうになり、慌てて親友の首にしがみつく。だのに、東雲さんとの距離はちっとも縮まらない。足もとに青白い稲光をまとわせ、飛ぶように階段を駆け上っていく養父を軽く睨む。

「もう……！　あらかじめ説明してよ！　そしたらこんなに慌てる必要ないのに！」

思わず本音を漏らせば、隣を併走していた水明が呆れ顔になった。

「お前がそれを言うのか？　いつも俺に事情を説明しないくせに」

「ウッ！」

「まったく、似たもの親子だな！」

「えへへへへ〜。そう？」

「褒めてない！」

歯に衣着せない水明の物言いに苦笑していれば、あっという間に鬼が作った石段を上りきった。全長八メートルにもおよぶ巨大な石仏が視界に入ってくる。

不動明王の磨崖仏だ。一般的に不動明王像と言えば、宝剣を手に怖い顔をしているイメージだが、熊野磨崖仏はとても穏やかな雰囲気をまとっている。怖さとはまるで縁のない柔和な表情に呆気に取られていれば、東雲さんが叫んだ。

「国東半島は修験道も盛んでな、十年に一度『峯入り』ってえ修行が行われるらしいぜ。そのスタート地点がここなんだってよ！」

そして、まったくスピードを緩めることなく磨崖仏に突っ込んでいく。

「しっ……！」

驚きのあまりに言葉を失う。あわや磨崖仏に激突しそうになった東雲さんが、なにごともなかったかのように石像の向こうへすり抜けてしまったのだ。

「ど、どういう……ぎゃあああああああっ！」

気がつけば不動明王がすぐそこに迫ってきていた。恐怖で顔が引きつる。

——当たる、ぶつかる、激突するっ……！

動揺のあまり上体を反らせば、堪らずにゃあさんから手を離してしまった。

「ひゃっ……」

「離すな、馬鹿！」

瞬間、誰かに後ろから抱きかかえられて身を硬くした。水明だ。私を心配してにゃあさんの後ろに飛び乗ってきたらしい。

「す、水明。ありが……ひっ！」

ホッとしたのも束の間、眼前に不動明王の大きな顔が迫っていた。衝撃を覚悟して固く目を瞑る。

「……？」

しかし、いつまで経っても衝撃はやってこない。暖かな空気の層をいくつか抜けたような不思議な感覚がして、そろそろと目を開けた。先ほどまでとは違う光景が視界いっぱいに広がって度肝を抜かれる。

――別の場所にワープしたの……!?

わけがわからない。混乱しながらも必死に状況把握に努める。

始めに目に飛び込んできたのは古びた石の鳥居だ。続いて見えたのは、苔むした参道の途中にぽつねんと待ち受ける二体の仁王像。金色の落ち葉に埋もれるように佇む石像の近くに寺社らしい建物は見当たらず、ただただ仁王像だけが物言わぬまま鎮座している。

「し、東雲さんっ！　ここはどこ!?」

いつの間にか隣を併走していた東雲さんへ訊ねる。

「国見(くにみ)町ってとこだよ。旧千燈寺(せんとうじ)があった場所だ」

「お寺の跡地ってこと？」

「ああ！　六郷満山の中で最初に創られた寺だ。戦国時代に、キリシタン大名の大友宗麟(おおともそうりん)に焼き討ちされて廃寺になっちまったらしい。かつては〝西の高野山(こうやさん)〟って呼ばれるくらい繁栄したそうだぜ。明治時代に別の場所で寺を新設したみてえだが……。仁王像も立派なもんだ。広い敷地だよなあ。当時はどれだけ賑わってたんだろうな」

ふたつの像の間を抜けて更に奥の院へ向かって走る。

「わあ！　なにこれ。すごーい！」

東雲さんの後ろを駆けていたクロが歓声を上げた。

杉の木が立ち並ぶ参道の中に、おびただしい数の石塔が姿を現したのだ。

五輪塔である。供養塔や墓として平安時代末期から使用されたもので、見渡す限り建ち並ぶ石塔の数はゆうに千を超えるだろう。地面を埋め尽くさんばかりの石塔は手入れがされておらず、落ち葉が積もり、苔むしてしまっている。

——本当に役目を終えた場所なんだなあ……。

「これって誰のお墓なのかな……。誰かの大切な人だったんだろうな」

石塔に祈りを捧げる者はもう誰もいない。弔われた魂たちはちゃんと成仏できたのだろうか。寺が焼け落ちた後、遺族たちは思う存分供養できたんだろうか……。

それを知る手段はもうない。

建ち並ぶ石塔の姿に切なさを覚え、寂寥感が胸に満ちてくる。

「……あれ？」

ふと、石塔の間に光るものを見つけた。

一見すると蛍のようにも思えるが、季節はすでに秋である。蛍がいるはずもない。なにごとかと訝しんでいれば、初めはひとつふたつしかなかった光の数が徐々に増えていく。しまいには、目を開けているのも苦痛なほどになった。

「さあ、次へ飛ぶぞ。古い祈りの力を借りるんだ」

東雲さんの声が聞こえる。光の粒がその力なのだろうか？　疑問がわき上がってくるが、私は刻々と変化する状況についていくのでいっぱいいっぱいだ。

　ふわ、と再び暖かな空気の層を超える。気がつけば、私たちはまた別の山中にいた。ギョッと目を瞬く。周囲に二、三メートルほどの柱状の巨石が林立していたからだ。

「なにこれ。ストーンサークル……？」

「ストーンヘンジよりは規模が小さいが、似た雰囲気だな」

　思わず水明と顔を見合わせる。剥き出しの石がずらりと並ぶ様はミステリアスだ。

　東雲さんによると、この場所は宇佐市にある米神山の西南に位置しているという。

「これは『佐田京石』だ。古代の祭祀場の跡らしいぜ。人間たちは、鳥居の原型だの仏教の経石だのといろいろ言ってるみてえだが、本当のところはわかってねえ。……まあここも、本来の目的を忘れ去られた祈りの場だな」

　そう語る東雲さんは、なんだか寂しげだった。

　どうしたのだろう。なにか思うところがあるのだろうか。

　声をかけようと口を開きかける。しかし、石柱の陰から先ほどと同じ光の粒が現れ出し、私たちを取り巻き始めたので、そっと口を閉じた。

　視界が白く染まっていく。東雲さんの物憂げな表情ごと世界を塗りつぶしていく――。

　光の粒が消え去ると、私たちは三度、別の場所に移動していた。

　薄暗い森の中である。鬱蒼と木々が生い茂り、紅葉した葉がはらりはらりと地面に降り積もっていた。気がつけば空が茜色に滲み始めている。朝一番に出発したというのに、到着にかなりの時間を要してしまった。でもきっと——ここが最終目的地なのだろう。
なぜならば、ふたりの人物が私たちを待ち受けていたからだ。

「お待ちしておりました」

両手を合わせて同時にぺこりと頭を下げる。ふたりとも奇妙な仮面を着けていた。一本角が生えた、猿にも化け物の顔にも見える面だ。黒地に赤と白の塗料で文様を書き込まれた面からは、不思議と恐ろしさは感じなかった。面が笑い顔をしていたからかもしれない。

「……あれ、修正鬼会で使われている面だな」

ぽつりと水明が呟く。では、彼らが鬼なのだろうかと繁々と様子を観察する。
ひとりは古めかしい水干(すいかん)姿だ。腰に矢筒を佩(は)き、大きな弓を背負っている。もうひとりは山男風。獣の皮をなめしたベストに麻で作られたズボン。素足に草鞋(わらじ)を履いていて、一方の男に比べて薄汚れている。しかし、お面はまったく同じだ。

そんなふたりが、森の中に鎮座する巨石のそばに立っている。異様な雰囲気を感じて身構えていれば、東雲さんは山男風の男に先ほどの割り符を渡して言った。

「やっと到着だ。ここが隠れ里の入り口だぜ」

男が取り出した割り符と東雲さんの持参した割り符を合わせた瞬間、どこからか淡い光が漏れ出した。私たちを別の場所に誘った祈りの力とは別の雰囲気を醸す光。発信源は巨石だ。

——なんだろう？

ふと、巨石の表面に奇妙な物を見つけて近寄った。文様？　……いや、文字だ。

とても原始的な形をしている。蛇のようであったり、太陽を思わせる形をしていたりした。なにが書いてあるのかさっぱりわからないが、なにかを伝えようという意思を感じる。水明も文字の存在に気がついたらしい。怪訝そうに眉をしかめた。

「なんの文字だ？　甲骨文字……違うな、エジプトの文字に似ている気もする」

「ここは日本だよ？　なんでよその国の古代文字があるの？」

「さあ……」

ふたりで不思議がっていると、東雲さんは小さくかぶりを振った。

「ちげえよ。中国の文字でもエジプトの文字でもねえ。豊国文字（とよくにもじ）ってんだ。元々漂泊民が使ってた文字だとも言われてる」

東雲さんいわく、豊国文字は仮名文字が発明される以前に使用されていた「神代文字」なのだという。

「とはいえ、研究者たちの間ではニセモンだって言われてるがな。この石が本当に神代から残る遺物なのか真偽はわかってねえ。誰も石の由来を語ってこなかったからだ」

「……あ」

ふと、今まで東雲さんと巡ってきた場所の共通点に気がついた。

作者が不明な熊野磨崖仏。祈りの場としては終焉を迎えている旧千燈寺跡。祭祀場であったであろうとは予測できるが、多くの謎に包まれている佐田京石。真偽が定かではない、奇妙な神代文字が刻まれた巨石……。それらが内包する〝謎〟の真相が明らかになったり、再び最盛期の姿を取り戻したりすることはまずないだろう。したくてもできないと言った方が正しい。すでにすべてが失われてしまったからだ。情報も建物も信仰もなにもかも。

——誰かが信憑性の高い記録を残してあれば、話は違っていたのだろうけど。

瞬間、ハッとした。

養父が本を作る理由に通じるんじゃないかと思ったのだ。

——東雲さんは私になにかを見せようとしている？

じっと養父の姿を見つめる。口下手な東雲さんは言葉より行動で示すことが多い。

私が見ていることに気がつくと、東雲さんはポリポリと頬を掻いた。

「よし、あともう少しだ。客が待ってる。隠れ里の中に入ろう」

ポンと私の頭を軽く叩く。瞬間、巨石がひときわ強く輝いた。

「……‼」

目が眩むような光が収まると、私たちは広大な平原のまん中にいた。

しっとりとした森の中から一転、唐突に開けた視界に目を瞬く。笛や太鼓の音と共に、どこからか楽しげな声が聞こえてくる。海原のように草がそよぐ向こうに、こんもりとした森と集落が見えた。夕餉（ゆうげ）の支度をしているのだろう。煮炊きの煙の匂いがここまで漂ってくる。集落のそばでは、子どもたちが遊んでいるのが見えた。楽器を手にしてなにやら楽しげに踊っている。先ほど聞こえてきた声の主は彼らのようだ。

「さあ、われらの村へご案内いたします」

仮面を着けた男たちが先導し始めた。

「夏織、行くぞ」

「ま、待って」

東雲さんの後をついていきながら、私は目の前に広がる光景に目を奪われていた。

空の高さ、澄み渡った空気。天高く鳥たちが舞い飛び、草の陰には兎などの小動物が戯れ遊んでいる。集落のそばには広大な田園が広がっていた。今まさに収穫の時期なのだろう。黄金の稲穂の海の中で、大勢の人が鎌を手に作業に勤しんでいる。村を包むように佇む森の木々は、どれもこれもがたわわに実をならせていた。今は柑橘類が旬を迎えているようだ。胸がすくような爽やかな香りがあちこちからした。

そこに暮らす人々の装いは非常にバラエティに富んでいる。頭を布で巻き、生成りの麻の貫頭衣を着た古代人風の男性がいたかと思えば、大勢の侍女を侍らせ優雅に詩作に耽っている女性は、雅な十二単をまとっている。平安貴族風の女性の隣で楽しげに笑うのは、江戸時代のお姫様のような豪奢な打ち掛けを着た女性だ。旧帝国軍の軍服を着た人もいれば、私とそう変わらない格好をした人までいる。様々な格好をしているものの、彼らには共通する部分があった。表情に陰りはなく、誰もが満たされた表情をしている。

まるでお伽噺に出てくる〝理想郷〟のようだと思う。

「ここは一体……？」

平屋の藁葺き屋根の建物の向こうに、立派な寝殿造りを見つけて目を瞬いていれば、

「あっ！」とクロが頓狂な声を上げたのがわかった。

「見て見て！　これ、あそこの磨崖仏と似てない～？」

「ほんとだ」

クロが示した先にあったのは、木々の中にそびえ立つ磨崖仏だった。

仁王像を模した巨大な石仏がずらりと並んでいる。まったく同じではないが、先ほど石段の上で見た熊野磨崖仏と雰囲気がそっくりだ。それこそ、同じ作者の作品であると言われても違和感がないくらいに――。

ふと視線を動かせば、村のいたるところに石柱が立っているのに気がついた。色とりどりの花々や供物が供えられ、熱心に拝んでいる人もいる。

――なんだろう。「佐田京石」によく似ているような……？

「東雲様。ようようお越しくださいました」

声をかけられ振り返れば、白髪の老人がにこやかな笑みを浮かべて立っていた。

彼が東雲さんの客らしい。染色した麻糸を幾何学模様に編み込んだ羽織を着ている。皺が寄った枯れ木のような手には木製の杖。首からは骨を繋げた首飾りを下げている。ふと〝シャーマン〟という言葉が脳裏を過り、老人を繁々と観察してしまった。

「出迎えてくれてありがとうな。腰はどうだ。薬は足りているか？」

東雲さんは、老人の手を取って声をかけてやっている。「大丈夫ですよ」と老人が答え

れば、養父は嬉しそうに笑った。ずいぶんと親しげだ。

客と話し続けている東雲さんへ近づく。老人は私に気がつくと嬉しげに目を細めた。ぺこりと頭を下げて挨拶をする。

「初めまして。夏織です。父がいつもお世話になっています。東雲さん、この人を私たちにも紹介してよ。どんなあやかしなの？」

東雲さんは一瞬だけ口を噤（つぐ）むと、「あ〜」と視線を宙に泳がせた。

「説明してなかったか？」

バツが悪そうにガリガリ頭を掻き、老人の肩に手を置いた。

「コイツはあやかしじゃねえ。人間だよ」

「え」

驚きのあまりに声も出ない私に、東雲さんは苦笑交じりに言った。

「ここは隠れ里。なんらかの事情があって現し世に住めなくなった人間たちが、あちこち流れた末にたどり着く場所だ。落ちのびたってのが正しいのかもしれねえな。外の世界じゃ生きられなくなったコイツらは、ここで種を繋いで、ここで一生を終える。俺や遠近は、里に必要な物資や本なんかの娯楽を届けてるんだ」

パタパタと私たちの横をふたりの少女が通り過ぎて行く。貫頭衣を着た少女と白いワンピースを着た少女だ。まるで装いが違う。浮かべた笑顔は同じように可愛らしいけれど。

不思議な光景だ。それぞれの時代を生きている住民たちを混ぜこぜにしたような——。

ふと、既視感を覚えて苦笑を漏らした。

——なんだか幽世に似ている。

ぼんやりと駆けて行く少女たちを眺めている私に、東雲さんは続けた。

「こういう場所にはな、伝承がわりかし正しく伝え残ってるケースが多い」

権力者のいいように変えられていない、〝素〟のままの歴史が知れるんだ、としみじみと語る。そしてそれは、絶対に失われてはいけないものだ、とも。

「俺はな、あやかしだけじゃなくって……世間から追われた奴らが抱える歴史も遺したいと思ってる。だから本を貸すついでに、いろいろと取材させてもらってたんだ」

養父の言葉に、はたと気がつく。もしかしたらこの里には、熊野磨崖仏の作者も、その他の遺物の真実も伝わっているのかもしれない。

再び里を眺めた。森の中に居並ぶ磨崖仏は里の風景に綺麗に馴染んでいる。花々で飾られ、供物を捧げられている石柱は、里の人々からすれば謎の石でもなんでもない。生活に寄り添った、ごくごくありきたりな信仰の対象だ。

「そうなんだ。……初めて知ったよ」

養父の強い想いが、あやかしだけでなく人間にまでおよんでいた事実に驚きを隠せない。同時に誇らしい気持ちでいっぱいになった。

「すごいじゃん」

笑顔で小突けば、東雲さんが照れくさそうに笑う。

「だろう。お前の父ちゃんはすごいんだぞ」

ニヤニヤ笑っている東雲さんに「調子乗りすぎ」とわざと顔をしかめてやった。

東雲さんは「悪い、悪い」とバツが悪そうに笑って、私をじっと見つめる。

「お前を連れて来たのはな、俺がこういう仕事もしてるんだって見せたかったんだ」

キョトンと目を瞬く。今までそんなことなかったのに。どういう風向きだろう。

私が疑問を口にする前に、東雲さんはまるで子どもを労るように私の頭を撫でた。

「あっちこっち行ったからなあ。疲れただろう。今晩、宴を開いてくれるらしい。それまでのんびりしてろよ」

「……わかった」

いつものように笑った東雲さんに頷く。

老人に再び向かい合った養父の背中を見つめて、

――東雲さんの仕事、かあ……。

私は、ひとり考えごとをしていた。

＊　＊　＊

――きい、きい、ぱたん。きい、きい、ぱたん。

夕焼けに染まった隠れ里の中には、機織りの音が絶え間なく響いている。

私は、水明とクロ、にゃあさんと一緒に宴の時間まで隠れ里の中を散歩することにした。

「うわあ！　綺麗なところだねえ。ねえ、黒猫！　あっち行ってみようよお！」

「うるさいわね。絶対に行かないわ」

「ええええええっ！　じゃあ、黒猫はどこに行くのさ」

「アンタがいないところよ」

「……！　ひどいや！　オイラは黒猫といたいのに」

「ふたりとも喧嘩しないの」

「クロは本当にめげないな……」

二匹がじゃれているのを水明と呆れつつ眺める。

隠れ里は想像以上に広かった。現し世と幽世のちょうど狭間のような場所に存在するらしく、一年を通して気候が安定していて、なにかを育てるにはうってつけなのだそうだ。

時代がかった藁葺き屋根の家の軒先では、大根や川魚が風に揺れている。男たちは畑仕事や狩猟に勤しみ、女たちは機を織ったり、細工物を作ったりと忙しくしているようだ。人々は突然現れた私たちに警戒することもなく、誰も彼もが笑顔で受け入れてくれた。子どもたちに至っては、物珍しげにゾロゾロと私たちの後を付いてくる始末だ。隠れ里には、時が止まったかのように平和な空気が充ち満ちていた。

「いいところだろう」

隠れ里に不慣れな私たちを案内してくれたのは、先ほど巨石のそばで出迎えてくれた男性のうちのひとりだ。山男らしい格好をした彼は、名をキヌイと言った。仮面を外したキヌイは非常に愛嬌のある顔をしている。年頃は三十を過ぎたくらいだろうか。真っ黒に日焼けした顔に歯の白さが映えて見えた。

「すごく綺麗な場所ですね。畑も大きい！　どんなものが採れるんですか？」

「自分たちが食べる用の野菜と……あとは、タバコの葉とかだな。少し向こうには桑畑もあるぞ。女たちが蚕を育ててる。タバコと絹は、里の貴重な収入源なんだ」

キヌイが指差した先には、倉庫らしき建物がある。ひょいと中を覗きこめば、茶色く乾燥した葉が山と積まれていた。これがタバコの葉なのだろうか。独特な匂いだ。建物の向こうには広大な竹林が広がる。彼らは竹を加工した製品を作るのも得意としているようだ。

「うちの竹製品はなかなかのもんだ。いつも遠近様が高値で買ってくれる」

「へえ……。遠近さんとは付き合いが長いんですか？」

「俺が知る限り、曾祖父の代から遠近様に品物を卸してるみたいだな」

現し世で居場所をなくした彼らは、隠れ里で作った品物を密かに売買して生計を立てているのだそうだ。その橋渡しをしているのが、遠近さんをはじめとした人間を装って現し世に紛れ込んでいるあやかしたち。

「人間と違ってあやかしは長生きだからな。滅多に代替わりもしないから長く付き合えるし、欲をかいて安く買い叩いたりもしない。大昔は悪い奴らに騙されもしたが、あやかしと取引するようになってからはなくなった。遠近様から現し世の品物も買えるようになったしな。薬なんかは本当に助かってる」

「あやかしの存在が生活に欠かせないものになっているんですね」

「そう思うよ。東雲様が取引に加わるようになってからは、現し世の娯楽も隠れ里に入るようになった。ここの暮らしはよくなっていくばかりだ」

「そうなんですか」

しみじみと語ったキヌイの表情には、あやかしに対する畏れも嫌悪感も見られない。不思議な関係だと思う。本来の人間とあやかしの関係性からすると考えられないことだ。

——ただの雑貨商じゃなかったんだなあ。

気障(きざ)ったらしい河童のおじさまは、思いのほかいろいろな場所で活躍しているようだ。

——東雲さんも、すごく営業頑張ってるみたい。

養父の仕事が現し世と隔絶された人々の癒やしになっていると聞いて、胸がじわっと温かくなったような気がした。

しかし、それも一時のことだ。

「ここを出て行こうと思う奴はいないのか？」

水明の問いかけのせいで、ざあっと血の気が引いて行く。

「ちょっ……水明！」

なにを言い出すのかと非難の声を上げれば、水明はわずかに眉をひそめた。

「当然の疑問だろう。人間はあやかしと違って、緩やかな変化や停滞は好まない。東雲から本を借りてもいるんだろう？　なおさら外の世界に出たがるんじゃないか？」

するると、にゃあさんまで水明の意見に追従し始めた。

「確かにそうよね。穏やかでとてもいいところだけれど、外の世界には隠れ里にないものがたくさんあるから。本は劇薬と同じだわ。人は自分にないなにかに強烈に憧れる」

「そうだけどさあ……」

——正論だと思うけど、そこまではっきり言わなくても。

なんだかモヤモヤする。もしかして——東雲さんが……いや、貸本屋が持ち込む本が、意図せずに大変なことを仕出かしているのではないだろうか？

ギュッと心臓が締めつけられる。不安に駆られてキヌイを見れば、彼は水明の不躾な問いかけにもなんら思うところがなかったらしい。「確かに」と頷きすらした。

「若い奴らの中には、外の世界に憧れて、隠れ里を出て行く者も少なくないよ。仕方がないよな。人間ってそういうものだし」

「仕方がない？　引き留めたりしないのか」

「いいや？　誰もそんなことしないさ。好きにすればいいと送り出してやる。外に魅入られた奴の心は絶対に戻ってこないからね。里に縛り付けたって火種になるだけだ。その代わり、出て行く方も覚悟の上さ。二度と里へ戻らないって誓いを立てさせられる」

キヌイが懐から木片を取り出す。東雲さんが持っていたものと同じ割り符だ。

「対となる符が里にないと、絶対に出入りできないようになってる。里を出て行った人間の符はもれなく破棄されるんだ。現し世から変な奴を引き込まれても困るからな。ま、親族がいなくなればそれなりに寂しくは思うけど、別に困らないな。里に人がいなくなることはないからね」

「どうしてです？　若者が出て行くのに……」

疑問を投げかけると、キヌイは懐から煙管(キセル)を取り出した。葉を詰めて火を点ける。ふうと白い煙を吐き出し、苦み走った笑みを浮かべた。

「そりゃあ……人間社会からはじき出される奴がいなくなることはないからだよ」

隠れ里には不思議な力があるという。

里にふさわしいと思う人間を呼び寄せる力だ。

呼ばれるのは、たいがいが社会に適合できなかった人間だ。彼らが隠れ里にやってくると、新たな家を与えられて里の一員として歓迎される。未婚の者がいれば他の家の誰かと縁を結び、里の人々に支えられながら血を繋いで行く。

「疫病以外で、隠れ里の人口が激減したことなんてないんだ。因果なことにね」

キヌイの先祖もまた、上手く社会に適応できなかったのだという。彼の一族は、かつて山々を漂泊しながら暮らしていた。一定の居住地を持たず、川や野山で手に入れた恵みを売ったり、物々交換したりして生計を立てていたのだそうだ。彼らに転機が訪れたのは、明治政府による「無籍無宿」者への取り締まり強化だった。戸籍の整備を急いでいた明治政府にとって、納税にも徴兵にも応じない漂泊者たちは目の上のたんこぶだったのである。

「俺らの一族の中でもちゃんと人里に馴染めた奴はいたらしい。でも、うちの祖先はそうじゃなかった。政府の厳しい取り締まりに次第に疲弊していって……にっちもさっちもいかなくなった時、隠れ里に行き着いた」

キヌイは「この里があるから今の俺があるんだ」と朗らかに笑った。

彼は里に満足しているらしい。絶対にここを出て行くつもりはないという。

「里の住民たちは、はじき出される辛さを理解している奴らばっかりだ。だからみんな優しいし、おおらかなんだよな。でも、外はそうじゃない。いろんな奴がいて……異端者には辛く当たるだろ？　ここは俺にとっての〝理想郷〟だ。出て行く奴の気が知れないよ」

「〝理想郷〟……」

「そう！　そんでもって、〝理想郷〟を〝理想郷〟たるべく助けてくれているのが、アンタの父親であり遠近様だ。不便さは人を疲弊させるし、退屈は人を殺すだろ？　うちの里は、遠近様と東雲様の助けがあってこそ続いてるんだ。だからさ……」

ニッと白い歯を見せて笑う。

「アンタが気にすることはなにもないんだ。東雲様の仕事は誰も傷つけちゃいない」

「……！」

いらぬ心配をしていたのを見抜かれていたらしい。羞恥で頬が熱くなった。思わず苦笑をこぼしていると、キヌイが誇らしげに胸を張った。

「これでもさ、古いものは古いもので、新しいものは新しいものだって考えられるくらいの分別は俺たちにだってあるんだぜ。国東半島は外からやってくる文化に対して寛容だ。そういう気質は隠れ里にも流れてるってことさ」

自信満々なキヌイの態度は、東雲さんが持ち込む本が与える影響も含めて、自分たちの文化であると断言しているような気がした。

「ごめんなさい。心配しすぎだったみたいです」

「アハハハ！　アンタ、本当に東雲様が好きなんだなあ。養父と義理の娘だろ？　今どき珍しいくらいだな」

「ウッ！　……そ、そうですけど!?　養父が大好きですけど、なにか！」

「はっきり認めるのかよ。すごいな逆に」

変に感心されてハッとする。たらりと冷たいものが背中を伝った。恐る恐る水明を見遣る。彼は「なにを今さら」という白けた顔で私を見ていた。

——あ。ちょっとショック……！

猛烈な羞恥心に見舞われ、無性に走り出したい気持ちになる。

その時、竹林の中から男たちが出てくるのが見えた。いかにも武士らしい甲冑（かっちゅう）を着た古風な男の隣には、ジャージ姿の青年が立っている。彼らは手に兎を持っていた。罠にかかった獲物を回収してきたらしい。

「おうい！　キヌイ。その子が東雲様の娘さんか？」

「ああ！　そうだぜ」

キヌイが返事をすると、武士姿の男が鎧をガシャガシャ鳴らしながら大きく手を振った。

「おおおおお～！　初めまして～！　東雲様の本にはいつもお世話になってます！　今宵の宴では、腕によりをかけた料理を振る舞いますから！　俺らの獲物も並びますからね！　ごちそう、期待しててくださいよ！」

「わかりました。楽しみにしています！」

意気揚々と去って行く男たちを見送り、ぽつりと呟いた。

「ジャージ男子と鎧武者ってすごい組み合わせですね？」

キヌイは「もっともだ」と愉快そうに笑っている。

「あの鎧、動きづらくねえのかなあっていつも思うよ」

「そういえば、どうして鎧を？　十二単を着た女性も見ました。古代人みたいな服の人も。それしか着るものがないってわけじゃないんですよね？　ジャージの人もいましたし」

困惑気味に訊ねれば、キヌイは自慢げに胸を張る。

「あれは趣味だな」

「趣味」

たまらずオウム返しすれば、キヌイはクックッと喉の奥で笑った。

「誰が始めたのかは知らないけどな。ここって、いろんな時代にいろんな奴らが流れ着いてくるだろ？　なんとなく、家ごとに〝文化は変えたらいけない〟って気風があってな」

だから、当時のままの服装や生活様式を守っているのだという。もちろん、古い文化に他の家に移ったりするそうで……。
嫌気が差す住民もいるそうだ。現代の設備に比べれば不便なのは自明である。その場合は

「すっごく自由ですね!?」

「アッハッハ！　逆に古い家に行く奴もいるんだぜ。俺の母ちゃんも、十二単を着てみたいって平安の家に移ったんだ。平安時代をテーマにした本を読んで憧れちまったらしくってなあ！　もうお前は一人前だ、自分のことは自分でなんとかしろ。私はこれから筆頭女房になる～って言って、ウキウキ家を出て行った。困ったもんだよな。おかげで飯炊きまで自分でやる羽目に……まあ、早く嫁をもらえって話なんだけど」

「そ、そうなんですか……」

それは笑い話なんだろうか。思わず変な顔をしていれば、キヌイは太陽で焦げた顔をクシャクシャにして笑った。

「古いものの価値を認識させてくれたのも、東雲様の本なんだ。価値があるものを守ってるっていう気概があるのとないのとじゃ、やる気に雲泥の差が出るだろ？」

さらりと毛皮のベストを撫でる。それもキヌイたちの先祖が代々身につけてきた様式を守った服らしい。

「現し世でとうに失われたものがここには残ってる。その事実は、里にいたんじゃ絶対に知ることはできない。価値を知るためには情報が必要で、情報を得るためには記録の媒体が要るよな。電気が通ってない里じゃ、本は一番の情報源だ。本をもたらしてくれる東雲

様はすげえ存在なんだ。里の爺様や婆様は、神様、仏様、東雲様って拝んでた」

「な、なんですかそれ……」

養父を手放しで褒められて、なにやらくすぐったい。東雲さんの仕事がちゃんと里で求められているのだとわかり、胸の中が安堵感でいっぱいになる。

ウンウンと頷いていたキヌイは、屈託のない笑みを浮かべ私に言った。

「アンタも貸本屋を手伝ってるんだろ？　だからきっとアンタもすごいんだろうなあ」

「……え？」

ふいに投げかけられた言葉に目を瞬く。

――私もすごい？

すぐに言葉を返せずに戸惑っていれば、キヌイはなにか思いついたのか「そうだ！　ここで待ってろよ」と、駆け足でどこかへ行ってしまった。

賑やかなキヌイがいなくなると、途端に静けさが戻ってくる。ふと、にゃあさんの姿を探せば、子どもたちに追われてクロと共にずいぶんと遠くまで行ってしまっていた。

――ピーヒョロロロ……。

どこかで鳥が鳴いている。急に手持ち無沙汰になって口を閉ざす。

「…………」

見れば見るほど美しい里だ。まるで昔話の世界に紛れ込んでしまったような気にさせられる。なのにモヤモヤしたものが胸に渦巻いていて、どうにも気分が上がらなかった。

――なんだかなあ……。

ぼんやりと思考を巡らせていれば、

「……夏織？」

声をかけられ、ハッと顔を上げた。

隣を見遣れば、水明がどこか戸惑った顔をしている。

「……あ。ごめん、ちょっとぼうっとしてた」

心配させてしまったかと、笑みを浮かべてごまかした。しかし、私の内面なんて水明にはお見通しだったらしい。小さくため息をこぼすと、私の手をそっと握った。

「なにか思うところがあるなら、俺に話してみたらどうだ」

ぶっきらぼうな口調の中に、温かな思いやりを感じて顔が綻ぶ。

「えへへ。ありがと。でも……うん、別にたいしたことじゃないんだよ？」

強がりを口にすれば、水明の唇が不満げに尖った。無言で話せと促されてウッと呻く。

「話すの、ちょっと……いや、だいぶ恥ずかしいんだけど」

抵抗を試みるも、水明の視線はまっすぐこちらを射貫いたままだ。

どうも逃げ切れないようだと観念した私は、仕方なしに口を開いた。

「……今日さ。私が知らない東雲さんの仕事を教えてもらったじゃない？　人間のお客さんがいることも初めて知った。本を貸し出すって行為が、想像以上に誰かを支えている事実にびっくりしてね。私……今まで、誰（あやかし）かに本を読んでほしいって、それしか考えたことなくて。こういう場所にいる人たちまで考えがおよんでなかったんだ」

老人の皺が寄った手を優しく撫でてやる東雲さん。

失われつつある歴史を残したいのだと決意を語る東雲さん。

キヌイが語る東雲さんの仕事……。

「東雲さんのすごさを思い知ると同時にね、なんかこう……ちょっと」

「寂しく思った？」

ズバリと図星を指されて頬が熱くなる。しゃがみ込んで膝の間に顔を埋めた。

「知らない人みたいだなって、ショックだった。……馬鹿みたいでしょ」

「いいや？」

たまらずこぼした自嘲にも水明は笑わない。ポンポンと私の頭を叩くと、

「お前が東雲を好きなのはいつものことだからな」

と言って、そばに寄り添ってくれた。

「うう～。確かにそうだけどさ……」

「今さらだろ」

唇を尖らせて水明を睨みつける。

水明は「別にいいんじゃないか」と目を細めた。

「正直、俺には父親を好きな気持ちは理解できない。うちもいろいろあったからな。そんな俺でも、お前らみたいな関係の方がいいんだろうってことくらいはわかる」

ハッとして口を噤む。水明の父親である清玄さんと彼の関係はとても複雑だ。祓い屋という因果な家業を営む家系に生まれた業が、彼ら親子を歪めてしまった。もうすでに決着はついているものの、普通の親子のように接するのは難しいのだろう。

「……なんかごめん」

思わず謝れば、水明は苦く笑った。

「なにを謝る必要がある？　気を遣いすぎだ、お前は」

穏やかな表情を湛えた水明がまとう雰囲気は、秋空のように澄み渡っている。

「知らないことがあって寂しいなら、もっと知る努力をすればいいんじゃないか」

「……水明」

「好きな相手を知りたいと思うのは、ごくごく普通のことだろ？」

どこまでも優しい水明の言葉に「そうだね」と大きく頷いた。

顔を上げれば、山際に夕陽が沈んでいくのがわかった。眩しさに手をかざす。それでも夕陽を完全には遮れない。赤光に染まった世界は目に染みるほどに輝いて見える。

「私もいつか、東雲さんみたいにすごい仕事ができるのかなあ……」

たぶん、私の仕事はまだまだ東雲さんの域に達していない。だからこそ、先ほどのキヌイの言葉に反応できなかった。すごいと言われるには時期尚早。もっと精進しなければ、養父のように多くの人間やあやかしに感謝されないだろう。

――努力を重ねれば、養父の背中に追いつく時が私にも来るのだろうか。

「できる限り、俺も手伝うさ」

ポンと頭を叩かれて、なんだか泣きたくなった。

「……ありがと」

ふと、あることを思いついて口を開く。

「水明のことも、もっと教えてね」

「……なんでだ？」

不思議そうに首を傾げた水明にニコッと笑った。

「だって好きな人を知りたいと思うものなんでしょ？」

途端、水明の顔が茹で蛸みたいに真っ赤になった。ぎこちない動きで視線を逸らした水明に、内心で「可愛い奴め」とほくそ笑む。が、すぐに私まで赤くなる羽目になった。

「お前こそ、もっといろいろと……俺に教えろよ」

「……！」

びっくりして固まる。

勢いよく顔を逸らして「うん」だの「わかった」だのボソボソと返事をした。

――ううう。からかったつもりだったのに！

「……ねえ、なんなのかしらね。これ」

「仲がよくていいんじゃない？」

火照った頬を手で冷やしていれば、いつの間にやら戻ってきたわんにゃん二匹が、私たちを呆れた様子で見つめていた。思わずジロリと睨みつければ――。

「おうい！　ちょっとこっちこいよ。夏織様に見せたいものがあるんだ！」

と、キヌイが声をかけてきた。

「はあい！　今、行きます！」

恥ずかしさをまぎらわせるように慌てて立ち上がる。そそくさとキヌイの下へと向かった。彼がいたのは、とある平屋建ての家屋だった。機織りの作業小屋のようだ。

――きい、きい、ぱたん。きい、きい、ぱたん。

小気味いい音が室内に響いている。中ではひとりの女性が作業に勤しんでいた。

「わあ……。すごい」

見慣れない作業風景に思わず声を漏らす。織られているのは白い反物だ。黄みがかった柔らかな白。輝くような光沢があり、上質な絹糸が使われているだろうことが窺える。

「なあ。〝アレ〟ってもうできてるんだっけか。東雲様の」

キヌイの問いかけに、機を織り続けていた女性が手を止めて答えた。

「あと一ヶ月くらいはかかるわよ。東雲様の肝いりの注文よ。丁寧にやらなくちゃ」

「そっか。なんだよ～。せっかく来たんだから見せてやろうと思ったのに」

「は……？　アンタ、なに言って……」

瞬間、女性と目が合った。

ぺこりと頭を下げれば、女性がギョッと目を剥いたのがわかる。

「あの、父がお世話になっています。東雲の娘の夏織です。養父が、こちらになにか頼んでいるのでしょうか……？」

首を傾げて問いかければ、女性が勢いよく立ち上がった。

「ちょっと！　馬鹿なのアンタ！」

女性の手がキヌイの頬に飛ぶ。パーン！　と、気持ちいいくらいの音がした。

驚きのあまり固まっていると、キヌイが女性に涙声で抗議する。

「なっ、なにするんだよ！　痛えな!?」

「痛えなじゃないわよ、この馬鹿ッ！」

女性はキヌイをジロリと睨みつけ、今度は貼りつけたような笑みをこちらに向けた。

「な、なにも注文なんて受けてませんよ～。お、おほほほほ……」

そして私の背を押して小屋の外へと誘導する。

「ほら！　もうそろそろ、宴の準備が終わったんじゃないですかね！　ここまでいい匂いがします。うちの若い衆が踊りも披露しますから、ぜひ見てやってください！」

グイグイ私の背を押して、水明ともども小屋から追い出してしまった。

背後でガタガタと引き戸が閉まる音がする。閉め出された私たちは当惑するばかりで、たまらず水明と顔を見合わせた。女性は怒り心頭だ。中でキヌイに怒鳴っている声がする。

「……なんなんだろ」

私はこっそり首を捻りながら、今まさに織られている最中の反物の美しさを思い出して、ほうと息を漏らしたのだった。

＊　＊　＊

太陽は姿を隠し、辺りは濃厚な闇に包まれている。

日が落ちた隠れ里は昼間とはまた違う顔を見せていた。明かりがとぼしい隠れ里に広がる闇はどこまでも深く、夜空にちりばめられた星の瞬きは数え切れないほどだ。秋の虫たちの演奏会は延々と続き、冬に命を散らす前にと懸命に生きた証を残そうとしている。

里の中央にある広場では、私たちのために宴が催されていた。

宴席の前で男性がふたり舞っている。鍛え上げられた肉体を持つ男たちはほとんど裸だ。ふんどしを着けているだけで、木の皮を縒った紐で全身を結んでいる。背中には鈴が括り付けられていて、動くたびにチリチリと軽快な音がした。顔には修正鬼会でも使用されているという鬼の面。両手に斧と火が付いた松明を持った舞い手の男たちは、まるで剣舞のように松明を打ち付け合う。

「おおおおお……！」

パッと火花が散るたびに、里の住民たちから歓声が上がった。どん、と足袋で地面が揺れそうなほどに強く大地を踏みしめる。素早い動きで松明が振るわれ、再びぶつかる。火の粉が飛び散り、松明が交差する瞬間だけ、辺りがいっそう明るく照らされた。男たちの動きは滑らかで、火花が散るごとに暗闇の中に鍛え上げられた肢体が浮かび上がった。空気は冷え切っているのに、男たちは汗だくだ。お面の下から白い息が勢いよく噴き出す。熱くなった肌から湯気が立ち上り、炎を照り返してときおり真っ赤に見えた。

「本当の赤鬼みたいだね」

主賓席で舞いを眺めていた私は、ぽつりと呟いた。近くであれこれと世話を焼いてくれていたキヌイがニカッと笑う。

「幽世で鬼を見慣れてる夏織様にそう言ってもらえるのは光栄だな！　あれはな、現し世で行われている修正鬼会を模してるんだ」

「模して……？」

隣で辛味噌つきの「目覚まし餅」を食べていた水明が首を傾げる。

キヌイは目を爛々と輝かせながら説明してくれた。

「ああ。あやかしたちと付き合う前、俺らの先祖は国東半島の住民たちと交流を持たざるを得なかった。自給自足はしていたが、手に入らないものは人里で買うしかない」

今よりもずっと閉鎖的な時代。見知らぬ相手に警戒心を持つのは当たり前だった。しかし、国東半島の人々は臆さずに彼らと取引をしてくれた。生活必需品を手配してくれ、なにかあるたびに気遣ってくれさえもした。隠れ里の人々は、国東半島の住民たちに感謝の念を抱くと同時に心から尊敬した。だから、国東半島の人々がしていた祭りを真似たのだ。

「修正鬼会の鬼は〝来訪神〟みたいな物だろ？」

「〝来訪神〟……〝外〟からやってくる神様のことですか？」

「ああ！　〝外〟から来て、福をもたらしてくれる神様……だけど、この隠れ里に〝外〟からやってくるのは神様じゃない。お前たちみたいな客か——もしくは俺らの〝家族〟であり〝仲間〟だ」

キヌイがニッと笑った。細めた瞳の中に鬼の松明の明かりがチカチカと映り込んでいる。

「この踊りにはな、〝外〟から里に逃げ延びてくる人を歓迎するって意味がある。俺らはみんな、居場所を追われて〝理想郷〟に辿り着いた。俺ら自身の命を繋いで、救ってくれた営みを絶やさないって決意の表れだ」

「………。そうですか」

りん、という鈴の音と同時に、再び火花が散った。

ちかちかと宙に軌跡を残しながらも、儚く消えゆく燐光に人々が歓声を上げる。

「見て見て、今のすごかったねえ」

「本当！　熱そうだった！　大丈夫かなあ……」

誰も彼もが無邪気に笑顔を浮かべている。

だからこそ、私は胸が締めつけられるような思いがした。

隠れ里の住民の数は決して少なくない。彼らはどの程度の絶望を胸に〝理想郷〟へやって来たのだろうか。里での暮らしは平穏そのものだ。しかし、そもそも誰かに虐げられたり、どこかから追い出されたりしなければ、誰もこの場所に行き着かなかったはずだ。きっといろんなものを置いてきたのだろう。着の身着のままだった人もいたに違いない。彼らの笑顔の下には、目に見えない大きな傷跡が確実に存在している。

——りぃん！

ひときわ大きく鈴の音が鳴った。松明から火の粉がこぼれ、辺りを明るく照らす。

ふと、少し離れた場所に東雲さんの姿を見つけた。大勢の里の住民たちに囲まれている。

「東雲様！　どうかうちの一族に古くから伝わる話をさせてくださいませ」

「父の話を聞いてやってくれませんか。とっておきのがあるんです」

「いやいや！　こっちが先だ。歴史上意義がある話を優先するべきだろう！」

「ちょっ……待て待て。順番だ。俺はどこぞの聖人じゃねえんだぞ。いっぺんに話すんじゃねえ！　わかってんのか、お前ら！」

東雲さんは、困り顔をしながらもどこか楽しそうだ。住民たちの話に真剣に耳を傾けている。それは先祖代々伝わる話であったり、過去に住んでいた場所にまつわる逸話であったりした。滑稽な話や荒唐無稽な話もときおり交じる。「本当かよ！」と横やりが入ると、人々はおおいに沸いた。彼らの中心にはいつだって養父がいる。東雲さんは、うん、うんと何度も頷き、筆とメモ用紙を手に、宴なんてそっちのけで人々の話に聞き入っていた。

「……東雲は本当に好かれているな」

東雲さんたちの様子を眺めていた水明がぽつりと呟く。

「本来の居場所を追われてやってきたアイツらは、置いて行かざるを得なかったなにかを、東雲に話すことで昇華させているのかもしれないいな」

水明のこぼした言葉が、やけにしっくり来た。

「たぶん……ううん、きっとそうだね」

――〝本が読みたい〟〝本を読ませたい〟ってだけじゃない。その〝先〟を見据えて実際に行動に移している。それが東雲さんの……養父の仕事。

再び東雲さんへ視線を向けた。

「東雲さんはすごいな」

養父の背中を見つめる。

メモをとるのに夢中になって丸まってしまった、大きな……とても大きな背中を。

「……本当に。本当にすごい」

りん、と舞い手が動くたびに鈴が鳴る。パッと火の粉が飛び散った。

赤々と燃える火花。しかし、東雲さんの瞳の方が――。

ともすれば火傷(やけど)してしまうほどの熱を持っているように思えた。

＊　＊　＊

翌日。隠れ里の人々と挨拶をして別れる。

「気をつけて帰れよ～！」

キヌイを始めとした里の人たちに見送られ、東雲さんが割り符を一振りすると、知らぬ間に鬼が積んだとされる石段の下にいた。

どういう仕組みなのだろうと思いながら、養父に声をかける。

「じゃあ、幽世に戻ろうか」

「ちょっと待て。お前にこれをやる」

東雲さんが隠れ里への通行証でもある割り符を差し出してきた。

手の中に無理矢理押しつけられる。古びた木片を手にキョトンと目を瞬く。

「……？　なんで私にこれを？」

思わず首を傾げると、東雲さんはボリボリと頭を掻いて目を逸らした。

「お前が持っておけ。そのうち必要になるだろうから」

「次からは私が隠れ里に来るってこと？」

「ああ。今度から、ここの担当はお前にしようと思ってる」

「……だから、私を連れてきたんだ？」

「そうだ。里の奴らには、次回からお前が来ると言ってあるから安心しろ」

眉をひそめた。今までこんなことなかったのに、どういうことだろう。

「東雲さんのお客でしょ？　なら、東雲さんが相手をするべきじゃないの」

割り符を返そうとするが、突き返されてしまった。

「馬鹿言うな。いつまでも俺だけの客にしとくわけねえだろ。それに、そろそろ貸本屋業からは引退して、執筆だけに集中しようかと思ってな」

「引退？」

衝撃的な言葉に頭が真っ白になった。

「あの、東雲さん。引退ってなに？　それってどういう――」

声が震える。わけがわからない。

「どういうこと!?　ちゃんと説明して！」

カッと頭に血が上った。養父が一から十まで口にしないのはいつものことだが、さすがにひどすぎる。養父を睨みつけると、東雲さんは少しだけ困ったような顔をしていた。

「落ち着けよ。お前も大人になった。なら、店を任せようって考えるのは普通だろ？」

「そ、そうだけど……」

至極当然の理屈を口にされて頭が冷えていく。

「東雲さん」

思わず情けない声を出せば、東雲さんが眉尻を下げる。

「子どもみたいな顔すんなよ、馬鹿」

「だって」

――なにもかもが突然過ぎて、頭が追いつかない。

熱を持ち始めた涙腺を必死に宥め、東雲さんへ必死に訴える。

「わ、私ね、まだまだ東雲さんみたいに仕事ができているとは思えないの。隠れ里でみんなに慕われてる東雲さんを見て実感した。確かに私は大人だけど、東雲さんに教わりたいことがたくさんあるんだ。だから……」

——引退なんて言わないで。

願いは最後まで言えなかった。頬を優しく撫でられる。目を瞬けば、東雲さんが悪戯っぽく笑ったのがわかった。

「早とちりすんなって。別に今すぐにって話じゃねえ。ちょっとずつ引き継いでいこうってだけの話だ。ま、お前が隠れ里の奴らが嫌だってんなら仕方ねえけどな。でもよ、いい奴らばっかりだったろ？」

「……別にあの人たちが嫌ってわけじゃないけど」

東雲さんは満足そうに頷いて、今度は水明に顔を向けた。

「おい、水明。幽世に戻ったらちょっと付き合え」

「……？　なんだ、俺になにか用か？」

「後で話す。ナナシには俺から言っておくからよ。たまには男同士で腹割って話そうぜ」

東雲さんが水明と連れ立って歩き出す。

秋の冷たい風が吹き込んできた。ざわざわと木々が騒いでいる。

——なんなの？　どういうこと……？

私は東雲さんの背中を見つめながら、そこはかとない不安を覚えたのだった。

第二章　薄玻璃（うすはり）の幸福

真っ赤な長い尾をたなびかせ、悠々と金魚が泳いでいる。

二匹の金魚が遊んでいるのは、ぽぴんやビードロと呼ばれているガラス製の玩具。薄いガラスの表面に金魚の意匠が施されているのだ。息を吹き込めば、名のとおり〝ぽぴん〟と間の抜けた音を立てる玩具は夏の新商品だったが、秋になっても買い手が見つからず、籠に押し込まれてセールの札が貼られている。

——まるで過ぎ去った季節の残り香みたい。

カウンターにもたれて籠の中を眺める。これは誰が買うのだろうとか、売れ残ったら破棄されてしまうのだろうかとか、どうでもいい考えが脳裏を過る。

「おやおや。今日はずいぶんと暇なようだね」

「——ふわっ⁉」

ふいに声をかけられて泡を食った。気まずく思いながら振り返れば、気障な雰囲気を漂わせた壮年の男性——遠近さんが立っている。

「し、仕事中にぼうっとしてごめんなさい！」

慌てて頭を下げた。ここは東京都台東区合羽橋にある雑貨店だ。河童の遠近さんが経営する店で、私をバイトとして雇ってもらっている。平日の午後。しかも週のど真ん中の水曜日。路地裏の雑貨店に客の姿はなく、暇を持てあました私は、なにをするでもなくぼんやりしてしまった。

「いや、別に構わないよ。お客様が来た時にきちんとしてくれればね。夏織くん、最近は仕事の引き継ぎで忙しいようじゃないか。疲れてるんじゃないかい？」

「……いえ、体はそうでもないんですが」

――疲れてるのは、どっちかというと精神的になんだよね……。

隠れ里の件があって以来、確かに私は忙しくしていた。

貸本屋業から引退して執筆だけに集中したいという東雲さんの言葉は本当だったようで、仕事の引き継ぎを兼ねて連日さまざまな客を紹介してもらっている。誰もが貸本屋にとって大切なお客様だ。先日買った真新しいメモ帳は、引き継いだ客の情報で半分埋まってしまった。内容を暗記するべきだろうと持ち歩いているが、なかなか手を付けられずにいる。メモ帳に書き込まれた情報の〝重さ〟に、私自身がどう向き合えばいいかわからずに尻込みしてしまうのだ。

――養父の仕事のすごさを目の当たりにしたばかり、というのもあるけど。

東雲さんが引退した後、未熟な私ひとりで店を切り回せるのだろうか。自信なんて欠片もない。とはいえ、養父が守ってきた店を潰すわけにもいかない。しっかりしろと自分を叱咤してはいるのだけれど――。

いつまでも覚悟を決められない心は宙ぶらりんのまま。

まるで出口の見えない迷路に迷い込んだようだ。

「遠近さん。養父は、貸本屋を本気で引退するつもりなんでしょうか」

「夏織くんに自分の客を紹介している以上は、本気だとは思うがね」

「そうですよね……」

淡々と引き継ぎをこなす東雲さんを見ていると、どうにも不安になってくる。

早く一人前になれ。独り立ちをしろ。

そう言われているような気がして……。

自分の未熟さを思い出すたび、いたたまれないような気分になるのだ。

――うう。私って、自分で思う以上に東雲さんに甘えていたんだなあ。

「一体、どういうつもりなんでしょう。この間まで引退の気配すらなかったのに」

東雲さんはなかなか本心を教えてくれない。昔からこうだ。背中で語るじゃないが、自分の意図を直接口にしない。職人気質の頑固親父のようなところがある。

――ナナシみたいに、なんでも態度や言葉に出してくれればわかりやすいのに……。

「まあ……。アイツにもいろいろと考えがあるんだろうさ」

思わず顔を曇らせていれば、遠近さんは「ふむ」と顎髭をさすった。

「その考えを知りたいんです。遠近さんはなにか知りませんか？」

「……さあ」

フッと遠近さんの顔から感情が薄れた。どこか遠くを見ているような表情になる。

「僕も詳しくは知らないな」

一転して、女性客が黄色い悲鳴を上げそうなキラースマイルを浮かべた。普通の女性なら、蠱惑的な笑顔に惑わされて話題がうやむやになってしまうのだろう。しかし、小さい頃から遠近さんを知っている私がごまかされるはずもない。

「言いたくないなら、別にいいですけど」

むくれてそっぽを向けば、遠近さんが「あらら」と苦笑したのがわかった。

「悪いね。東雲に口止めされているんだ」

「……わかってましたよ、遠近さんが話してくれるはずがないって」

チャラいように見えて義理堅いのが遠近さんだ。だからこそ、東雲さんは絶大な信頼を寄せている。私ごときがどうこうできるものではない。

「いつもみたいに、変な騒動に巻き込まれた方がよっぽどマシですよ〜……」

先日の人魚の肉騒動を思い出す。あれは本当に大変だった。最後の最後まで、きちんと丸く収まるのかとやきもきしたものだ。結果的に、騒動の中心にいた白蔵主と孤ノ葉親子は仲直りできたらしい。話によれば、以前よりも親子仲がよくなったとか……。

「…………。ムムム」

心底うらやましい。私はこんなにも頭を悩ませているというのに！

ひとりもどかしく思っていれば、遠近さんはカウンターに寄りかかって笑った。

「わかる、わかるよ！　ライフイベントの時ってさ、本当に苦しいよね」

「ライフ……？　なんですかそれ」

「ライフイベントはね、人生において特別な出来事のことさ。後の生活に深く影響を与えるものが主だね。進学だったり、結婚だったり……就職、死別、大病なんかもそう。人によって大小の違いはあれど、必ずぶち当たる不可避イベントだ」

「今の私ですね」

「だね。夏織くんも、まさか東雲とずっと店をやっていくとは考えてなかっただろう？」

「…………。いつかは店を引き継ぐんだとは思ってました、けど」

養父が貸本業よりも執筆に重きを置いているのには気がついていた。私に店を任せられるようになれば、もっと執筆に時間を取れるようになる。その方がいいのだろうとは理解していた。そう——頭の中では。心が追いついていないだけだ。

「あんまりにも唐突で」

「ハッハッハ！　ライフイベントの大半はあらかじめ予測できないものさ。だけどね、これだけは言っておくよ。——逃げるとろくなことがない」

息を呑む。遠近さんは小さくかぶりを振った。

「後の生活に深く影響を与えるからね。逃げても構わないが、それまで築いた信頼や関係性を失いかねない。逆に試練を上手く乗り越えられれば、その後も安泰だ。つまりは今が正念場だ、ということさ」

遠近さんの言葉は至極もっともだ。それくらいは私にもわかる。

「だけど、不安でいっぱいなんです」

しっかりと地面に立っていたはずなのに、知らぬ間にひどく不安定な場所に置き去りにされた気分だ。一刻も早く元の場所に戻りたいのに、怖くて一歩も動けない。

——思い切って一歩踏み出してみれば、簡単に脱出できるのかもしれないけど。

でも、そんな勇気は全然湧いてこなくて。マゴマゴしている間にも、周りの状況はドンドン変わって行く。取り残された私は、ひとり途方に暮れるばかりだ。

ちらりと籠の中に視線を落とす。

割引シールを貼られて売れ残ったぽぴん。ときおり、触れるのが怖いと思う時がある。力加減を間違えたが最後、握りつぶしてしまいそうだからだ。そうなれば、あっという間にすべてが終わる。綺麗な金魚の意匠も玩具としての機能も価値も失われ、ただのガラスくずへと変貌してしまう。

もしかしたら、私が得ていた安寧はとても不安定なものだったのかもしれない。

薄い玻璃（ガラス）の中で眠るような。誰かがいたずらに力をこめたら壊れてしまう程度の……。

「おやおや、ずいぶんと弱気だねえ」

「ひゃっ！」

ぷに、と頬を指で突かれる。目を白黒させていれば、遠近さんがにんまり笑った。

「君らしくもない」

遠近さんは、脱いだハットを胸に当てて気障っぽい笑みを浮かべた。

「大丈夫さ。迷った時は人生の先輩を頼ればいい。たとえば、僕のようなね？　なんでもひとりでやろうとするのは君の悪い癖だよ。東雲の店を潰したくないという想いは、僕も一緒だということを忘れないでいてくれ」

「頼っていいんですか」

「僕が親友の娘を見捨てるような男だと思うのかい？」

「い、いいえ。思いません。絶対に」

気遣いに溢れた言葉。胸が熱くなる。泣きそうになって声が震えた。

遠近さんの言うとおりだ。本当に私らしくない。

「君には僕だけじゃない。ナナシやにゃあ、烏天狗の双子だっている。水明という頼りになる男の子だってね。それを絶対に忘れたらいけないよ」

「はい……」

滲んだ涙を拭って笑みを形作る。でも、笑顔を保てなくて変な顔になった。遠近さんは苦笑いを浮かべて、ポンポンと私の肩を優しく叩く。

「大丈夫。少しずつ。少しずつだよ。誰もが通る道だ。数年後には『どうしてあんなに不安だったんだろう』って不思議に思うはずさ」

――そうだったらいいなあ……。

胸に手を当てた。心が少しだけ軽くなったような気がする。私はひとりじゃない。それを知れただけで報われたような気がした。

「……へへ、私って本当に周りの人に恵まれてますね」

「おやおや、今さら自覚するだなんて」

「ごめんなさい」

「謝ることじゃないさ。人は誰しも、当たり前のものに意識が向かないからね」

大きく頷いた遠近さんは、中折れ帽を被り直すと不敵に笑った。

「さあ！　大事なことに気がつけたんだ。クヨクヨはこれで終わり！　看板娘がしょぼくれていたら商売あがったりだ。いつも通りの夏織くんに戻ってくれたまえ。元気いっぱい、美味しいご飯と物語には目がない、時に水明くんの胃を容赦なく責め立てる君にね！」

「な、なんですかそれ!?　私、そんなに好き勝手やってません！」

「アハハハハ。そうだったかなあ」

「笑ってないで冗談だって言ってくださいよ！」

遠近さんを強く揺さぶる。養父の親友は笑うばかりで目を合わせてくれなかった。

──まったくもう。

一瞬だけむくれて、すぐに笑みをこぼす。遠近さんの言う通りだ。いつまでもクヨクヨしてたって始まらない。私は私らしく自分の道を行くだけだ。

前へ進もう。迷った経験だって、後から思い出せば笑い話にできるはずだ。

「ありがとうございます。なんだかやる気が出てきました」

「おお。やっと本当の笑顔を見せてくれたね。物憂げな夏織くんもいいが、キュートな君には笑顔が一番似合う」

「遠近さんは相変わらずですねえ」

ふたりでクスクス笑い合う。

——ちりん。

ふいに鈴の音が聞こえてきた。

「…………」

遠近さんの表情が険しくなる。不思議に思って鈴の音がした方へ視線を遣ると、客がひとり入店してくるのが見えた。青年だ。季節外れの麦わら帽子をかぶり、長い黒髪をゆるく結っている。白シャツにチノパン、素足にサンダルというラフな格好だ。日焼けした肌の色は先日会ったキヌイといい勝負かもしれない。彼は私と目が合うと、角度によっては緑がかって見える瞳を細めた。

「……？」

どこかで見たような気がするが、すぐに思い出せない。

「やあ！　こんにちは！」

「いらっしゃいませ」

必死に記憶を探っていると青年が声をかけてきた。ニコニコ屈託のない笑みを浮かべ、私の顔を覗きこんでくる。その時、ふわりとある匂いが鼻孔をくすぐった。濃厚な潮の匂いだ。生臭いような、それでいてどこか懐かしさを覚える海の匂い――。

――ちりん。

再び鈴の音が聞こえた。瞬間、先日の出来事をまざまざと思い出した。狸の少女へ人魚を手に不老不死を持ちかける男の姿だ。

「人魚の肉売り……！」

恐怖に駆られて後退(あとずさ)れば、レジスターにぶつかってしまった。ガッシャン！　と、とんでもない音がして顔をしかめる。動揺する私とは裏腹に、肉売りは籠からぽぴんをひとつ取ってニコニコ笑っていた。

「久しぶり！　元気してた？」

まるで親しい友人に再会したかのような反応に戸惑いを隠せない。

「ええと、元気……ですけど？」

「そりゃあよかった！　元気なのが一番だよねえ」

フッと肉売りがぽぴんに息を吹き込んだ。「ぽぴん、ぽよよん」と間抜けな音がして、張り詰めていた空気を否が応でも緩めようとしてくる。しかし、気を抜くわけにはいかない。この青年が幼気な少女を惑わせ、大騒動に発展させた事実を私は知っている。

「……なにをしにきたんですか」

「ん？」

警戒心を解かないまま訊ねれば、肉売りは「ぽよん」とぽぴんを鳴らして首を傾げた。

「ちょっと君と話をしたくてさあ。付き合ってくれない？」

「……は、はあ？　どうして私と話なんか」

意味がわからない。またなにか仕出かそうとしているのだろうか。

「遠近さん……！　なんとかしてください！」

遠近さんに助けを求める。ごくごく普通の人間である私と違い、合羽橋でも随一の古参である遠近さんであれば、人魚の肉売りなんて蹴散らせるはず……！

「んー？」

遠近さんは思案げに首を傾げ、それからにっこり笑った。

「話をするだけなんでしょ。ならいいんじゃない」

「……なっ？　なにを言うんですか、遠近さんっ!?」

先ほどまでの頼りになるおじさまムーブはどこへやら。とんでもないことを言い出した遠近さんに慌てて詰め寄る。しかし、長年の付き合いであるはずの養父の親友は、「大丈夫でしょ」と能天気な反応を返した。

「大丈夫、大丈夫。コイツはね、人魚の肉をやたら押しつけようとしてくるだけで、別に害はないあやかしだよ。人魚の肉だって使いどころを間違えなかったら問題ない」

「いや、たとえそうだとしても、ふたりで話をするなんてごめんなんですけど!?」

友人である孤ノ葉と月子、そして玉樹さんを惑わせた青年を私は許していない。

強烈な拒絶反応を示している私に、遠近さんは苦笑いしている。

「いやはや嫌われたもんだね。君、夏織くんになにかしたの？」

「ええ？　この子にはなにもしてないよ。永遠が必要そうにも見えないし」

「なにを……！　玉樹さんにしたこと、忘れたなんて言わせませんよ！」

肩を怒らせて断言する。途端、肉売りが気まずそうな顔になった。鼻息荒く睨みつけると、遠近さんは「落ち着いて」と私を宥めた。

「もちろん僕だって忘れてはいないよ。玉樹は僕にとっても親友だった」

「なら――……」

「でも、それとこれとは話が別だ」

パチリと茶目っけたっぷりに片目を瞑る。

「現在進行形でライフイベントに見舞われている夏織くんには、広い視野が必要だ。今まで話したことのない相手との会話はきっと役に立つ。嫌な思いをさせられたら、すぐに帰ってくればいいよ。誰彼構わず襲うほど、非紳士的な奴ではないからね」

一息で語り終え、ちら、と肉売りに視線を送る。

「だろう？　人魚の肉売りくん？」

不敵な笑みを湛えて言えば、肉売りは曖昧に笑って頷いた。

「もちろん。傷つけるために来たわけじゃないからね」

「だそうだ！　なら、安心して話してくるといい。大丈夫、万が一のことがあったら、この男を地の果てまで追い詰めて葬り去ると誓うよ！」

「待って、待って。誓いが物騒なんだけど!? 僕ってば、なにをされちゃうわけ!?」

青ざめた肉売りが遠近さんに詰め寄っている。どうやら遠近さんは、私と肉売りの対話を必要だと考えているようだ。永遠を押し売りする奴なんて迷惑以外の何者でもないのに、私にはわからない〝なにか〟があるのだろうか。だったら、広い視野とやらを得るために話してみるのも手かもしれない――。

そこまで考えてから、ふるふるとかぶりを振った。やっぱり駄目だ。友人や玉樹さんを戯れに惑わせた人を信用できるはずもない。

「ごめんなさい。私、あなたの話に付き合っている時間はないの」

ツンとそっぽを向く。

「ええ……。そんなあ！」と肉売りは落胆の色を見せている。

「おやおや、フラれちゃったねえ。残念」

「どうしよう……。困ったなあ」

しゅんと肩を落とした肉売りにちょっぴり胸を痛めながらも「それよりもお客様」と、おもむろに手を差し出した。キョトンとしている青年へ、接客用の笑みを顔に貼りつける。

「――ぽぴん、ひとつ八百円です」

「……へ？」

「売り物に口をつけたんですから、当然買い取ってくれますよね？」

肉売りの眉根が寄る。ぽぴんを咥えたままポケットを探った。中から出てきたのは、無料配布のポケットティッシュとゴミくずだけだ。

「ツ、ツケで」

「当店にはそういうシステムはございません」

「ううっ！」

肉売りが苦しげに呻く。「ぽよよよん」と、ひときわ大きくぽぴんが鳴った。

＊　＊　＊

バイトが終わると、私は都内のある場所を目指した。

神保町だ。目的は古書店街。今日は本の仕入れをする予定だ。

秋晴れの空が広がる神保町は多くの人々で賑わっている。町のいたるところに本屋が並び、靖国通りの南側に回れば、味のある店構えの書店がずらり。ウキウキしながら神保町に降り立った私は、さっそく腹ごなしをすることにした。本屋に入ると時が経つのを忘れてしまう。戦前の栄養補給は必要不可欠だ。

立ち寄ったのは神保町で有名な鯛焼き屋さん。大きな四角い羽根がついていることで人気だ。これから軽くなるであろうお財布事情に影響を及ぼさない優しい値段設定。ひとつ注文すれば、焼きたてを出してくれた。袋越しにじんわりと熱が伝わってくる。今日も今日とて東京には乾き切った冷たい風が吹いていた。冷え切った指先に、じん、と鯛焼きの熱が染みる。バイト終わりで疲れた体が早く鯛焼きをよこせと騒いでいた。道端に寄って、思い切り齧り付こうと口を開ける。しかし、熱烈な視線を感じて思わず動きを止めた。

「…………」

肉売りが私をじっと見つめていたのだ。どうやら付いて来てしまったらしい。彼の熱視線は鯛焼きに注がれていて、ぱかんと開いた口からは今にも涎が垂れそうだった。

「見ないでくださいよ」

サッと鯛焼きを肉売りから隠す。ジロリと睨みつけ、

「食べたいなら自分で買えばいいじゃないですか」

そう冷たく突き放せば、肉売りが少し困ったような顔になった。

——そういえば、ぽぴんも買えないくらいお金がないんだった……。

例のぽぴんの支払いは遠近さんが立て替えていた。理由はわからないが、遠近さんは肉売りに対して面倒見がいい。さっきも肉売りをよく知っている口ぶりだった。遠近さんは事情通だから、どこかで知り合う機会があったのかもしれないけど……。

——いや、遠近さんも玉樹さんが肉売りを捜していたのを知ってたはず。困っている友だちを放って置く人じゃないもの。じゃあ、孤ノ葉たちの騒動の後に知り合った……？

なんにせよ、遠近という人の中で肉売りは〝無害〟認定を受けているらしい。

——あれだけ大騒動を起こしたのに。わけがわからないや。

無視して鯛焼きを食べようとする。瞬間、ぐう……と盛大な腹の音が辺りに響き渡った。肉売りの腹の音だ。羞恥にほんのり頬を染めた青年を睨みつける。

「……ああもうっ！」

これじゃ美味しくおやつも食べられやしない。なかば自棄糞（やけくそ）になってもうひとつ購入する。ほかほかの鯛焼きを押しつければ、肉売りの目がキラキラ輝いた。

「ありがとう〜！」

心底嬉しそうにしている肉売りへ、よかったですねと適当に声をかける。小さくため息をこぼして、道端の防護柵に寄りかかった。行き交う人を眺めながら鯛焼きをほおばる。羽根はサクサク、生地はもっちり。中にぎっしりあんこが詰まった鯛焼きは結構な食べ応えがある。甘いスイーツが疲れた心に沁みるようだ。思わず気を抜いていれば、

「街角でごちそうが食べられるなんて幸せだねえ。ね、君もそう思うでしょ？」

肉売りに満面の笑みで話しかけられ、ひくりと顔がひきつった。

「そ、そうですね」

曖昧に笑みを返せば、口の周りにあんこをつけた肉売りがニカッと笑う。

「やっぱり永遠は最高だな！　長く生きてなきゃこんな美味しいもの食べられなかった」

すでに食べ終わったらしい。包み紙をポケットに突っ込んだ肉売りは、遠近さんに買ってもらったぽぴんを取り出した。

「素敵な玩具まで僕のものになった。永遠はいいよねえ。いろんな出会いをもたらしてく

れる。ほら、ガラスがすっごく薄いよ。すごいねえ。現代技術って奴？」

緑がかった瞳を細め、ぽぴんを空にかざして眺めている。秋の薄日が、ガラス越しに肉売りの頬へ鮮やかに色を散らした。

――この人、本当に永遠の命をいいものだと思ってるんだ……。

無垢な子どものようだ。延々と続く日々が、幸せなのだと信じて疑わない。

――モヤモヤする。この人の思い込みが大勢を不幸にしているように思えてならない。

私の脳裏に浮かんでいたのは、永遠の命に苦しみ続ける玉樹さんの姿だ。

大切な人を苦しめた肉売りをやっぱり許せない。ムッとして言い返した。

「現代技術は関係ないです。ぽぴんはずいぶん昔からありましたよ。知らないんですか、江戸時代に活躍した喜多川歌麿の『ポッピンを吹く女』っていう絵。あなたが世間知らずなだけじゃないですか」

最後まで喋り終わった途端、後悔が募ってきた。大人げなかった気がする。どう考えても言い過ぎだ。ああ！　慣れないことをするもんじゃない。

「そっか。そんな前からあったんだ」

渋い顔をしている私に、肉売りはしみじみと呟いてふうとぽぴんに息を吹き込んだ。ぺこぽんと調子よく鳴ったぽぴんを眺め、じわりと哀愁を漂わせた。

「永く生きるのもいいことばかりじゃないね。限られた時間を生きている人の方が、瞬間、瞬間に輝いているものを見落とさないのかもしれない」

肉売りが突然もらした弱音に驚きを隠せない。先日会った時は、あれほど永遠に対して自信満々だったのに。どういうことだろう？　なにか心境の変化でもあったのだろうか。

「だからさ、僕と話をしようよ。君の意見が聞きたいんだ」

「あの……どうしてそんなに話を聞いてほしいんです？」

そっとティッシュを差し出した。いい大人が顔を汚したままなのは気の毒だ。

「んー？」

肉売りはゴシゴシと口もとを拭って、ずいと私に顔を近づけた。

「最近さ、永遠の命を連続で断られちゃって困ってるんだ」

「それが私とどう関係あるんですか」

「あるある。大ありさ！」

ビシッと指差される。ギョッとしていれば、肉売りは目を爛々と輝かせて言った。

「君ってば、永遠に対して否定的だったろ？　本当にびっくりしたんだ。変だよね。永遠に続く生が最高なのは間違いないのに。永く生きすぎた僕にはない価値観に興味があるんだ。だから話を聞かせてほしい」

「聞いてどうするんですか……？」

「それをもとに傾向と対策を練る？　みたいな」

「受験勉強じゃあるまいし」

「仕方がないじゃないか。断られるんだから手段を変えるしかない。僕にはね、永遠を届けてみんなを幸せにする義務がある」

「……はあ」

情熱的に語る肉売りを複雑な気分で眺める。

彼の言葉には下心や卑屈な部分はまったく見受けられなかった。彼が人魚の肉を勧める動機は単純明快だ。自分が素晴らしいと思うから。それだけだ。私利私欲ではない。

——永遠にこだわってなかったら、いいあやかし……なのかも？

一瞬、そんな考えが浮かんだがすぐに振り払った。肉売りのせいで私の知り合いたちはえらい目に遭ったのだ。絶対にそれを忘れてはいけない。とはいえ、ずっと付きまとわれても困る。別に私は永遠の専門家でもなんでもないんだけど。おかしなことになった。

「……仕方ないですね」

はあとため息をこぼす。ぴん、と肉売りの背筋が伸びたのがわかった。

「いいの!?」

「別にたいしたことは言えませんけど」とかぶりを振る。だのに、よほど嬉しいのか肉売りはニコニコしっぱなしだ。なんだか腑に落ちない。気持ちがクサクサする。

「さっさと終わらせましょう。そもそも、詳しい説明なんていらないと思うんですよね」

早足で古本屋街へ向かう。手近な店に入った。棚にぎっしり詰め込まれた本たち。色褪せ、赤茶けた背表紙が私たちを物言わぬまま出迎えてくれる。ああ、本の匂いだ。心が落ち着く。

私はとある本棚の前に立つと、おもむろに店内を見回して言った。

「見てください。ここには、こんなにも永遠が溢れてるじゃないですか！」

「どういうこと……？」

肉売りはわけもわからずキョトンとしている。

「別に人間だって永遠が嫌いなわけじゃないんですよ。人間は長い時間をかけて永遠を手に入れる方法を模索し、そして完成させました」

「えっ!?　えっ!?　人魚の肉をみんな持ってるってこと？」

「……そういうわけではないんですが」

私は「こんなにわかりやすいのに」と笑って、一冊の本を手に取った。古典文学の本だ。古めかしいフォント。少し厚めの紙。発行年月日を見れば、五〇年以上も前だった。紙は黄ばんでいるものの読むぶんにはまったく問題ない。誰かが大事にしていた本なのだろう。小さな書き込みを見つけて、フッと笑みをこぼした。

「私は、印刷こそが人間が永遠を追求してきた証だと思います」

「……印刷が？」

「日本の印刷の歴史は、奈良(なら)時代から始まったと言われているんですよ。印刷された時期がはっきりしているもので、現存する最古の印刷物が日本にあることはご存知ですか」

「……？　知らない。いつのもの？」

「百万塔陀羅尼(ひゃくまんとうだらに)と言って、仏教の呪文を印刷した紙片です。今から千二百年くらい前、西暦七六四年から七七〇年にかけて作られました。称徳天皇が、藤原仲麻呂が起こした乱で死んだ人々を弔うために、百万基の小塔の中に収めさせたんですよ」

そっと本の背表紙に触れる。

「政治的な意図もあったのでしょうが――誰かの死を弔うために刷られた陀羅尼は、長い時を超えて、今もなお法隆寺に四万基ほど残っているそうですよ。すごいですよね」

「千二百年……？　そんな昔から、人間は印刷を始めてたんだね。それが今まで遺ってるなんて。すごいや！」

無邪気に感心している肉売りに私は話を続けた。

「私は、百万塔陀羅尼は永遠を手に入れた成功例だと考えています」

「……っ！　どういうこと？」

「百万塔陀羅尼には歴史的な〝価値〟がある。だからこそ今日まで生き延びてきました。〝価値〟さえ認められれば、人間が創り上げたものを永遠に残すことは可能なんです。印刷にはそういう一面があると私は考えています。大量に複製を刷ることで失われる可能性を低くして、更に〝価値〟を認めてくれる人のところへ届ける。永遠に繋がる手法のひとつが印刷なんです。だからこそ、人間は印刷技術の進歩に心血を注いできました」

試作を重ね、失敗作を積み上げ――ルネサンスの三大発明のひとつ、グーテンベルクの活版印刷を経て精度を高めていった。なんの精度かと問われれば、印刷物に〝価値〟を付与するための美しさ。そして、大量に印刷するための技術の精度である。

「どうしてそこまでするの？　意味がわからないよ」

心底理解できないという肉売りに、私は慎重に言葉を選びながら語る。

「だから、永遠がほしいからですよ。知識や物語、もしくは誰かの偉業、歴史的な出来事、はたまた自分の名前や主張を、歴史の中に埋もれさせずに残し続けるためです」

手にした本を肉売りに見せる。

「これは明治初期に活躍した文豪の本で新装版ですね。もっと新しい版も出版されています。今は電子版もありますよ。映像作品や舞台にもなっていたと思います」

「……これも成功例？」

「ある意味は。百万塔陀羅尼ほど残り続けるかはわかりませんけどね。作家の死後からかなり経っていますが、いまだに人々の記憶の中に刻み込まれているのは事実です」

〝価値〟さえ認められれば、たとえ原本が失われても中の情報や物語は別媒体に移されて永遠に残り続ける。それこそ人間が滅ぶ瞬間までだ。

「本人は死んじゃってるじゃないか。創作物だけが残ってもなんの意味もない！」

悲鳴のような声を上げた肉売りに私は苦笑をこぼした。

「誰もが人魚の肉を手に入れられる状況であれば、違ったのかもしれませんけどね」

永遠の命なんてそう簡単に手に入らないから、人はできる範囲で方法を模索し続けているのだ。方法は人によって様々だ。本の作者たちは、印刷という技術を利用して生き残りを模索したと言える。できる限り多くの人に読まれたい。長い間、物語を読まれ続けたい……それは、創作者すべてに共通する願いだ。

ぐるりと店内を見回した。本棚にぎっしり詰め込まれた本。それぞれが永遠への挑戦者であると思うと感慨深い。いわば、飽くなき永遠への挑戦。価値のある本、価値を得られなかった本。本屋の中には勝者と敗者が確実に存在している。本屋は永遠に挑む戦いの最前線であり――時には墓場にもなった。本の運命は読者が握っている。面白いなとつくづく思う。

「そんな回りくどいことをするくらいなら、不老不死を受け入れればいいのに」

肉売りは不満げに頬を膨らませている。たしかに、過去には本当に永遠の命を求めた人々もいたようだ。私の知らない場所でいまだに不老不死を追い求めている人はいるかもしれないが、圧倒的に少数派だろう。「別に人間だって永遠が嫌いなわけじゃない」と言ったが、誰もがほしがるとは限らない。

「限りある命しかない人間は、現実主義にならざるを得ないんです。だから、永遠の命に憧れながらも冷めた目で見ている。実際、永遠の命に対する人間のイメージはネガティブですよ。創作において、不老不死を得た人物が抱える孤独は王道のテーマですし

王道という言葉のせいで、ある人物の顔が脳裏を掠めた。

――ああ、あの人もよくこの言葉を口にしていた。

「玉樹さんも……一介の御用絵師であった頃、自分の〝名〟を後世に残したいと努力したそうですよ。ある意味、それも永遠に繋がる模索ですよね」

「……ッ！」

今は亡き人の名前を出せば、肉売りの表情が強ばったのがわかった。

玉樹さんは彼の作品を妄信する人間によって、自分の意思とは関係なく不老不死にされてしまった。永遠を手に入れた玉樹さんは決して幸福なんかじゃなかった。むしろ永遠を捨てるために何年もあちこちを旅して回ったくらいだ。

「永遠に創作を続けられるという事実に、玉樹さんは喜ぶどころか絶望したのだそうです。意味がないとすら言っていましたよ。限りある命だからできることがある。長すぎる時間を与えられても、人間は途方に暮れてしまうんです。たぶん、永遠への誘いを断った人たちも同じ感覚を持っていたんじゃないかな、と思います」

最後まで自分の意見を言い切って、ちらりと肉売りの様子を覗き見る。

「……！」

思わず息を呑んだ。肉売りが瞳いっぱいに涙を溜め、震えていたからだ。

「そ、そうかもしれないけど。ぼ、僕はやっぱり、永遠はいいものだと思うんだ」

肉売りは、涙をこぼしながらがっくりと肩を落として呟く。

「あの人には悪いことをしたと思ってる。本人が永遠を望んでいたかどうか確認しなかった僕の手落ちだ。僕だって誰彼構わず不老不死にしたいと思っているわけじゃない……」

肉売りの瞳から落ちた涙はどこまでも透明だった。こぼれたしずくは、ポツポツと床に染みを作る。ポツン、ポツンと肉売りの悲しみが深まるごとに数を増やしていく。

「永遠は幸せなことなのに。間違いないのに、どうしてわかってもらえないんだろう」

ぽつりと口から出た言葉には明らかな落胆の色。

――うっ……。

「これはあくまで私の考えですから！　ど、どこかに永遠の命を受け入れてくれる人はいると思いますよ……？」

「……！　ほんと!?」

ハンカチを差し出して言えば、肉売りが目をキラキラ輝かせ始めた。たまらず小さく呻く。一体、私はなにを言い出すのか。頭を抱えたい衝動に駆られ、心の中でジタバタと悶える。だって、ひとりで思い悩んでいる姿はどうにも可哀想で――。

好きな本を読んでもらえずに落ち込んでいる自分にちょっぴり似ている。

小さくしゃくり上げている肉売りを複雑な想いで眺めた。

――どうしてこんなに永遠の命にこだわるのだろう……。

それさえなかったら、少しは歩み寄れる気がするのに。

「永遠が必要な人やあやかしに巡り逢うのを待つしかないのかな？」

「……人の価値観はそれぞれです。本当に永遠の命がいいものだと思っているのなら、腰を据えて説得するくらいしなくちゃ駄目ですよ」

「そっか。後の生活に重大な影響を及ぼすのに、簡単に決められるわけないもんね。……ああ、僕は口下手で駄目だなあ。君みたいに考えを上手く伝えられたらよかったのに！

そしたら、もっと多くの人を永遠の命で救ってあげられたかもしれない――」

瞬間、肉売りの顔がぱあっと輝いた。

「……そうか！　そうすればいいんだ！」

なにかを思いついたのか、ニィと不敵に笑う。

肉売りは軽い足取りで私から離れると、白い歯を見せて笑った。

「なんかわかった気がする！　夏織くん……だっけ、ありがとー！」

ブンブンと勢いよく手を振り、颯爽と店を後にする。肉売りの背中を見送って、私はたまらずため息をこぼした。

「……なんなの」

――とてつもなく嫌な予感がする。

思わず顔をしかめていれば、

「ゴホンッ！」

店主から注がれる冷たい視線に気がついて飛び上がりそうになった。ずいぶんと長話をしてしまった。店主の視線が私の手もとに痛いほど注がれている。手にした本を買わないならさっさと去れと言わんばかりだ。

アハハ、と愛想笑いを浮かべた私は、本を棚に返して店を出た。ぴゅうと冷たい秋風が頬を掠めていった。慣れない相手と長話したせいか疲労感が半端ない。何軒もの本屋を回る気力は残っていなさそうだ。

「……厄日だわ」

肩を落とした私は、仕入れを諦めてすごすご幽世へと帰ったのだった。

＊　＊　＊

人魚の肉売りと邂逅を果たした数日後。

「おい、夏織」

秋の恒例行事「本の虫干し」に向けて、店で山のような蔵書を整理していた時である。振り返ると、東雲さんと水明、クロが並んで立っていた。

「なあに？　どうしたの。みんな揃って」

タオルで汗を拭きながら訊ねる。店の片隅で昼寝をしていたにゃあさんが、伸びをして窓から出て行く。水明の足もとにいたクロが「待って！」と慌てて後を追った。わんにゃん二匹の姿が見えなくなると、東雲さんは水明と目配せをしてから口を開く。

「悪いんだが、唐糸御前（からいとごぜん）のところまで荷物を引き取りに行ってほしいんだ」

「唐糸御前のところ？」

「ああ。本の配達も頼みたいから、水明も連れていけ」

「……！　あ、もしかして本体の修理が終わったの!?」

パッと顔を輝かせて訊ねれば、東雲さんが大きく頷いた。

「そうだ。ちっとばかし忙しくてな。代わりに受け取ってきてくれねえか」

唐糸御前は、元々は鎌倉時代に生きていたお姫様だ。なんの因果かあやかしになってしまった彼女は、現在は付喪神専門の修繕師をしている。彼女は東雲さんの本体の修理を請け負っていた。養父は掛け軸の付喪神で、とある事件のおりに本体を破壊されてしまった。春先には修繕が終わると聞いていたのに、トラブルもあり伸びに伸びて今に至っている。

「やっとか〜！　よかったねえ。これで少しは安心できるでしょ」

付喪神は基本的に本体から離れない。万が一にでも本体になにかあれば命に関わるからだ。修理のためとはいえ本体と隔離されている状態は不安だったに違いない。心底安堵して微笑めば、東雲さんはバリバリと首元を掻いた。

「まあ、そうだな」

曖昧に笑って、ゆっくりと瞼を伏せた。東雲さんの視線が地面を行きつ戻りつしている。

「悪いな。使いっ走りさせちまって。虫干しが終わった後でいいからよ」

「……そう？　でもなあ」

窓越しに空を見上げる。

「唐糸御前も東雲さん担当だったよね……」

かの御前とは、以前、青森の黒神関係の事件で関わった時、いくつか本を紹介させてもらった。厳選したつもりだ。自信はあったが——再び選書の依頼は来ていない。付喪神の修繕で忙しくしている人だ。単に暇がないのかもしれないけど……。

――失敗したな、って心残りだったんだよね。

これは挽回のチャンスかもしれない。貸本屋を継ぐために頑張ろうと決めたのだ。スキルアップのためにもチャレンジしてみるべきだろう。

「青森まで行って帰ってくるだけだよね？　わかった、すぐに行くよ」

エプロンを素早く取った。急いで行けば今日中には帰ってこられるはずだ。

「支度するね。水明は準備できてるの？」

「……ああ。大丈夫だ」

「そっか。クロも一緒に行くよね？　あの子たちどこ行っちゃったんだろう」

店頭の引き戸をからりと開けて、外の様子を窺う。「にゃあさん！」と声をかければ、頭上から「なあん」と聞き慣れた声が降ってきた。軒下でクロが屋根を見上げて途方に暮れているのが見える。相変わらずクロはにゃあさんに翻弄されっぱなしだ。

出かけるよと声をかけ、店内に戻って広げていた本をしまい始める。

「夏織、焦らなくていいんだぞ？」

東雲さんは気まずそうな顔をしている。私は手をヒラヒラ振って笑った。

「いいの。これも引き継ぎの一環でしょ？　東雲さんが私にお遣いを頼むのはいつものことだし。それにね、私ってば東雲さんの本体の掛け軸をじっくり見たことがなくてさ」

たしか、天翔（あまかけ）る龍（りゅう）を描いた水墨画（すいぼくが）だったように思う。以前、目にした時は、無残にも切り裂かれてしまっていた。しかし、そんな状態であっても素晴らしいとわかる出来だった。

墨の濃淡で描かれた作品なのに、自然と色が滲み出てくるような感覚。不思議な体験だった。もう一度見てみたいと心から思う。それが養父の本体であるならなおさらだ。

「〝幸運を呼ぶ掛け軸〟を拝ませてもらえるなら、青森くらいへっちゃらだよ」

少し戯けて言えば、東雲さんはクックッと喉の奥で笑った。

「そうか」

ポンポンと肩を優しく叩かれる。

「なら頼む。気をつけていけよ」

「うん！」

喜色を浮かべて頷く。

「お遣いでもなんでも遠慮せずに言ってよ。私、お店をきちんと継げるように頑張るつもりなんだから」

やる気を見せれば、東雲さんはふわりと優しげに笑んだ。すると、水明がどことなく暗い顔をしているのに気がつく。

「――水明？」

首を傾げていれば、東雲さんが「待ってろ」と自室に戻っていった。配達も頼みたいと言っていたから、必要な本を取りに行ったのだろう。東雲さんの姿が見えなくなってから、ゆっくり水明に近づく。無言のまま佇む水明の横に立つと――フッと耳に息を吹きかけた。

「どわあああああああっ！　な、なにするんだお前っ！」

耳を手で押さえ、真っ赤になって慌てだした水明へにんまり笑う。

「ぼんやりしてるから、どうしたのかなって思って」

水明はすい、と視線を逸らした。遠くを見たままこちらを見ようとしない。

「べ、別にどうもしてない。最近、忙しいんだ。秋は冬籠もりの準備で店がごった返すだろ？　疲れてるから、た、体力温存をしてたんだ。これから青森に行くらしいし」

「あらら。大変だね。無理しなくても大丈夫だよ？　にゃあさんもいるんだし」

薬屋はずいぶんと盛況のようだ。近ごろ、ナナシの姿を見ていないのはそのせいだろう。

「いや行く。絶対に行くからな。お前は目を離すとなにを仕出かすかわからない。俺がそばにいないと」

ブツブツ呟く様は、恋人というより保護者のようだ。たまらず噴き出してクスクス笑う。

ムッとした様子の水明に「そっか」と頷いた。

「わかった。じゃあよろしく頼むよ。私が変なことしないように見張ってて」

「……まったく仕方ない奴だ、お前は」

頬を染めたままそっぽを向いてしまった水明を眺める。私は苦く笑うと、

――ごまかしが下手くそなんだから。

内心でため息をこぼした。彼と知り合って一年と少し経つが、わかったことがある。水明は隠し事が本当に下手。嘘を吐いている時は絶対に目を合わせてくれない。

――普段は見すぎってくらいに、まっすぐ目を覗いてくる癖に。

ここ最近、水明と東雲さんは頻繁に一緒に出かけていた。ふたり揃って声をかけてきた様子を見ると、たぶんなにかあるのだろう。

——まあ、話してくれるのを待つしかないか。

無理矢理聞き出すのも気が引ける。すっきりしないが、彼らが私を傷つけるなんてあり得ない。ならば時が来るまで待てばいい。なにも焦る必要はないのだ。

心の中のモヤモヤを押し込め、笑顔になる。

「青森に行ったら美味しいご飯でも食べようよ！　林檎の季節にはちょっと早いかなあ。弘前でアップルパイ食べ比べとか？　土手町って場所にね、白あんのおやきが美味しい店があるんだよねえ。あ、黒神に挨拶に行くのもいいなあ」

いつものように寄り道を提案すれば、水明がギュッと眉根を寄せた。

「そんな時間はないだろう。本来の目的を忘れるな」

「うっ！　そこをなんとか！」

「いやあね。色気より食い気って感じ」

「夏織は、いつもこうだよねえ」

「……ッ!?　にゃあさんにクロ、いつの間に!?」

犬猫コンビの極寒の如く冷え切った視線におののいていれば、

「わあ！　なんか楽しそうな話してるねー！」

したーん！　と勢いよく店の入り口が開いた。現れた人物に思わず目を丸くする。

「なになにっ？　青森に行くってほんと～？　なら僕も交ぜてよ！」

「――人魚の肉売りっ……!?　お前、どうしてここに！」

つい先日、死闘を演じた相手の登場に、すぐさま水明が臨戦態勢に入った。肉売りは水明なんて目に入っていないのか、ニコニコ笑いながら店に入ってくる。

「な、なんの用でしょう……」

――まさかこの間、神保町で話した内容が気に入らなくて復讐に来たとか……？

嫌な予感がして身構えていれば、肉売りは私の手にぐいと紙袋を押しつけた。少し湿気った紙袋だ。ホカホカ温かい。なにより――甘い匂いがする。

「……こ、これは……！」

唾を飲みこんで紙袋を覗いた。中にはつい最近見たアレが入っていた。

「た、鯛焼き……？」

「この間、すっごく美味しかったからさ！　お礼にと思って」

ニカッと太陽みたいに笑われて、眩しさにたまらず目を眇めた。

――わあ、それで焼きたて買ってきてくれたんだ。嬉し……いやいやいや！

「ど、どういう魂胆ですか。まさか毒を仕込んであるとか……？」

「なにも企んでなんかないよ。ひどいなあ、人の好意を」

「お金がないのに？」

「大丈夫、なにせ僕には永遠の命があるからね。食べなくても、すごくひもじくて惨めに思うだけで死んだりはしないんだ！」

「それって別に大丈夫じゃないですよね……!?」

思わず突っ込めば、肉売りはケラケラ愉快そうに笑っている。

なけなしのお金で買った鯛焼き……受け取っていいものなのだろうか。悶々としていれば、ポン、と誰かに肩を叩かれた。

「………。夏織？」

ぎこちない動きで振り返ると、やたら綺麗な笑みを浮かべた水明がいた。

「──やけにコイツと親しいようじゃないか。どういうことだ。説明しろ」

「ヒッ！　いや、別に彼とはなにも……」

「そうだよ！　一度だけ神保町デートしただけさ」

「誤解を招くような発言はやめてくれません!?」

勢いよく睨みつける。肉売りはニヤニヤ笑っていた。

明らかに遊ばれている。彼の中で私たちはすっかり気安い関係のようだ。

「なんだ、なんだ。やかましいな、お前ら」

騒ぎを聞きつけた東雲さんがひょっこり顔を覗かせた。ジロリと私たちを睨みつけ──

視界の中に肉売りを見つけてしかめっ面になる。

「おめえ……。また来たのか、しつけえなあ」

「お邪魔してま〜す！　ねえねえ、東雲。僕もこの子と一緒に青森へ行ってもいい？」

ピクリと東雲さんの片眉が吊り上がった。

「どういうつもりだ？」

地を這うような声。鋭い眼光。ともすれば恐怖を覚えそうなほどに剣呑な問いかけにも、肉売りは飄々と答えている。

「この間ね……えっと、夏織くん？　にいろいろと教えてもらってね。永遠の命について考えたんだ。まあ、終わりのない生は最高だって結論は揺らがないんだけど」

すう、と目を細める。緑色の瞳が鮮やかさを増した気がした。

「ちょっと思うところがあって。別にいいでしょ？　仕事の邪魔をしたりしないからさ」

「…………」

肉売りの言葉に、東雲さんは渋い顔をしている。はあ、とため息をこぼすと「好きにしろ」と肩を竦めた。

「やった！」

「ちょ、ちょっと待って！　東雲さん、一体どういうことなの？　それに、肉売りと知り合いだなんて初耳なんだけど!?」

たまらず訊ねれば、東雲さんは面倒くさそうに息を吐いて、突っかけを履いて店に下りてきた。手にしていた本を私に押しつけ、チッと舌打ちをする。

「ちょっと顔見知りってだけだ。コイツがいるとうるさくて敵わん。仕事の邪魔だ。行きたいってんなら別にいいだろ。青森へ連れていってやれ」

「え、ええ……!?」

養父の意外過ぎる言葉に目を白黒させる。

「待て、東雲。さすがにそれは容認できない！」

すかさず水明が止めに入るも「俺がいいって言ってんだから、別にいいだろ」とピシャリと遮られてしまった。水明と顔を見合わせる。思わず肉売りを見れば、彼は満足げに鼻の下を指でさすっていた。

「ほ、本当に一緒に行くの……？」

そろそろと訊ねると、肉売りは満面の笑みで「うん！」と大きく頷いた。東雲さんは「任せたぞ」と自室に戻っていく。どうやら連れていくしかないようだ。

──ちゃんと貸本屋を継ごうって決めてから、初めて任された仕事なのに……。

肉売りと一緒だなんて。とんだ珍道中になりそうである。

思わず渋い顔になった。なんとなしに東雲さんからもらった本を見遣る。

『丹後国風土記（たんごのくにふどき）』。古めかしい和綴じの本だ。

「……？　これを唐糸御前が？」

首を傾げる。ハッとして自室に戻ろうしている養父へ慌てて声をかけた。

「し、東雲さん！　どうしてこの本を選んだの!?」

予想だにしていなかった本に、私は混乱していた。どういう意図で貸し出す本なのだろう。仕事をやり遂げるためにも理解しておくべきだ。

ゆるりと振り返った東雲さんは、口を何度か開閉してからボソリと答えた。

「どうしてって――……そういう風にしてくれと言われたからな」

口下手な養父らしい返答だ。全然、答えになっていない。じっと続く言葉を待つ。東雲さんは面倒そうに視線を宙に遊ばせると、指折り数えながら本のタイトルを挙げていった。

「ソイツの前に貸したのは、『古事談』に『水鏡』『万葉集』『日本書紀』だ。江戸時代に出た『御伽文庫』も貸したぞ。夏織、お前なら――どういう理由かわかるだろ？」

小さく息を呑んだ。必死に頭を巡らせて一応の答えを出す。

「……わかる、と思う」

途切れ途切れに答えた私に、東雲さんはニカッと嬉しそうに笑った。

「そうか。頑張れよ、お前はうちの跡継ぎなんだからな」

養父の姿が見えなくなった。そんなに長くないやり取りだったのに、手のひらにじんわりと汗をかいている。緊張していたようだ。

「――よしっ！」

腕まくりをして店の本棚に向かった。素早く視線を巡らせ、棚から何冊か本を取り出す。

「……なにしてるんだ？　出かけるんだろ？」

首を傾げている水明に、私はページから目を離さないまま言った。

「ごめん、ちょっと待って。情報を補足しておきたいから」

そのまま黙りこむ。ペラペラと高速でページを繰る。

――ここじゃない、どの辺りだったたっけ……。

「ん〜？　行かないの？　僕は待ってればいいわけ？　ねえ。ねえってば！」

なにやら肉売りが騒いでいる。しかし、文字の世界に入り込んだ私の耳には届かない。目当ての情報を探して、更に数冊の本を棚から取り出した。

――私がこの店を継ぐんだ。どんな仕事だって絶対に失敗できない。

数十分後。心当たりがあった書籍に一通り目を通し終わった。必要だと思われる本を鞄に何冊か詰め込む。暇を持てあまし、わんにゃんコンビと遊んでいる肉売りに声をかけた。

「お待たせ。行こう！」

こうして私たちは、青森へと向かうことになったのだった。

＊　＊　＊

私たちが降り立ったのは、青森県の中でも西に位置する鰺ヶ沢町(あじがさわまち)だ。海岸線沿いに白い物体がずらりと干されている。風に揺られ、ハタハタとなびいているのは開いたイカだ。ここは焼きイカ通り。名のとおり焼きたてのイカを売る商店が並ぶ場所で、ドライブがてら海産物を買い求める客で賑わっている。

「はくっ！　はくはくはくっ！　ふわ〜！　イカ美味しいねえ！　身が厚くって、ほんのりしょっぱくて……いくらでも食べられちゃうよ！」

潮の匂いを多分に含んだ風を浴びながら、大はしゃぎしているのはクロだ。茶色い紙袋に直接鼻を突っ込み、しっぽをブンブン振りながら焼きイカを堪能している。

「犬くん！　イカのクチバシも美味しいよ。珍味だって。犬くんはイカが好き？　僕はねえ、ウニの方が好きだよ！　ねえ、獲れたてのウニ食べたことある？」

クロの横でニコニコしながらイカを食べているのは肉売りだ。「食べたことない！」と答えたクロに、ウニの味を子細に教えてあげている姿はまさに気のいいお兄さんである。

「獲れたては絶品なんだよ！　犬くんは知ってるかい？　青森の八戸(はちのへ)ではね、ウニとあわびの水煮缶が名物なんだって。青森は海産物がとても美味しいんだねえ」

「えっ……！　豪華な缶詰。すごいや〜！　味はどうだったの？」

「……ご、ごめん、僕自身が食べたことはないんだよね！　手を出せるお値段じゃなくて。ア、アハハハハハ！」

——訂正。気はいいけど貧乏なお兄さんだ。

定職を持たない肉売りは、どうやってお金を工面しているんだろう……。

不思議に思いつつも、手にした本のページをめくる。にゃあさんは防波堤の上で大あくびしていた。迎えが来るはずなのだがどこにも姿は見えない。

私が読んでいるのは『丹後国風土記』の関連本だ。一通り読み終え、ため息をこぼした。この部分さえ押さえておけば内容を案内する程度なら充分なはずだ。そう思うのに、まだまだ足りない気がして不安で胸がいっぱいになる。

……大丈夫かな。ちゃんと仕事できるだろうか。

今までも散々してきた仕事だ。別に特別なことじゃない。私にならできる。心を決めたはずだ。東雲さんの後を継ぐんだって。でも——。

なんでこんなに心細いのかな……。

「夏織？」

水明に声をかけられ、ハッとした。薄茶色の瞳が気遣わしげに私を見つめている。

「大丈夫か」

空いていた手をそっと握られた。何度か目を瞬いて、ゆっくりと息を吐く。知らぬ間に力んでいたようだ。「へへ……」と苦笑をもらせば、水明の目もとが和らいだ。

「——なあに、緊張してるの？」

ビクリと身を竦めた。知らぬ間に肉売りが隣に立っている。

「大丈夫？　ウニ獲ってきてあげようか」

一見すると善意とも取れる言葉だが、素直に受け取れずに顔が引きつった。肉売りが私へ親切にしてくれる理由がわからないからだ。青森についてくると言い出した件も併せて、なにか裏があるとは思うのだけど……。

——それに、美味しい食べもので釣ればいいと思われてない……？

とんだ誤解である。さっきもらった鯛焼きは、道中で美味しくいただいちゃったけど！

「元気づけるのにウニって、どんだけ野生児なんですか」

「えっ……変だった？」

「磯臭い生き物で慰められるのは初めてですね……。それに密漁は駄目ですよ。漁業組合が管理している場所だった場合、ウニを勝手に獲ったら窃盗になりますから」

さあ、と肉売りの顔から血の気が引いていった。

「海ってみんなのものじゃないの……？　もしかして僕は、知らず知らずのうちに誰かのウニを盗っていた……？」

「時代はいつだって移り変わりゆくものなんですよ。反省してください」

ガーン！　と漫画的擬音が飛び出てきそうなほどに肉売りはショックを受けている。

「僕はみんなを救うヒーローなのに。そんな……」

「ヒーロー？」

「そ、そうだよ。困っている人に人魚の肉を届けるヒーロー。それが僕だ」

だから犯罪はマズいんだ！　と慌てている肉売りに内心で膝を打った。

――そういうことか！　腑に落ちた気がする。

正義のヒーローは、自分の行いを正しいと信じて疑わない。正義のためならどんな無茶もする。正義を執行する行為そのものが、ヒーローの存在意義だからだ。

『僕に君たちを救わせておくれ！』

以前、肉売りは友人たちにこう言っていた。彼にとっては、不老不死をもたらして困っている人を救うことがヒーローであるための条件なのだろう。

――実際、救われた人もいるんだろうけど……なんか複雑だなあ。

遠近さんが無害だと判断した理由が理解できた気がした。彼が自分を正義のヒーローだと思っている以上、誰かを貶めたりはしないだろう。

「まあ……。次から気をつければ……わっ！」

肉売りを慰めようとすると、いきなり手を引っ張られた。転びそうになってたたらを踏む。ドキドキしながら振り返れば、不満げに頬を膨らませた水明がいた。

「……俺なら、密漁なんかしなくてもウニくらいごちそうできるんだからな」

「張り合うところそこ!?」

「うるさい。あんまりソイツに近づくな。馴れ馴れしくするんじゃない」

そばに引き寄せられ、剣呑な雰囲気を醸している水明を唖然と見つめる。

「ぷっ……！」

思わず噴き出せば、水明は眉根を寄せた。

「笑うな、こっちは本気なんだぞ」

「ごめんごめん。どっちにしろ磯臭いなあと思ったの」

「ウニと言い出したのはソイツだろ」

「うんそうだね。ところで水明」

にんまりと笑む。

「……言質はとったよ？」

水明が大きく目を見開いた。

「お前……！　本気でウニを食うつもりか⁉」

「ふ、ふふふ……。自分で言ったんじゃない。楽しみだなあ！　どんぶり一面に敷き詰められた黄金のウニ……！」

ワナワナ震え始めた水明をツンツン突いていると、私たちの様子を眺めていた肉売りが肩を竦めた。

「仲がとってもいいんだね。もしかして君らって夫婦？」

「ふ、夫婦じゃありませんっ（ないっ）！」

同時に反論して肩で息をする。ちらりと視線を遣ると、バッチリ水明と目が合ってしまった。途端に恥ずかしさがこみ上げてきて顔を逸らす。ふたりで茹で蛸みたいになった。

肉売りはカラカラ笑っている。

「初々しいねえ。そっか、そっか。最近は恋愛とかいう段階を挟むんだっけ？　懐かしいなあ。僕も奥さんと出会った頃はこんな感じだった」

「結婚してるんですか⁉」

「うん。そうだよ。ずいぶん会えていないけどね」

意外な発言に目を瞬く。永遠の命を持った彼の妻とはどういう人だろう……？

「おおい！　夏織。いつまで話しているつもりじゃ？　こっちへこんか！」

ひとり物思いに耽っていれば、背後から声をかけられた。

「あっ！」

慌てて振り返ると、防波堤の前に黒衣に袈裟を着た男性が立っている。

「儂、放置プレイは好かぬのに。夏織はいけずじゃのう。そうは思わんか、にゃあ？」

「アンタも面白がって眺めてたでしょ。若いモンはええのうとか言って」

あやかしの総大将であるぬらりひょんだ。にゃあさんを抱っこして、地面につきそうなほど長い銀髪を潮風に遊ばせている。

「お久しぶりです。あの、唐糸御前は……？」

キョロキョロと辺りを見回す。どこにもたおやかな笑みを湛えた美女を見つけられずに困惑していれば、ぬらりひょんは「しいっ！」と口もとに人差し指を添えた。

「今回はのう、儂が案内役を買って出たのじゃ。なあに気にするな。ここ数年、界隈を騒がしておる奴もいると聞いて、迎えに来るなら儂が一番適当だと判断したまでじゃよ」

ボソボソ小声で話しながら、人魚の肉売りに鋭い視線を送っている。どうやらお目付役らしい。なるほどなと思っていれば、ふいに日が陰ったのがわかった。

「……？」

天を見上げれば、空を覆い尽くすほどの巨大なクラゲがぷかぷか浮いている。ぬらりひょんの眷属だ。長い触手がふよふよ寄ってきて、ビクリと身を竦めた。

「あ、あの。お迎えは助かるのですが、肝心の唐糸御前はどこに――？」

恐る恐る訊ねれば、ぬらりひょんはニィと不敵に笑った。

「お主も知っての通り、あれは非常に神経質な性でな。地上にいたんじゃ修繕に集中できないと、ある場所に引きこもっておる」

「ある場所……？　なんですか、もったいぶって」

嫌な予感がした。悪戯好きなぬらりひょんはたまに予想もつかないことをする。

そもそもどうして巨大なクラゲを待機させているのだ。なにをするつもりなのか。

「早く教えてくださいよ。私、嫌ですからね。変なところに連れていかれるの」

「フム。別に変な場所ではないと思うがのう。おお、そうじゃ。夏織も子どもの頃に行ってみたいと言っていたではないか――。そう、竜宮城へな！」

「竜宮城……？」

竜宮城と言えば、浦島太郎が招かれた海底の城だ。思い当たる節がなく首を傾げた私に、

「忘れてしまったのか？」とぬらりひょんは楽しげに笑っている。

「絵本を読みながら目をキラキラさせておったじゃろう」

「確かに浦島太郎の本は好きでしたけど。でも、竜宮城が実在するわけないでしょう？」

「なにを言う！　現し世でも話題になったんじゃぞ？　青森沖には竜宮城が存在した！　鯵ヶ沢沖には超古代に滅んだ文明があったのだと……！」

ギョッとして目を瞬く。青森に古代文明？　初耳だ。

「東日流外三郡誌という、古文書というか……まあ、いわくつきの書があってな。古代の津軽の歴史を書き記しておって、『アラハバキ』という文明の存在を示唆しておる。かつ

てはえらく栄えたそうじゃが、津波で一夜にして滅んだらしい。鰺ヶ沢沖の海底に人工物っぽい瓦礫が多数残されておる！　ほれ、竜宮城がありそうじゃろ？」

いわくつきの古文書に、人工物〝っぽい〟瓦礫……。

――怪しい。怪しすぎる。

思わず変な顔になれば、ぬらりひょんはぷくりと頬を膨らませた。

「おお、疑わしいという顔じゃな？　ひどいのう。青森はミステリアスな場所なんじゃぞ!?　キリストの墓もあれば、ピラミッドもある。日本最大の縄文集落であった三内丸山遺跡もあるし、恐山ではイタコに会えるんじゃぞ。古代文明のひとつやふたつ、あってもおかしくないじゃろうが！」

「いや、躍起になられても」

それにしても、竜宮城かあ……。

鞄に意識を向ける。『丹後国風土記』を届ける日にその名前が出てくるなんて、偶然にしてはできすぎている。もしかしたら本当にあったりして……？　いや、そんなまさか。

「わかりました。ともかくその竜宮城とやらに唐糸御前がいるんですね？」

「絶対に信じておらんじゃろ。儂、いじけちゃうからな」

まるで子どものように頬を膨らませている。「信じてますよ」とクスクス笑う。

「ぬらりひょん、私をそこへ連れていってください。東雲さんの本体を受け取って、貸本屋としての仕事をしなくちゃ」

「……ああ」

私の言葉に、あやかしの総大将はわずかに眼を細めた。ポン、と肩に手を置いて、

「頑張っておいで」

と笑みを浮かべる。頭まで撫でられた。なんだか、ぬらりひょんがいつにも増して優しい気がした。貸本屋の代替わりを知って気を遣っているのだろうか？　不思議に思っていれば——突然、巨大なクラゲの傘がぶわっと質量を増し、そのまま私を包み込んだ。

「ぶっ……!?」

慌てて息を止める。柔らかいゼラチン質に全身が包まれ、ぷかりと体が浮かんだ。目を白黒させながら周囲を見回せば、ぬらりひょん以外の全員がクラゲの体内に取り込まれていた。誰も彼もが溺れそうだ。まっ青な顔をしてクラゲの体内でもがいている。

ふわりとクラゲが宙に浮かぶ。ふよふよと移動を始めた。

「じゃあ、気をつけて行ってくるんじゃぞ〜」

地上でぬらりひょんが手を振っている。

——待って待って待って！

慌てて手を伸ばした。なぜならば——命の危険を感じていたからだ。

——息。息ができない。どこまで行くのかわからないけど窒息しちゃう……！

神出鬼没なぬらりひょんは、普段は海の中で生活していると聞く。エラ呼吸の魚たちに囲まれて過ごしていたら、水中での呼吸の必要性に意識が向かないのだろう。いや、もし

かしたら人間が肺呼吸する生き物だと忘れているのかもしれない。

――いやいやいや！　さすがにうっかりが過ぎる……！

ゾッとして身を縮めた。人間が呼吸をしないでいられるのは何分だったっけ……。

なんとかクラゲから抜け出そうとジタバタと体を動かす。しかし、無情にもクラゲは移動を始めてしまった。気がつけば海上に出ている。ある地点まで到達すると、私たちを内包した巨大なクラゲが落下を始めた。大きな水しぶきを上げて水中へ飛び込む。水面があっという間に遠ざかった。視界が藍色に染まる。見渡す限りの海だ。果てなく続く水の世界。もちろん空気など欠片もない。魚たちの楽園。

こぽ、と口から気泡が漏れた。そろそろ息が限界だ。

――駄目だ。このままでは死んでしまう！

苦しくて身じろぎをする。どうにかできないかとあがいた瞬間、大きく目を見開いた。

海中に不自然なほどに直線的な石が並んでいる。石像の一部を思わせる丸い石もあった。なにより、石と石の間に巨大な泡がひとつ停滞しているのが見える。泡の中には朱塗りの豪華な城があった。珊瑚で飾られ、魚たちが踊っているのがわかる。

――ああ！　まさか、まさか、まさか！　あそこは――！

知らぬ間に、亀ならぬクラゲに乗って海底の楽園へ招かれたらしい。

――実在したんだ、竜宮城……。

目を何度か瞬いて鞄の表面にそっと触れる。じわじわと興奮が広がっていったが、さすがに視界が暗くなってきた。

――竜宮城に空気があればいいな……。

そんなことを思いながら、私は意識を手放したのだった。

＊＊＊

目を開けると、そこは〝絵にも書けない美しさ〟。

さらさらと風に吹かれて紗（うすぎぬ）がなびいている。肌触りのいい寝具から体を起こすと、青い小魚が私の鼻先をくすぐった。宙を魚が浮いている。びっくりして目を瞬くと、小魚は慌てて私から距離を取った。首を巡らせれば、どこかの室内に寝かされていたことがわかる。

「ここが竜宮城……？」

「ああ、目を覚まされたのですね。本当によかった」

声をかけてくれたのは、ひとりの女官だ。目もとは涼やかで、頬はまろく、肌には染みひとつない。黒髪を高く結い上げ、金や銀、玉や貝殻で作られた髪飾りで飾っている。珊瑚の櫛（くし）を揺らし、鮮やかな長裙（ちょうくん）をまとう姿は艶やかで目を引いて仕方がない。

「クラゲの中で窒息しかかっていたところを救出されたのです。具合はいかがですか？」

「だ、大丈夫です。他のみんなは……？」

女官はにこりと笑むと、歩けるようならみんなの下へと案内すると申し出てくれた。

言葉に甘えて連れていってもらうことにする。

竜宮城は不思議な場所だった。城内はどこまでも明るい。穏やかな日差しが海上からゆらゆら差し込み、海底に光の文様を映し出している。床には、シーグラスや色彩豊かな石が敷き詰められ、歩くたびにプクプクと気泡が上がる。ガラスの嵌まっていない窓からは、魚たちが自由に出入りしていた。敷地内のあちこちに植えられた珊瑚の合間には海藻や花が咲き乱れていて、城の中は調度品も一級品ばかり。金銀や宝石を惜しみなく施されたものから、なぜかごく普通の銀のフォークが壁に飾られていたりして、見ているだけで心が躍る。まさに想像していた竜宮城そのものだ。物語の中に迷い込んでしまったようで、私の足取りは自然と軽くなった。

「夏織！」

案内された部屋へ入ると、水明が出迎えてくれた。私より一足先に目覚めていたらしい。

「大丈夫だった？　クロとにゃあさんは？」

「俺は平気だ。あの二匹はとっくに目覚めて城内探検に出かけてしまった」

「あらら。元気そうでよかった」

ホッと胸を撫で下ろす。室内には水明が利用していたものとは別に、もうひとつ寝具が用意されていた。人魚の肉売りが横たわっている。いまだ目覚めないらしい。

「医師はじきに目を覚ますだろうと言っておりましたわ」

ため息と共に姿を現したのは唐糸御前だ。

「あの昼行灯！　送迎も満足にできないなんて、なにがあやかしの総大将ですか！」

今日の彼女は小袿を着ていた。紅の袴が目に眩しい。機嫌の悪さとは裏腹に雅やかな唐糸御前に笑みをこぼす。

「お久しぶりです、唐糸御前。無事に到着できたんです。いいじゃないですか」

「よくありませんわ‼　夏織さんになにかあったら、どうするつもりだったのかしら！」

忙しない様子で近づいてきた唐糸御前は、私の体を隅から隅まで調べ始めた。

「怪我は？　具合は大丈夫なのかしら⁉　もう少し休んでいなくてもいいの」

「だ、大丈夫ですから。ご心配ありがとうございます」

戸惑いを隠せずにいれば、唐糸御前はほうと息を漏らした。

「能天気すぎます。人間はあやかしと違ってもろいのですよ。調子が悪くなったらすぐにでも言ってくださいね」

なぜか目に涙を滲ませた唐糸御前は、プイとそっぽを向いてしまった。ずいぶんと私のことを気にかけてくれているようだ。ありがたい話である。

「まあまあ。無事に到着できたんですもの。まず喜びませんか？」

その時、ひときわ美しい人が部屋に入ってきた。

卓の上に持参してきた蓋つきの茶碗や急須を並べる。中国式の茶器だ。茶盤を利用するスタイルはなかなか目にすることがない。繁々と眺めていれば、私に気づいた女性が蕾が綻ぶように笑う。心臓が軽く跳ねた。女性の艶やかさに目を奪われてしまったからだ。

切れ長の眼、大きな瞳は黒真珠を思わせた。鼻は小さく、唇は花びらのように薄く色づいていて、額には花鈿が施されている。長裙は紗を何枚も重ねてあった。真珠の飾りが動くたびにゆらゆら揺れて、他の女官たちよりも気品に溢れているように感じる。

同性にドキドキしている事実にこっそり戸惑っていると、女性が声をかけてきた。

「あなたが東雲様の娘さんですか？」

「は、はい……。夏織と申します。あなたは？」

「盧氏……とでも申し上げておきましょうか」

「……？」

含みのある言い方に首を傾げる。そうこうしている間に、盧氏は茶を淹れ終えた。

「なにはともあれ、一服しませんか。お疲れでしょう」

茶碗を差し出された。盧氏は水明たちにも茶を配っている。蓋つきの碗だ。中を覗きこむと、底に茶葉が沈んでいる。どうやって飲むのだろう。

「蓋で茶葉を押さえながら飲むとよいですよ」

なるほどと、盧氏が言うとおりにしてみる。少々飲みにくいものの、華やかな香り、舌の上に広がるまろやかな甘みは絶品だ！　たまらず頬が緩んだ。

「すっごく美味しいです」

「本当ですわね。ささくれ立っていた心が落ち着くようですわ」

「……美味い。ありがとう」

疲れた体に染みるようだ。私たちは互いに頷くと、盧氏へ心からの賛辞を述べた。

「よかった。お茶は人の心を解してくれます。舌に合えばなおさら。――あの人も美味しいと言ってくれたらいいんですが」

再び首を傾げる。盧氏は一体なにを言っているのだろう？

美しい人は長いまつげを伏せてなにやら考え込んでいる。ちらちらと忙しなくどこかを気にしている風でもあった。そっと盧氏が気にしている方を見遣れば――。

「ふわあ！　よく寝た！」

横になっていた肉売りがいきなり飛び起きた。寝ぼけているのか、ぼうっとして頭を掻いている。ぐるりと辺りを見回し、私を見つけるとにっこり笑んだ。

「夏織くん、なにしてるの？　お茶？　いいなあ！　僕も飲みたい」

「お、おはようございます……？　体の調子はどうですか」

元気いっぱいで寝具から這い出てくる。丸椅子にどかりと座った肉売りに、いくぶんギョッとしながら訊ねれば、彼はなにごともなかったかのように首をコキコキ鳴らした。

「んー……。別に。いつも通りだよ！　てか、なにかあったっけ」

「ぬらりひょんのクラゲの中で窒息しそうになったんです」

「え。あ～！　そうだった、そうだった！　アッハッハ。忘れてたや。あれはヤバかったねえ。すうっと意識が沈んでいく感じ。久しぶりだった！」

「笑っている場合ですか！　死ぬところだったんですよ！」

「え〜……だってほら、僕ってば不老不死でしょ？　別に死にはしないし」

無邪気に笑う肉売りにげんなりする。

「本当に無頓着ですね。気絶してるうちに大きな生き物に食べられても知りませんよ」

「ああ！　そういうこともあったなあ！　巨大鮫に飲みこまれてさ。気がついたら胃液の中でぷかぷかしてたんだ」

「えっ」

冗談だったのに。驚きのあまりに言葉を失う。肉売りはのほほんと笑っていた。

「鮫の中に船に乗った爺さんが住んでて。しばらく一緒に暮らしたなあ……。息子を捜して、うっかり飲みこまれたとかなんとか。面白い爺さんだった！」

「それってまさに『ピノッキオの冒険』じゃ……！」

児童文学の名作に似た状況に「なにそれ詳しく」と前のめりになる。

途端、ふわりといいお茶の匂いが漂ってきた。

「あらあら。夏織さん、起きたばかりの人を急かしたら駄目ですよ」

盧氏である。彼女は肉売りのぶんの茶碗を差し出しながら私を窘めた。

――うっ。叱られちゃった……。

肉売りは「追々話してあげるよ」とのんびりした様子で茶椀を手にする。蓋で茶葉を押さえると、自然な動きで口をつけた。

「んっ！」

お茶を口にした肉売りの目が輝く。

「すごくいい味だ。君、お茶を淹れるのすごく上手だねえ」

にっこり微笑めば、盧氏の頬が淡く染まった。

「そ、そうですか」

「こんなお茶を毎日飲めたら最高だろうね」

「……まあ！　本当ですか。ありがとうございます」

盧氏の黒髪から覗く小さな耳が、桜貝のように色づいている。しきりに瞬きをして、指で頻繁に前髪を直す。落ち着かない様子の盧氏に首を傾げた。

瞬間、ピンと来るものがあった。

――もしかして、盧氏は肉売りに一目惚れしたんじゃ……？

ここ最近、文車妖妃（ふぐるまようひ）に勧められて、恋愛小説やら少女漫画やらを大量に読んでいた私が言うのだから間違いない。なにやら甘酸っぱい雰囲気を察して落ち着かない気持ちになる。ある事実を知っていたからだ。――そう、肉売りは既婚者である。

「まあ、僕の奥さんには負けるけどね。お茶を淹れる名人なんだよ！」

「……！」

すう、と盧氏の瞳から色が消え失せる。

「そう……ですか」

フラフラと立ち上がった彼女は、手早く茶器をまとめた。

「では、私はこれで。失礼いたします」

拱手（きょうしゅ）して去って行く。小さくなっていく盧氏の背中を見つめ、私は思わず顔をしかめた。

「うわあ！　肉売りってば、本当に人の心がない！」

「なにを突然言い出すのさ！　人の心を忘れたつもりなんてないんだけど!?」

「そういうことじゃないんですよ。思わせぶりなことを言って！　あ～あ……あんな美人になにしてくれてるんですか」

「そんなに美人だった？　う～ん……」

長く生きると美的感覚まで狂うのだろうか。嘆息している私に、肉売りは怪訝そうにしている。キョロキョロと辺りを見回すと、不思議そうに首を傾げた。

「――そういえば、ここどこ？　なんかお魚がいっぱいだねえ。海の中？」

「今さら聞くんですか？　……まあ、いいですけど。ここは竜宮城ですよ」

「……えっ」

肉売りが息を呑んだ。

「竜宮城ってアレ？　浦島太郎が亀に連れられてやって来たっていう」

「はい。合ってますよ」

すると、肉売りの頬がわずかに染まった。

「ここが竜宮城なんだ。そっか……」

なにやら呟いたかと思うと、ゴソゴソとポケットを探り出す。やたら慎重な手付きで取り出したのは——遠近さんの店で買ったぽぴんだ。

「持ち歩いているんですか？」

「うん！　奥さんに見せてあげられるようにね。彼女もきっと好きだから」

顔の前にぽぴんをかざす。色彩豊かな熱帯魚が踊る竜宮城において、ぽぴんの表面で泳ぐ金魚はいくぶん控えめだ。しかし、肉売りの瞳は金魚こそ最も美しいと語っている。

「ああ！　海の中で見るといっそう綺麗だなあ。持って来てよかった……」

——変わった人。

不老不死であることを除いても、非常に珍しいタイプのように思える。

ぼうっと物思いに耽っていれば、唐糸御前が私に声をかけてきた。

「それよりも夏織さん、東雲の本体のことなのですけれど」

「はっ、はいっ⁉」

——そうだ、本来の目的をすっかり忘れてた……！

慌てて居住まいを正し、唐糸御前に向き合う。狼狽(ろうばい)している私に、彼女は少し困ったような顔になった。

「申し訳ないのですが、少々お時間をいただけませんか。付喪神の本体は繊細で、壊れないように厳重に梱包が必要なのです。本来ならば、あらかじめ準備しておくべきことなのですが、あなた方の状況を聞いて中途半端なまま駆けつけてしまいましたの」

「本当にごめんなさい……」

「あなたのせいではありませんから。地上に戻った時に、本人にたっぷり文句を言わせてもらいますので、お気遣いは結構ですわ」

ツンとそっぽを向く。ぬらりひょんが気の毒に思えて、たまらず苦笑をこぼした。

「そうだ！　私、東雲さんから本を預かってきたんですよ」

――ここからは貸本屋の仕事だ。

鞄の中から本を取り出す。『丹後国風土記』の表紙をじっと見つめた。本に折れがないかを確認して、復習してきた内容を頭の中で反芻する。大丈夫。頑張れ、私……！

自分を奮い立たせ、さあ仕事だと気合いを入れた、その時だ。

「ああ。その本を依頼したのはわたくしではありませんの」

「へっ……？」

肩透かしを食らって、間抜けな声を出してしまった。ポカンとしている私に、唐糸御前は扇で口もとを隠して微笑む。

「あるお方が、どうしても地上の本を読みたいとおっしゃっていたので、わたくしが代わりに手配したのですわ。申し訳ございません、取りに来るように本人へ伝えますので」

「そ、そうですか」

しゅん、と肩を落とす。出鼻を挫かれたような気分だ。しょんぼりしていれば、唐糸御前が盛大に嘆息した。

「なんですの、しみったれた顔をして。ともかく、時間になるまで竜宮城の中を散策でもしていらっしゃい！　ほら、あなたもですわ！」

「!?　俺もか？」

　いきなり指された水明がギョッとしている。

「あら。初めての場所に女人を放り出すつもりですの？」

「いや、そんなつもりは――」

「竜宮城には優れた容姿の殿方も多いのですよ。それも外から来る女人に興味津々のね。盗られないようにしっかりと守りなさい」

「……ッ!?」

　水明が目を白黒させている。唐糸御前はにんまり笑むと、衵扇(あこめおうぎ)で口もとを隠して言った。

「そんなにお待たせするつもりはありません。どうぞ幻想郷でのひとときを楽しんでくださいませね？」

　有無を言わさぬ唐糸御前に、私たちは竜宮城探索に出かけることに決めたのだった。

＊　＊　＊

　豪華絢爛(ごうかけんらん)な建物を出て、整えられた中庭に出た。中華風の庭園だ。海底であるはずなのに橋がかかった池まである。一面に茂る海藻が肌に触れてくすぐったい。

「はあ～……」

　本来なら、ウキウキで散策したいくらいだった。だけど、どうにもそんな気分になれなくて、しゃがんで海藻に触れる。立派な昆布である。干して出汁にしても、刻んで煮付けにしても美味しそうだ。こんなのが毎日食べられたら……きっと竜宮城の住民は便秘知らずだ。

「なんか変なこと考えてるだろ」

「ハッ……！」

　頭上から呆れた声が振ってきて顔を上げた。

　水明が少し困ったような顔をしている。手を差し出されたので掴んで立ち上がった。

「ごめん。ひとりでいじけて」

「念入りに準備していたからな。拍子抜けするのは仕方がないさ」

　相変わらず水明は私より私のことをわかっている。

「東雲さんの名代だからって意気込んでたからね。それに、本の内容とこの場所が滅茶苦茶リンクしてるから、どうプレゼンしようかってワクワクしてたのもあるんだ」

だのに、「依頼したのはわたくしではありません」である。エンジンがほどよく温まり、後は走り出すだけだったというのに冷や水を浴びせられたようなものだ。がっくり来てしまったのは致し方がない。

「リンク？　なんだ、あの本に竜宮城が出てくるのか？」

「う〜ん、『丹後国風土記』に出てくるのは竜宮城ではないんだけどね。だけどまったく違うとも言えないんだよね」

「えっ！　なになに？　どういうこと？」

　突然、肉売りが話に割り込んできた。姿が見えないと思っていたら、ひとりで竜宮城の中を探検していたらしい。貝殻やらヒトデやらを腕いっぱいに抱えている。

「……う。それ、どうするつもりです？　持って帰るんですか？」

「うん！　奥さんへのお土産！」

「生物はよしましょうよ……。ヒトデが可哀想ですよ」

「ええ……」

　ぷうと頬を膨らませた肉売りは、しぶしぶヒトデを逃がしてやった。ゆらゆら揺れる昆布に赤いヒトデが彩りを添えたところで、肉売りは再び私たちに向かい合う。

「まあいいや。それよりさ！　さっきの話、興味あるなあ。君、『丹後国風土記』を読んだことがあるの？　僕にも聞かせてよ！」

「は、はあ……」

「聞かせてくれたら貝殻あげる。ほら、あわび！　裏っ側が玉虫色なんだよ知ってた？」

「いや、いりませんって」

　あまりにも無邪気な肉売りに、不安に駆られて隣の水明を見る。険しい顔でこめかみを解しているが、特に止めるつもりはないらしい。

　──まあいいか。

ふたりに話すことに決めた。どうせ唐糸御前の準備が終わるまで時間があるのだ。

「……んじゃあ。話させてもらいますね。コホン！　諸説ありますが、『丹後国風土記』は『浦島太郎』の原型になった話が載っている本です」

「――原型？」

「そうです。『浦島太郎』は時代によって形を変えて語り継がれてきた物語なんですよ。私たちがよく知る、助けた亀に連れられて竜宮城へ行くというストーリーラインが成立したのは最近です。『丹後国風土記』は『日本書紀』『万葉集』と並んで、『浦島太郎』の原話が載っているとされている文献なんです。原書は失われてしまって、他の書籍に引用された文章だけが残っているんですけどね」

鞄から『丹後国風土記』を取り出した。小魚の群れが集まって来て、興味深そうに表紙の上を泳いでいる。これは、後世に逸文を一冊にまとめた写本だ。

「青年が異郷に招かれ、現世に戻ってくると何百年も経っていた……という流れは一緒ですが、主人公や招かれた場所が違うんですよ。浦島太郎という名前が登場したのは中世に入ってからです。それ以前は浦島子（うらのしまこ）という人物が主人公として扱われています。『丹後国風土記』には、筒川村（つつかわむら）の水江浦島子（みずのえのうらのしまこ）とあります。日下部首（くさかべのおびと）の先祖だそうですよ」

「……先祖？　まるで実在した人物のようだな」

首を傾げた水明に、私は大きく頷いた。

「そう！　『丹後国風土記』では浦島子は実在の人物として扱われているの。『日本書紀』

や『万葉集』でもだよ。そもそも風土記は地方の歴史なんかを記した地誌なんだ。創作の物語を載せる場所じゃないし、『日本書紀』は歴史書だよね」

「……？　事実として扱うには、さすがに無理があるんじゃないか？　何百年も前に生きていた人間が戻ってくるなんて、荒唐無稽過ぎるだろう」

「確かに私もそう思うけど。中国でも、『志怪』と呼ばれる奇奇怪怪な出来事を記した文章が、歴史書に分類されていた時期があったんだ。私たちからすればどう考えても作り話だけど、当時の人々にとってはそうじゃない。だから歴史書に書き残す。現実の捉え方が違って面白いよねえ」

きっと、現代で三百年ぶりに戻ってきたんだと誰かが主張しても、一笑に付されて終わってしまうのだろう。今はまさに科学全盛の時代だ。すべてが科学的に解き明かされたと信じている人間たちは、想像の余地を奪われてしまったのかもしれない。

ふと、地面を影が横切っていくのに気がついて顔を上げた。上空をなにかが飛んでいる。ウミガメだ。目を凝らして見るも、そこに浦島太郎らしい姿は見えない。でも――竜宮城はあったのだ。かの人物が実在したっておかしくはないはずだ。

閑話休題。

「話を戻しましょう。元々、浦島太郎は浦島子だった。亀は助けるのではなく、釣り上げましたし、『丹後国風土記』に出てくるのは竜宮城ではなく蓬莱山。ヒロインの名前は乙姫じゃなくて亀比売で――渡されたのは玉手箱ではなく、玉匣。箱を開けても、浦島子はお爺さんにも鶴にもなりません。これが原話。でも、後の書籍でさまざまなバリエーションを見せてくれるのが『浦島太郎』なんですよ」

　これが『浦島太郎』の面白いところだ。道教思想に影響されたり、時流に合わせたり、掲載媒体によって自由自在に形を変えていく。その始まりが、諸説あれど風土記という創作が許されない媒体であったというのも興味深い。

「覚えてますか。東雲さんが出発前に教えてくれた本のタイトルのこと」

　肉売りは「ああ！」と手を打った。

「『万葉集』や『日本書紀』も貸したって言ってたね！　あと何冊かあったけど……もしかして、全部『浦島太郎』関係なのかな？」

「そうです！『水鏡』も『古事談』も『御伽文庫』も、時代は違いますが等しく『浦島太郎』を扱っている書です。だから、依頼主はとっても浦島太郎が好きなんだろうなって思って勉強してきたんですが」

　関連本を一通り読むような熱心な読者だ。付け焼き刃な知識じゃ太刀打ちできないと、自然と気合いが入った。同時に、ひとつの物語について議論を交わせたら面白いだろうとワクワクしていたのだ。やり甲斐のある仕事になりそうだ、と張り切っていたのに――。

「このザマです。本を貸し出すことすらできてない」

　しょんぼり肩を落とす。いまだに依頼人に会えていないなんて前代未聞だ。

「もう！　乙姫様に会ってみたいなんて余計なこと考えたからかなあ。自業自得だわ」

ぽつりとこぼした愚痴に、肉売りが首を傾げた。

「――ふうん、乙姫様ねえ。城内をくまなく捜したけどいなかったよ？」

意外な言葉にパチパチと目を瞬く。

「……捜した？　なんでそんなことを？」

「だって、会いたかったから。乙姫って『丹後国風土記』でいう亀比売のことでしょ？」

「あれ。『丹後国風土記』読んだことあるんですか？」

不思議に思いながら訊ねれば、肉売りはこともなげに頷いた。

「うん！　当たり前だろ。浦島子って僕のことだもん」

「…………え」

一瞬、言葉を失う。何度か口を開け閉めして、

「ええええええ～～～～！」

すっ頓狂な声を上げて叫んだ。肉売りは迷惑そうに眉をひそめている。

「なんだよ、実在の人物だって自分で言ってたじゃないか」

「そ、そそそうですけどっ！　ご本人が目の前にいると思わないし……！　やだ、本当に？　筒川村の水江浦島子さん……？」

サッと水明の後ろに隠れた。どうにも肉売りの顔をまともに見られない。

「夏織、どうして俺の後ろに隠れるんだ……」

「だって！　物語の主人公がそこにいるんだもの！　なんか緊張するじゃない！」

水明は私の反応に呆れている。物語が大好きな私にとって、作中の人物と相まみえるなんて、町中でアイドルと遭遇するような出来事だ。仕方がないと思う。

「……まあ、故郷に知り合いがいなくなった時点で、浦島子の名前は捨てたんだけどね。現し世のあちこちをさまよっている時、すごくびっくりしたよ！　僕の話が形を変えて伝わっているんだもの。面白いなってずっと思ってたんだ」

そこまで言うと、肉売りはひどく複雑そうに笑った。

「ね、夏織くんは『丹後国風土記』を読んだんだろ。僕が亀比売と一緒に行った場所が、竜宮城じゃないことは知ってるよね？」

「は、はい。確か蓬莱山だったかと」

蓬莱山はいわゆる神仙境のひとつだ。不老不死の仙人が住み、霊亀という巨大な亀が背負っているとも、渤海湾中にあるとも言われている。

「ここは僕が招かれた異郷じゃないよ。でもさ、同じ海の中だし、浦島太郎伝説に関係している場所だ。もしかしたら彼女がいるかもしれないと思ったんだ」

「奥さんって……亀比売のことだったんですね」

「うん、そうだよ。この世で一番優しくて綺麗な人。僕の自慢の奥さん。僕はね、亀比売をずっと捜し続けているんだ」

肉売りが、腕の中の土産物を見つめる瞳はどこまでも優しげだ。

「蓬莱山から戻る時、彼女に二度と会えないかもしれないと言われたよ。でも、当時の僕はどうしても郷に帰りたくて仕方がなかった。愚かだったと思うよ。遠く離れた両親や生まれ故郷よりも、すぐそばにいる愛する人を優先するべきだったのに。玉匣を開けてしまったせいで、僕と彼女の仲は引き裂かれた。でも……僕には永遠の時間がある。きっと再会できるって信じてるんだ。彼女も僕を待ってくれているはず！」

「それが、あなたが永遠をよいものだと考えている理由ですか？」

「そうだよ！　永遠の命はね、僕に〝失敗を取り戻せ〟って言ってくれているんだ」

浦島子が仕出かした最大の失敗。それは、玉匣……玉手箱を開けてしまったことだ。『丹後国風土記』では、老人にも鶴にもなりはしないが、どこかへ飛ばされてしまい、ふたりは二度と会えないまま終わる。

肉売りはポケットを探った。取り出したのは……例のぽぴんだ。

「〝人生は一度きり〟で〝やり直しが利かない〟ってよく言われているよね。確かに普通の人間はそうだね。でも、僕にはやり直す時間が充分にある！　永遠の先に僕の〝幸福〟が待っていると言っても過言ではないんだ！　絶対に諦めないよ。永遠が僕の味方である限り、彼女を絶対に見つけ出してみせる」

フッとぽぴんに息を吹き込む。「ぺこぽん！」と間の抜けた音がした。

「へへ……。楽しみだなあ。彼女、この音を聞いたらきっと大笑いするよ」

肉売りはクスクス笑っている。

——ああ。肉売りがあんなにも永遠にこだわる理由がわかった気がする。

彼が求める幸福も、愛する人もすべて永遠の命に紐付くのだ。だから、肉売りの中で永遠は絶対だ。他の人に分け与えたいと願うほどには傾倒してしまう。

――やっぱりそうか。行き過ぎることもあるけれど、肉売りの基本は善性なのだ。

「亀比売と再会できたらいいですね」

「うん！　ありがとう」

私の言葉に肉売りが無邪気に笑った。

複雑な胸中をごまかすように、話を『丹後国風土記』へ戻す。

「私、『丹後国風土記』の最後にある歌が好きなんです。初めて読んだ時は、言葉選びの美しさと妙に鳥肌が立ったくらい！　切なくて……でも愛情溢れていて。物語を締めくくるのに最もふさわしいと思いました」

「……？　君、なに言ってるの？」

肉売りが首を傾げている。変なことを言ってしまったかと、『丹後国風土記』のページを繰った。開いたのは物語の終わり、五首の歌謡が載っている部分だ。

まじまじと本を眺めた肉売りはわずかに眉をひそめた。

「僕が蓬莱山から戻ってきた後、確かにいろいろと聞かれたから答えたよ。実際、『丹後国風土記』の記述は僕が語ったことを基に書かれたみたいだ。でも、歌なんて知らないよ。全然記憶にない。亀比売と過ごしていた時、歌を交わしたことはあったけどね」

キョトンと目を瞬く。肉売りは「彼女は歌を作るのも上手かったんだ」と惚気ている。

「で、でも……この本には確かに」

手にした本に視線を落とすと、あることを思い出した。

――そういえば、末尾の五首の歌謡は後世に付け足されたものだと聞いたことがある。ならば「知らない」という肉売りの言葉は本当なのだろう。しかし、どうにも違和感があった。歌にこめられた想いは真に迫っていて、実に生々しい感情が表現されているように思えたからだ。

――誰が歌を書き加えたんだろう……。

ぽぴんで遊んでいる肉売りを眺めながら、ほうとため息をこぼす。

ふと顔を巡らせれば――池にかかった橋のたもとにひとりの女性が立っているのに気がついた。盧氏のようだ。私と目が合うとくるりと踵（きびす）を返す。

「……あっ！　待って！」

得も言われぬ想いに駆られ、慌てて後を追った。

「夏織っ!?」

「あれ？　どこ行くのさ～」

水明と肉売りが動揺している。事情を説明した方がいいとも思ったが、私は足を止めることができなかった。

――泣いていたような気がする。

私はある予感を胸にひたすら走り続けた。

＊　＊　＊

彼女に追いついたのは、竜宮城にある吹き抜けの廊下だった。深紅の円柱の間を碧や赤、黄色などカラフルな魚たちの群れが行き交っている。

「盧氏！」

「……大丈夫ですか」

私の問いかけに、盧氏は小さく洟を啜った。

「気を遣うくらいなら、放って置いてくれればいいですのに」

「ご、ごめんなさい。どうしても気になってしまって」

慌てて謝る。確かに不躾な行動だった。盧氏とは特に親しいわけでもないのに。

――う、やらかしてしまった……。

こっそり後悔していれば、盧氏が小さく笑ったのがわかった。

「もう。そんな声を出されたら罪悪感を覚えてしまうではありませんか」

ようやく盧氏がこちらを向いてくれた。目は充血して、鼻は赤く染まっていた。確かに泣いていたようだ。私の見間違いではなかったらしい。

「………。悲しいことがあったんですか？」

どう切り出したものかと考えた挙げ句、ハンカチを差し出して無難な質問を投げた。

ハンカチを受け取った盧氏は、小さくかぶりを振る。

「もう千年以上もの間、悲しくなかったことなんてありません」

「さっき、肉売りと話していた時は楽しそうでしたよ」

「ふふ。そうでしたね。でも……あなたもそうでしょう？」

「私？」

「心から好いている人と話す時は、自然と顔が綻んでしまうものですよね。しばらくぶりに再会できたのなら、なおさら」

——ああ！　やっぱり。

盧氏の正体に思い至って、大きく息を吸った。おそらく、唐糸御前へ本の貸し出しを依頼したのもこの人なのだろう。動揺している心を必死に宥める。

仕事を始めよう。

私は——幽世の貸本屋だ。

ゴソゴソと鞄の中を漁る。取り出したのは東雲さんから託された本だ。

「ご所望の本をお持ちしました。確認いただけますか？」

『丹後国風土記』の表紙を撫でた盧氏は、わずかに口もとを緩めた。

「確かに間違いありません。ありがとう、ずっと読みたかったの」

そっと本を抱きしめる。まるで愛する人への抱擁のようだと思う。

なんとなく直視するのが憚(はばか)られた。視線をさまよわせながらも意を決して訊ねる。

「どうしてこの本を借りようと思ったんですか？　あなたが……亀比売なのに」

盧氏の表情が強ばった。切れ長の瞳に困惑の色が浮かぶ。彼女は本を抱きしめる腕にいっそう力をこめると、苦しげに眉を寄せた。

「私が亀比売？　どうしてそう思ったのですか？」

「単純なことです。始めからあなたは異常なほど肉売りのことを気にしていた。肉売りの言葉に一喜一憂して……まるで恋する乙女そのものだと思いました。なにより最も違和感があったのは、お茶を淹れてくれた時です」

彼女が用意してくれたお茶の様式は、決して日本人に馴染みのあるものではなかった。盧氏が飲み方を説明してくれるまで、どうすればいいか想像もできなかったくらいだ。だのに、肉売りは一切戸惑いを見せなかった。どこかで中国茶に慣れ親しんでいる可能性も捨てきれないが、小さなぽぴんひとつすら購入できない経済状況では考えづらい。

「つまり、彼はあなたが淹れたお茶を飲み慣れていた。頻繁に口にするくらいには、親しい間柄だったんじゃないかと思いました」

私の考えを伝えると、盧氏はパチパチと目を瞬いた。

「ぽぴん……」

小さく呟くと、フッと笑みをこぼす。

「あの人ったら本当にもう」

そして私をまっすぐに見据え、こくりと頷いた。

「はい。私が亀比売です」

亀比売は私に偽名を名乗ったことを謝った。盧氏という名は中国古典に出てくる竜の娘の名を借りたらしい。別に気にしていないと笑えば、亀比売はホッとした様子だった。

表情を和らげた亀比売に安堵しつつも、私は疑問をぶつけた。

「あの、ひとつ訊いてもいいですか？」

「なんでしょう？」

「あなたと肉売りの物語が『丹後国風土記』通りなら、相思相愛だと思うんです。なぜ、せっかく再会できたのに、お互いに知らんふりしているんですか？　肉売りは、『亀比売はここにいない』とまで言ってました。あんまりじゃありませんか？」

亀比売は苦しげに俯いた。

「……なんと言えばいいのでしょう。あまり口に出したくないのですが」

彼女は大きく息を吸うと、意を決したかのように顔を上げた。

「あの方は、私のことがわからないのです」

「え？　それはどういう――……」

「玉匣の効果なのですよ。最も愛する人を認識できなくなるという……」

「認識できない？　さっき話をしていたじゃないですか！」

「ええ。おそらく、私をそこらにいる女官のひとりだと思っていたのでしょう」

あまりのことに目を見開く。目の前に愛する人がいるのに認識できない？

「――嘘ですよね？　だって、彼はあなたを捜し続けているんです」

「知っています」

「あなたに見せてあげようと土産物をたくさん用意してますよ。自慢の旦那さんになるんだって、自分なりの正義を貫こうと頑張ってます」

「そう……みたいですね」

「永遠は救いだと。永遠は自分にチャンスをくれたんだって話していました」

「…………」

「なのに……本当に、二度と会えないんですか？」

　くしゃりと亀比売の顔が歪む。大きな瞳から真珠のような涙がこぼれた。彼女はそれを拭うこともせずに、震える唇を動かす。

「永遠は〝罰〟なのです」

「救いなんかじゃないと？」

「とんでもありません！　永遠は彼を縛る鎖です。あの人の愛情は海よりも深い。きっと延々と私を捜し続けるでしょう。永遠に時間があるという事実だけをよすがとして」

　つまり、肉売りは目に見えない相手を捜し続けているということだ。

　――そんなのあんまりだ……！

　胸が張り裂けそうだった。肉売りが純真で真摯であればあるほど、彼に巻き付いた永遠という名の鎖は強固になる。彼自身は雁字搦めにされていることに気がついていない。むしろ、己を取り巻く鎖を愛でてさえいる。

――なにが永遠は〝失敗を取り戻せ〟と言ってくれているだ。飢えた獣の前に餌をぶら下げておきながら、絶対に与えないような残酷な仕打ちじゃないか！

沸々と怒りがこみ上げてくる。肉売りの笑顔が脳裏に浮かぶ。絶対に諦めないと語った彼は、すでに千年以上もの間、亀比売を捜し続けてきたことになる。普通なら、諦めて新しい恋に生きることもできるだろう。しかし――永遠の命を持っているからこそ諦められない。延々と続く時間の先に可能性の光があるように誤認してしまうからだ。

「亀比売様から自分の正体を明かしてみたりは……？」

「したことがないとお思いですか？　愛する人の名を騙るなと、あの人に散々怒られました」

「な、ならっ！　誰か他の人に手伝ってもらったりは？」

亀比売は静かにかぶりを振っている。

「ひどい……」

ぽつりとこぼすと、亀比売は自嘲気味に呟いた。

「これが、私たちふたりが〝誤った選択〟をした結果なんです」

肉売りの過ち。浦島子の失敗。それは約束を忘れて玉匣を開けてしまったことだ。

ならば――亀比売の〝誤った選択〟とは？

「永久の命を持つ私が、定命の者を己の世界に引き入れるべきではなかったのです」

──なに？

背中に冷たい汗が伝った。鼓動は激しくなるばかりなのに、手指からみるみるうちに熱が奪われていった。なんだか寒い。急に気温が下がったのだろうか？

いや──。

「しょせん棲む世界が違ったのです。私たちは結ばれるべきではなかった。一緒にいるべきではなかった。心を通わすべきではなかった。愛すべきではなかった。彼と出会った結果、私が得たのは苦しみだけです。……物語は、始まりから間違っていたんですよ」

寒いのは、亀比売の言葉が私の心の温度を奪っているからだ。

ふいに東雲さんの顔が脳裏に浮かんだ。

幼い私を拾ってくれた養父も、亀比売のように後悔したりしたのだろうか。

ふるふるとかぶりを振った。馬鹿だなあ。東雲さんと亀比売は違う。

「今は後悔しかありません」

悲しげに瞼を伏せる亀比売を可哀想に思う。

人との出会いを後悔するだなんて、悲しいことだ。辛いことだ。寂しいことだ。普通はそうそう思わないだろう。つまり、それだけ亀比売の心が摩耗している証拠だ。

「実はね、私が私としてあの人と会う方法がたったひとつだけあるんですよ」

意外な言葉に、思わず前のめりになった。

「……！　ほ、本当ですか」

「ええ、嘘は言いません」

にこりと綺麗な笑みを浮かべた亀比売は、どこか遠くを見て言った。

「あの人が見えないのは〝最も〟愛する人なんです。……つまり、彼が私以外の誰かを愛すればいいのです」

絶句する。それは、いまだに肉売りを愛し続けている亀比売にとって、生き地獄と同じではないだろうか。

「ふたりが幸せになる方法はないんですか？」

思わず訊ねた私に、亀比売は自嘲気味に笑った。

「私が知りたいくらいですよ」

諦めたような表情を浮かべた亀比売に、胸が苦しくて仕方がない。

「――どうしてこんな仕打ちを？　浦島子がしたことといえば、約束を破って箱を開けただけですよね？」

たまらずこぼした私に、亀比売は小さくかぶりを振った。

「端から見るとそうですね。ですがあれは、決して間違えてはいけない選択だった。人生では、時に決定的な選択を迫られる時があります。あの人は間違った方を選んでしまった。だからこんな仕打ちを受けている。……たったそれだけのことです」

再び本の表紙を撫でる。美しい顔は疲れ切っているように見えた。

『丹後国風土記』を抱え直した亀比売は、衣をひるがえして私に背を向けた。

「貸本屋さん。また本をお願いすると思います。近代の作品で、なにかよいものがあればお願いしますね」

「は、はい……」

「あなたは選択を間違わないで。後悔ばかりの人生ほど空虚なものはありません」

しずしずと歩き出した亀比売の背へ声をかける。

「あの！　ど、どういう想いで浦島太郎の物語を読んでいるんですか……？」

ぴたりと足を止めた亀比売は、こちらへ振り返りもせずに言った。

「本の中には、彼と過ごした幸せな日々が詰まっているんです。〝永遠に〟ね」

途端、数え切れないほどの魚の群れが私と亀比売の間を通り抜けていった。碧、赤、黄色、紫……暴力的なまでの色の洪水が通り過ぎると、すでに亀比売の姿は消え失せている。

地面に視線を落とす。私は『丹後国風土記』の中の一節を思い出していた。

「神女(かむをとめ)、遥かに芳しき声を飛ばして、哥(うた)ひしく……」

大和辺(やまとへ)に　風吹き上げて
雲離れ　退(そ)き居(を)りともよ
我(わ)を忘らすな

「大和の方に向かって風が吹き上げ、雲が離ればなれになるように、離れていても私を忘れないで」という意味の歌だ。作者ではない別人が後世に加えたのだろうと言われている。誰が書き加えたのかは——不明である。

眉根を寄せ、寒さを和らげるように腕を何度か摩った。何度も何度も摩り続ける。けれど、芯から冷えた体に温もりはなかなか戻ってこなかった。

＊　＊　＊

フラつきながら客間へ続く廊下を歩く。途中で私を捜していたらしい水明と行き会った。ただならぬ様子を醸している私にギョッと目を剥いている。

「どこへ行ってたんだ！　なにがあった。まっ青だぞ」

コートを脱いで私にかけてくれた。布越しに水明の体温を感じてホッと息を漏らす。

「平気だよ。貸本屋としての仕事を済ませてきただけ」

「依頼人に会えたのか？」

「うん……。ちゃんと貸し出せたよ」

無理矢理笑みを形作る。水明は眉根を寄せると「そうか」と頷いてくれた。

頭の中では亀比売の言葉が繰り返し蘇ってくる。別に自分のことではないのに、やたら胸が苦しくて仕方がない。なんだか肉売りに会うのが憂鬱だった。彼の事情を知ってしまった今、どういう顔をして会えばいいかわからない。

ふと寂しく思って水明の手を握った。黙りこんだままの私に、水明がわずかに目を見開く。少しだけ視線をさまよわせると、ぽつりと呟くように言った。

「俺はお前の隣にいるからな」

「……水明？」

「お前のそばにはいつだって俺がいる。忘れるな。なにがあろうとも」

水明が重ねた言葉に違和感を覚える。意気消沈して戻ってはきたものの、そこまで言われるほどだったろうか。

「どうしたの？　水明こそなにかあった？」

水明が目を逸らした。彼の薄茶色の瞳はどこか遠くを見ている。

「別になにもない」

再び水明の薄い色の瞳が私を捉えた。

「お前が……心配なだけだ」

——嘘を吐いた？

目を逸らすのは、水明が嘘を吐く時の癖だ。

水明の手を強く握る。堰を切ったように不安がこみ上げてきた。

——私、どうしてこんなに心配されているんだろう……？

思えばここ最近、やけにいろんな人に気をかけてもらっている。バイト先では遠近さんに励まされたし、ぬらりひょんには普段よりも優しくしてもらった。唐糸御前は、まるで過保護な母親みたいだった。なんだか異常な気がする。私はもう小さな子どもじゃないのに、どうしてみんな、頑張れ、負けるな、大丈夫だからって、必死に背中を支えるみたいに励ましてくれるのだろう？

『ライフイベントとは、人生において特別な出来事のことさ。後の生活に深く影響を与えるものが主だね。進学だったり、結婚だったり……就職、死別、大病なんかもそう。人によって大小の違いはあれど、必ずぶち当たる不可避イベントだ』

ふと遠近さんの言葉を思い出した。ライフイベント。生きていく上で絶対に行き当たる、人生の壁とも呼べる出来事……。

みんな、貸本屋を引き継ぐ私を心配してくれているのだと思っていた。

もし、そうじゃなかったとしたら……？

「もう！　いい加減にしてくださいませ！　わたくしの仕事の邪魔をしないで」

「ええ～！　つれないこと言わないでよ」

「後は引き渡すだけなのです。あなたなんかに構っている場合ではありません！」

先刻、水明たちが寝かされていた部屋から声がする。唐糸御前と肉売りのようだ。すでに準備は終わっているらしい。水明と視線を交わす。連れ立って部屋へ入ろうとすると、

「ねえ、教えてよ。東雲に残された時間ってあとどれくらいなの？」

予想だにしない言葉が耳に飛び込んできて、思わず足を止めた。

「…………」

水明の手に力がこもる。私が来たことに気がついていないのか、唐糸御前はまるで虫を追い払うかのように肉売りを適当にあしらっていた。

「しつこいですわね！　わたくしにだって正確な日数はわかりません。壊れた付喪神は、風船が萎んでいくように徐々に弱っていくのが普通です。人間の医者じゃあるまいし、余命宣言なんて――」

「……余命？」

ぐらりと世界が揺れたような気がした。

水明の手を離して、フラフラ覚束(おぼつか)ない足取りで歩き出す。私に気がついた唐糸御前は、細長い桐箱を手に取った。呆然と近寄ってくる私に、意を決したように口を開く。

「あの、夏織さ――」

「余命ってなんですか？」

やたら平坦な声が出た。世界がゆらゆら揺れている。地震でもあったんだろうか。周りのみんなは平気な顔をしているのに、一体どういうことだろう。

唐糸御前は視線をあちこちさまよわせると、卓に桐箱を置いて蓋を開けた。中には一幅の掛け軸が収まっている。

「ご覧になって」

ぱらりと掛け軸の巻緒を解いて広げた。空駆ける龍の姿が描かれた水墨画だ。とある事件で半分に引き裂かれ、燃やされてしまったのだが……綺麗に修復されている。しかし柱や中廻しなどの装飾部分だけだ。書画の下半分は焼け焦げたまま、なにが描かれていたのか判別ができない。

「……修復は終わったんじゃ？」

ぎこちない動きで首を巡らせる。

瞬きもせずにじっと見つめれば、唐糸御前は苦しげに瞼を伏せた。

「……わたくしがやれることはやりました。東雲の下へ返してあげてください」

「でも、これ」

震える手を唐糸御前へ伸ばした。細い手首を掴んで揺さぶる。どう見たって直りきっていない。東雲さんの本体なのだ。もっともっと美しかったはずだ。

「もう一度、修復してください」

喉の奥がひりついている。頭の中がグチャグチャでわけがわからない。

「東雲さんを直して」

ふと、唐糸御前の手が目に入った。小さな手だ。私よりも一回りも小さい。だのに、あちこちに傷跡が残っていた。爪は墨で黒ずみ、肌は荒れ放題で節くれだっている。職人の手だ。長い時間をかけて作品と向き合った人の手だった。

「あ……」

絶望がじわじわと広がっていく。体から力が抜けた。その場に座り込む。頭が真っ白だ。どうすればいいいかまるでわからない。

「あ〜あ、可哀想に。こんなにショックを受けてる。だから僕が代わりに言ってあげようかって提案したでしょ！」

肉売りが肩を抱いた。私の顔を覗きこみ、にっこりと微笑む。

「ねえ、僕が君と一緒に青森くんだりまで来た理由がわかった？　夏織くんに、説得を手伝ってほしかったからなんだ！」

「……せっ、とく？」

「そうさ！　口下手な僕じゃ東雲を説得しきれない。だから娘である君に助力してもらおうと思って！　もうすぐ寿命を終える付喪神の東雲にさ、人魚の肉を食べるように言い聞かせてほしいんだ……」

肉売りの瞳が妖しく光る。淀んだ沼の色だ。ひとたび足を踏み入れれば、二度と這い出られなくなりそうな——毒々しい緑。

「可愛い、可愛い、最愛の娘を遺して先に死ぬだなんて悲劇だよね！　だけど、不老不死になればすべて解決できるんだ。東雲は決して君を置いていなくならない。大好きな養父とずっと一緒にいられるんだ。みんな幸せじゃないか……！」

「——やめろ！」

「わあっ！」

肉売りを水明が突き飛ばした。私を腕の中に庇って睨みつけている。

「すべては東雲と夏織が決めることだ。お前が口出しするんじゃない」

「なんだよ！　別にいいだろ。東雲ったら絶対に嫌だって話も聞いてくれないんだよ！」

途端、なにかに気がついたのか肉売りが顔をしかめた。そろそろとポケットへ手を差し入れる。取り出したのは――ひび割れ、ガラスくずへと変わり果てたぽぴんだ。

「あ〜あ。割れちゃった……。もろいもんだねえ」

私は水明の腕の中でカタカタ震えていた。寒くて仕方がない。必死になって状況を理解しようとする。東雲さんと肉売りが知り合いだったのは、永遠を授けようと肉売りが近づいたからだ。人魚の肉売りは絶望を抱えたあやかしの下へ現れる。永遠を手に入れないと問題が解決できないくらいに追い詰められた者のところへ。

となれば、東雲さん自身が己の寿命について知っていたということになる。

――東雲さんはどんな想いで〝引退する〟と口にしたんだろう。

「……水明」

そっと見上げれば、薄茶色の瞳と視線が交わった。彼はここ最近、東雲さんと頻繁に出かけていた。おそらく水明も事情を知っていたのだろう。遠近さんは東雲さんの親友だ。仕事上の都合を考えれば、東雲さんが自身の状況を明かしていたとしてもおかしくない。だからこそ、遠近さんは肉売りのことを知っていた。あやかしの総大将であるぬらりひょんだって。みんな――みんな東雲さんの寿命が残りわずかであることを知っていた。

「水明」

私だけが知らなかった。娘なのに。私だけが。

「すい、めい……」

みんなの優しさが痛い。

息ができない。世界が滲んでいる。

涙腺が燃えるように熱い。まるでマグマが溢れてくるかのようだ。

息苦しさをまぎらわそうと、かぶりを振る。ふと視界に肉売りの姿が入った。彼が手にしたぽぴんの無残な姿が胸に突き刺さる。ガラスの表面で泳いでいた二匹の金魚は、片方が粉々に割れていた。

壊れたぽぴんが、元の姿に戻ることは二度とない。

薄玻璃の玩具にこめられた想いもなにもかも、すべて壊れてしまったのだ。

「……夏織」

水明は私を力強く抱きしめ、何度も何度も同じ言葉を繰り返した。

「大丈夫だ。俺がそばにいる。なにがあっても俺がいるからな。俺のことを忘れるな。頼む、頼むから……これだけは覚えていてくれ」

＊　＊　＊

朦朧（もうろう）としながら、やっとのことで貸本屋へ戻った。

すでに深夜帯に入っている。幽世の町はしんと静まり返り、ときおり不気味な鳥の鳴き声が響くくらいだ。しかし、貸本屋には明かりが灯っていた。黄みがかった柔らかな光が窓からこぼれている。

「……東雲さん」

養父は自室で執筆していた。私が帰ってきたことに気がついていないようだ。

膝を突いて、東雲さんの大きな背中に額をくっつけると、ぴたりと筆が止まった。

「帰ったのか」

珍しくすぐに私に気がついたようだ。東雲さんは筆を置いた。

「どうした？」

振り返ろうとする東雲さんを、背中に抱きついて阻止する。今の私の顔はボロボロで、たとえ養父といえど見せられるものではない。

「死んじゃうってほんと？」

掠れきった声で訊ねれば、東雲さんが「あ～……」と唸ったのが聞こえた。ボリボリと頭を掻いている。少しだけ逡巡（しゅんじゅん）した東雲さんは、いつもと変わらぬ調子で言った。

「――まあ、そういうことだ」

ぎゅう、と抱きしめている腕に力をこめた。

否定してほしかった。みんなを巻き込んだドッキリだって戯けてほしかったのに。

落胆がじわじわと心の中に広がっていく。

「……人魚の肉、食べないの？」

どうしようもなく声が震えた。

人魚の肉はまさに禁断の果実だ。絶対に食べるべきではないと頭では理解しているのに、大好きな養父のためなら仕方がないと、別の私が訴えかけてくる。

「食わねえよ」

私の葛藤とは裏腹に、東雲さんの反応はあっさりしたものだった。

「寿命なんだ。抗う必要なんてねえだろ？　器物(モノ)はいつか壊れるもんだ」

間違いなく正論だった。でも——今の私には正論を受け入れるだけの余裕がない。

「嫌だ……」

東雲さんは肩を揺らして笑った。「しゃあねえ奴だ」と笑う養父の背中には、すでに覚悟ができてしまっている気がする。

固く目を瞑った。再び涙腺が熱を持ち始める。世界が揺れている。

東雲さんが死んでしまう。自分を拾ってくれ、育ててくれた大切な人が……。

世界にヒビが入っていく音がする。

養父のいない世界なんて、私には欠片も想像できなかった。

閑話　真贋問答

秋の幽世の町は普段よりも賑やかである。冬ごもりに備え、あやかしたちが買い物にやってくるからだ。道端には露店が並び、値切りがてら雑談に興じる姿があちこちで見られた。行き交う荷車はどれも荷物を満載していた。滅多に町へ来ないからと、棒つき飴を買ってもらった幼い鬼がほくほく顔で通りを歩いている。母親は買い忘れがないかと思案顔だ。購買意欲を満たされたあやかしたちは、誰も彼もが少し緩んだ顔をしていた。

厳しい冬が訪れる前。ほんのわずかな期間だけ見られる賑わい。あやかしたちは今を懸命に生きている。何百年も前から変わらぬ営みだ。彼らがあげる賑やかな声は、貸本屋の店内まで聞こえてきていた。

外の賑やかさとは裏腹に、貸本屋の中はしんと静まり返っている。

店頭には「臨時休業」の張り紙が貼られ、入り口は固く閉ざされていた。

開店して以来、初めて幽世の貸本屋は連日の休業を余儀なくされている。竜宮城から帰ってきてからというもの、夏織が部屋に閉じこもってしまったからだ。東雲の体調も思わしくなかった。余命少ない彼の体は徐々に弱り始めており、薬を服用しているものの、接客できるほどの体調ではなかった。

「……まったく。夏織が部屋から出たくなくなる気持ちもわかるわ」

ぼやきながら貸本屋の二階から下りてきたのはナナシだ。

艶やかな衣装をまとった、一見すると美女に見える男の正体は中国由来の瑞獣白沢で、夏織の母代わりだ。夏織に部屋から出てくるように声をかけていたのだが、今日も無駄足に終わったらしい。すごすご戻ってきた彼は、長火鉢の横で煙管をくゆらせている東雲をジロリと見遣ると、不愉快そうに眉をひそめた。

「どうして間接的に伝えたの。自分の口から告白すればよかったじゃない」

東雲はバリバリと頭を掻いて、不満そうに唇を尖らせた。

「どう言えばいいかわからなかったんだよ」

途端、ナナシは眉を吊り上げた。

「それがアンタの悪いところよ！　この意気地なし！　普段は態度がデカイくせに、いざという時に役に立たないんだから。夏織が可哀想よ。馬鹿、馬鹿、馬鹿！」

「あんまり馬鹿馬鹿言うな。気が滅入る」

げんなりした様子の東雲に、ナナシは「自業自得だわ」とそっぽを向いた。

「……一体、いつから自覚してたのよ。自分がもう駄目かもしれないって」

東雲が、自分の寿命がいくばくもない事実をナナシへ明かしたのは、夏織よりも後のことだ。それを恨みがましく思っているらしい。

「白蔵主が騒動を起こす少し前くらいだな。弱ってる自覚はあった。変だと思ってたら……唐糸御前から本体の修繕が無理かもしれねえと連絡をもらったんだ」

「どうしてその時に明かしてくれなかったのよ！」

「唐糸御前が、もう少しあがいてみると約束してくれたからだ。希望は残ってた。まあ……結局、駄目だったけどよ」

最後通告を受けたのは最近だ。初めからなにもかもを知っていたのは玉樹と遠近だけで、自分の余命がいくばくもない事実を明かす相手は慎重に選んだ。

ボリボリと頭を掻く。ナナシの瞳にはうっすら涙が滲んでいた。裏切られたとでも思っているのだろう。それだけこの男との付き合いは深かった。一緒に苦労して夏織を育てたのだ。過ごした時間は、親友であるふたりよりもはるかに長い。

「……言うのが遅くなって悪かった。お前は隠し事が下手くそだからな。夏織とも頻繁に会うし、すぐに見抜かれちまうと思った」

それだけは絶対に避けたかった。夏織へショックを与えるわけにはいかない。

「たとえそうだとしても、教えてほしかったのよ……。アンタとはいい信頼関係を築けてきたと思っていたのに」

俯いたナナシの瞳から涙のしずくがこぼれ落ちる。

——ああ、ちくしょう。そうじゃねえんだけどな……。

東雲はため息をついた。確かに夏織へバレる可能性を考慮はした。だが、ナナシへの報告が遅くなったのは、たとえどんな状況で事実を明かしても、この男であればきちんと受け止めてくれるだろうと判断したからだ。

　口を開きかけるもすぐに閉じた。言葉を尽くして説明したいとも思うが、ナナシを変に持ち上げるのも照れくさいし、意図を伝えきれるか自信がない。

「…………」

　結果、東雲は黙りこんだ。口下手な東雲にとってはいつものことだ。

　ナナシは洟を啜りながら泣いている。事態は悪化していくばかりで東雲は途方に暮れた。苛立ちをまぎらわせるように火鉢の中に煙管の灰を落とす。タバコ入れに手を伸ばすと、真っ赤な柘榴（ざくろ）のような瞳と視線が交わった。

「し、東雲～……」

　クロだ。とてとてと短い脚を動かして、東雲のあぐらの上に座った。きゅうんと鼻を鳴らして、潤んだ瞳で東雲を見上げる。

「病気なの？　相棒の薬をあげようか？　きっと元気になるよ！」

　目を細めた東雲は、クロの頭を撫でてやった。

「悪いな。薬が効けばよかったんだがなあ」

「……うう。じゃあ、やっぱり死んじゃうの……？」

「別にすぐに死ぬわけじゃねえ。そのうち、ってだけだ。泣くのはちっと早えぞ？」

「だ、だけど……」

クロは少しだけ言い淀むと、ぽつりと呟いた。

「みどりも……水明の母親もそう言ってたんだ」

ぺたんと耳を伏せたクロに、東雲は苦い笑みをこぼす。

「そうか。思い出させて悪かったな」

優しく語りかければ、クロは返事代わりにしっぽを何度か振った。

すると、ちゃぶ台に薬湯入りの湯呑みが置かれた。ふわりと酸っぱ苦い匂いが漂ってくる。中身は痛み止めだ。東雲はこの薬湯が心底苦手だった。ウッと小さく呻くと——白い髪をした少年が淡々と言った。

「寿命は延びないかもしれないが絶対に飲めよ。痛いと泣かれたらたまらないからな」

水明だ。続けてジロリとナナシを睨みつける。

「不安だからと東雲に当たるのはよせ。今、一番辛いのは夏織だろう？」

「…………。水明、アンタ」

ナナシが驚いたように水明を見つめた。少年はナナシの前にも湯呑みを置く。中身は緑茶のようだ。

「夏織は黒猫に任せておけばいい。変に気を揉んで空気を悪くするよりも、俺たちにはやれることがあるはずだ。いつものお前らしくないぞ、ナナシ」

東雲の隣に座った水明は、泣いているナナシをじっと見つめて続けた。

「血は繋がっていなくとも、お前は夏織の母親なんだろう？　考えるべきは娘との未来だ。

揉めている場合じゃないだろう。過ぎたことを責めてどうする。東雲から謝罪を引き出してなんになる。ただの自己満足じゃないか」

毅然とした態度の水明に、ナナシは羞恥で頬を染めた。

ハンカチで涙を拭うと、緑茶をひとくち啜る。

「……美味しい」

ふわりと柔らかく笑って、一転して晴れやかな顔になった。

「そうね、そうだったわね。今はこれからのことを考えなくちゃいけないのよね。ごめんなさい。アタシも少し混乱していたみたい」

素直に謝られ、東雲はキョトンと目を瞬いた。説得は難しいと思っていたのに、水明の言葉でナナシの気が済んでしまったようだ。繁々と水明を見つめ、心から感心した。

――コイツ成長したなあ。

水明が幽世にやって来たのは、彼が十七歳の頃だ。しとしとと降りしきる雨の中、幻光蝶に囲まれて地面に倒れていた。あの頃は、ただただ自分の世界に閉じこもり、理不尽な運命を嘆いているだけの少年だったのに。

――人は変わるもんだ。

今やナナシから全幅の信頼を置かれている。わざわざ少年を指名して薬屋へやってくるあやかしがいるとも聞く。水明は元祓い屋だ。あやかしを屠り収入を得ていた少年が、幽世に馴染むだけでも大変だったろうに……。

水明という少年は信用できる奴だと東雲は考えている。だからこそ、己の命の灯火が残り少ないことを夏織より前に伝えたのだ。コイツなら夏織を支えてくれる。助けてくれる。救ってくれる。東雲は水明という〝男〟を認めていた。もちろん理由はある。

――二ヶ月前。

白蔵主の騒動が一段落した後、突然、水明がひとりで貸本屋を訪れたのだ。夏織は出かけていて不在だった。なんの用だと訊ねれば、とんでもないことを言い出した。

『……夏織が俺を好きらしい』

頭が真っ白になったのは言うまでもない。

蛙が潰れたような声を出し、よし殴ろうと拳を固く握りしめていれば、水明がいきなりその場に正座した。キョトンと目を瞬いていれば、

『俺も夏織が好きだ。だが、俺は廃業したとはいえ祓い屋だ。多くのあやかしをこの手で殺めてきた。……受け入れてもらえるとは思っていない』

両手を地面につく。深々と頭を下げて水明は続けた。

『俺の居場所は夏織の隣だ。これだけは絶対に譲れない。だから、許してほしい』

絞り出すような声。普段のあまり感情の乗らない声とはまるで違った。

東雲は散々迷った挙げ句、水明にこう言った。

『とりあえず一発殴らせろ』

渾身の一発を水明の腹に叩き込む。すると、ひどく気分が落ち込んだ。心のどこかで水

明に感心している自分がいたからだ。夏織は水明へ想いを告げたことを東雲に報告していなかった。当たり前だ。東雲の過保護加減を夏織は重々理解しているはずで、そう簡単に報告しようと考えないだろう。だが、水明は筋を通そうとした。自分の過去と、相手の立場を考慮した上で、夏織の隣に胸を張って立てるように——たったひとりで東雲のもとへ乗り込んできたのだ。ずいぶん悩んだだろう。勇気もいったはずだ。だから感心してしまった。責任は絶対に取れよと脅した東雲に、覚悟はできているんだとこともなげに返した少年に。見上げた根性してやがると笑ってしまうくらいだった。

『……お前に夏織を任せてもいいのか』

ぽつりと呟いた東雲の言葉に、水明は『任せてくれ』と真摯に頷いた。

その日の夜、東雲は町へ繰り出した。体の異常を自覚した時から、酒は止めていた。だが、飲まなくてはやっていられなかった。大切な……なによりも大切なものを誰かに譲る決心をつけるには酒の力が必要だった。

——その日に飲んだ酒の味は、二度と忘れられないだろう。

唐糸御前から本体の修復が不可能だと知らされた後、東雲は水明と夏織にすべてを引き継ぐことに決めた。何百年もかけて築き上げてきた縁を、仕事を——ふたりに継ごうと決心したのだ。以来、東雲はことあるごとに水明を連れ歩くようになった。隠れ里へ同行させたのもその一貫だ。仕事を見せてやろうと思ったのもある。お前が手を出した娘の父はこれだけ偉大で、中途半端な男じゃない。覚悟はあるのかという脅しもこめた。

そのおかげか、水明が自分を見る目が変わった。東雲の話を聞く時、水明の背筋はピンと伸びている。わからないことをわからないままにしない熱意もある。やるじゃねえか、と内心で苦く笑う。少年が大人の男へ羽化しようとしている瞬間を目の当たりにしているような、おかしな感慨があった。

しみじみと感じ入っていると、水明が口を開いた。

「……それで。本当にお前は永遠を望まないのか」

容赦なく切り込んできた水明に、東雲は思わず笑ってしまった。水明に寿命がいくばくもないと告げてから初めてされた質問だ。水明は頭がいい。人魚の肉売りが介入してきた時点で、東雲に〝永遠の命〟という選択肢があることに気がついていたのだろう。しかし、今日の今日まで黙っていた。おそらく東雲の選択を邪魔しないためだ。

水明は、じいっと東雲をまっすぐ見つめている。相変わらず、東雲相手だと無表情に見える。夏織の前ではコロコロ表情が変わる癖に。

——俺よりも不器用な奴。

気がついてなかったら面白（おもしれ）えな、なんて考えながら無精髭をこする。

そして、きっぱりと宣言した。

「この先なにがあろうとも、俺は絶対に人魚の肉は口にしねえ」

困惑の表情を浮かべたナナシが口を挟んだ。

「夏織が望んでも？」

「ああ」

躊躇なく頷いた東雲に、水明の表情が険しくなった。少しだけ視線を宙にさまよわせ、再びまっすぐに東雲を視界に捉える。

「……俺は、夏織と違って永遠の命を否定しようとは思わない。使えるものは使えばいい。躊躇する必要はないと考えている。娘が大切なんだろう？　なら、夏織を悲しませないために永遠の命を選ぶことはできないのか」

東雲は意外に思った。水明の父親は人魚の肉で不老不死を得ている。水明の言葉はまるで父親の行為を肯定しているようだったからだ。

――少しずつ和解してってんのかねえ。

面白く思いながら、水明の疑問に答える。

「確かに夏織は大切だ。俺の生きがいで、俺のすべてだった。でもな――俺には俺の生き方ってもんがある。自分で決めた終着点があるんだ。簡単には曲げられねえよ」

「……終着点？」

眉をひそめた水明に、笑いながら続ける。

「それによ、夏織が俺らを置いて先に死ぬことを畏れてたのを知ってる。たとえ、俺が死ななかったとしても、人生の終わりにまた苦しむんじゃねえかな」

夏織は決して口にはしなかったが、東雲からすれば娘の悩みなんてお見通しだった。人とあやかし。似ている部分もあるが、まったく違う生き物だ。相手を大切に思いやればやるほどすれ違う。因果なものだ。

　水明はかぶりを振ると、やや焦ったような口ぶりで言った。

「そうかもしれないが、人生の途中で父親がいなくなるよりかはよっぽど……！」

「馬鹿言うなよ、それが普通だろ？」

　言葉を遮られ、水明がキョトンと目を瞬く。東雲は苦い笑みを浮かべた。

「親子ってもんは、普通は親が先に死ぬもんだ。うちは……たまたまそうじゃなかったが、今回の件でよそ様と同じになったってだけだろ？」

　水明が渋面を作る。「だが……」となおも言い募ろうとするのを遮った。

「まあ、これだけじゃわかんねえよな。来いよ、いつかは話さなくちゃと思ってた」

　立ち上がって居間から店舗へ移動した。最奥にある本棚の前に立つ。

「……東雲。アンタ」

　ナナシが困惑の表情を浮かべている。東雲はニヤリと笑うと、一冊の本を手前に引いた。鈍い音がして本棚が横にずれていく。姿を見せたのは地下へと続く階段だ。

「ここって、東雲の本体が収められている場所じゃないのか？」

「ああ。地下室の奥にな」

　水明の問いかけに頷いた。中は真っ暗だった。そのまま踏み込もうとして、水明が人間だったことを思い出す。自分は暗闇を見通す目を持っていても水明はそうではない。

「おい、ナナシ。明かり……」

声をかければ、なんとも絶妙なタイミングで蝶入りの提灯が差し出された。

「まったく、アンタはもう」

ナナシが心底呆れた顔をしていた。嬉しくなってナナシの背中をバンバン叩く。

「さすがは古女房！　わかってんなあ！」

「誰が古女房よ！　痛いからやめてくれる⁉」

軽口をたたき合いながら階段を下りていく。目当ては地下室に安置されている本棚だ。

そこには、ぎっしりと同じタイトルの本が詰め込まれていた。

「何冊あるんだ、これは」

水明がポカンと口を開けたまま固まっている。驚くのも仕方がない。『南総里見八犬伝』は九十八巻、全部で百六冊にもおよぶ大作だ。

本を一冊手に取る。懐かしさがこみ上げてきて思わず目を細めた。

「これはな、幽世に貸本屋を作った初代が残した本なんだ」

「初代？」

朧気な蝶の明かりに水明の薄茶色の瞳が浮かび上がっている。東雲は大きく頷くと、当時のことに想いを馳せた。

「話してやろう。俺の原点を。幽世の貸本屋の始まりを。俺が——自分の終着点に思い至ったいきさつを」

その時、水明へ向けた東雲の瞳はひどく穏やかなものだった。

＊　＊　＊

東雲は掛け軸の付喪神だ。

描かれたのは江戸時代中頃。作者は円山応挙（まるやまおうきょ）だといわれている。

円山応挙は写生を重視した親しみやすい画風で、裕福な町人たちに愛された画家だ。応挙が描く動物たちは生きているのではないかと錯覚するほどに美しい。一本一本丁寧に描かれた線は、日本の原風景に息づく動物たちを生き生きと再現している。

実際、東雲の掛け軸に描かれた龍も見惚れるほどに素晴らしい出来だった。

——東雲の掛け軸には秘密がある。

東雲が生まれた（つくられた）のは、江戸の片隅にあるあばら屋だったのだ。

あばら屋の中にはふたりの男がいる。ひとりは町人風の男だ。細く吊り上がった目は狐のようで、袖からは入れ墨が覗いている。人を欺くことで生計を立てている男だ。いわゆる詐欺師。当たり前だが堅気ではない。

詐欺師は床に広げた二幅の掛け軸を見比べていた。ふたつは同じもののように思える。構図も描かれた龍の表情も、墨の濃淡すらそっくりだ。詐欺師は満足げに頷いた。

「——いいじゃねェか。これなら誰もが本物だって思うに違いねェ」

詐欺師がそう言うと、もうひとりの男が平身低頭した。痩せ細った体に、髭はぼうぼう、月代は斑で手入れがまるでされていない、襤褸をまとったみすぼらしい男。

「あ、ありがとうございます……。あの、お代は……」

「ほらよ。また頼むぜ。大先生！」

掛け軸を仕舞った詐欺師は、小銭が入った袋を床に放った。金属がぶつかる甲高い音があばら屋の中に響く。詐欺師は床に散乱した絵筆を蹴散らして出て行った。戸が閉まると、男はほうと一息吐く。床に落ちた袋を拾い、筵の上に座り込んで酒瓶を勢いよく呷る。

——この男こそが、東雲の生みの親だ。かつては円山応挙と同じ石田幽汀の門下だった。男の絵師としての腕は確かだ。一時は将来を有望視されたが、酒に溺れて落ちぶれてしまった。流れ、流れた結果、贋作をこしらえて糊口を凌いでいる。

——そう。東雲は贋作である。円山応挙の作を真似て描いた偽物だ。

付喪神は古い道具や作品に命が宿って生まれるあやかしだ。誰かに長期間に渡って大切にされた品が妖怪変化する。東雲の掛け軸の出来は見事だった。下地にした絵が優れていたのもあって、素人目からすると名作にしか思えない。しかし、見る人が見れば贋作とわかる程度で、鑑定師に偽物だと見破られ、長らく売れ残っていた。普通ならば朽ちてしまう運命だ。誰かに大切にされることもなく、付喪神になるはずもない。

——なにせ、東雲はまがい物だったのだから。

転機が訪れたのは、東雲が描かれてから十数年経った後のこと。

「これはただの贋作じゃありません。〝幸運を呼び込む掛け軸〟なんですよ」

とある詐欺師が、東雲に口からでまかせの付加価値をつけた時だった。

在庫をなんとか売り払おうとしたのだろう。まったくもって根拠はない。しかし、事実は小説よりも奇なりとはよく言ったもので、東雲が持ち込まれた家には不思議と幸運が続いた。長年不妊であった妻に子ができたとか、家族が手柄を挙げたとか……誰もが喜ばしく思う優しい出来事だ。正直なところ、偶然が重なっただけの可能性もある。真実は誰にもわからない。しかし、確実に東雲の〝価値〟は上がっていった。

「この掛け軸は贋作などではない。円山応挙の真作じゃないか？」

ある時、過去の鑑定こそが間違っていたと詐欺師たちが言い出した。当時、円山応挙の名声は高くなるばかりで、円山派は狩野(かのう)派よりも勢いがあった。応挙の作は誰もがほしがるほどの人気で、詐欺師は東雲の掛け軸の価値を釣り上げようと考えたのだ。

東雲の掛け軸はまぎれもない贋作である。しかし、買収された鑑定人たちは、揃って真作だと口にした。東雲にとって不幸にも、本物がとうに失われてしまっていた現実も後押しをした。なにより、幸運を呼び寄せたという実績が東雲の掛け軸を真作たらしめたのだ。

こうして、贋作であるはずの東雲は真作にされてしまった。

詐欺師のもとには大金が転がりこみ、朽ち果てる運命にあった掛け軸は、そこらの真作よりもよほど大事に扱われるようになった。それから長い時が流れ、東雲の意識が芽生えたのは、彼が生まれてから百年ほど経ったある日。

「フ、フハハハハ！　やっと手に入れたぞ。これで俺にも幸福が……！」

血まみれの浪人が、東雲の掛け軸を手にした瞬間だった。

薄汚れた格好をした男が掛け軸を押し抱いている。その時、東雲はとある大名屋敷の中にあった。将軍のご機嫌伺いに献上されるところを、食いつめ、盗賊に身を落とした男に奪われたのだ。

東雲はふよふよと宙に浮かびながら、目の前に広がる凄惨な光景に眉をひそめた。畳の上に真っ赤な血がこぼれている。使用人らしき男が地に伏せ、縄で縛られた女中が震えていた。

――コイツ。俺なんかを盗むためになんてことを……！

ムッと立ち込めた血の臭いに吐き気がこみ上げてくる。付喪神として生まれたばかりの東雲には、いまだ実体を得るほどの力はなかった。意識だけが宙を漂う様は浮遊霊さながらだ。思念体のようではあるが、誰かと意思疎通はできない。基本的に、己の〝本体〟である掛け軸の周りを飛び回ることしかできず、あまり離れられなかった。

だから、否が応でも男の所業を見せつけられる羽目になったのだ。

「よく案内してくれた。褒美に自由をやろう」

生きようと必死にもがく女中を、浪人が刀で容赦なく斬り捨てる様も。

逃げた末に捕らえられ、幼い子どもたちを残してひったてられる姿も。

空腹を抱えて虚ろな瞳をした子どもたちが、盗人(ぬすっと)の父親の背中を呆然と見送る姿も。

東雲はまざまざと目撃させられたのだ。

——馬鹿らしい。なにが〝幸運を呼び込む掛け軸〟だ。

自分のために人生を狂わされた人間を目の当たりにして、東雲は暗澹たる気持ちだった。東雲は贋作だ。だのに、人々が勝手に御利益のある真作に仕立て上げてしまった。

——俺は偽物だ。過剰な願いを託してくれるな……。

浪人の後にも、高名な掛け軸を手に入れ、あわよくば幸運を享受しようと大勢の人が東雲を求めてきた。場合によっては血が流れることすらあった。政に利用されたこともある。それだけ——〝幸運を呼び込む掛け軸〟は価値があったのだ。

『人間の目は揃って節穴だ。誰が真作だって？　誰が円山応挙の作だって？　俺を描いたのは、あばら屋で酒を飲んだくれてた贋作師だよ‼』

いくら叫んでみても、付喪神の言葉が人間に届くわけもない。

相変わらず人々は東雲を真作として扱い続ける。

「掛け軸様、どうか。どうか……わが家に富と栄光を」

彼らが滲ませる途方もない欲望。そして、ありもしない希望にすがる浅ましさに、東雲の心は曇っていった。

——人間なんてクソ食らえ。みんな目が曇った偽物ばかりだ。どうして俺がお前らに幸運をもたらさなくちゃいけない。絶対に嫌だね！　ふざけんなよ！

そんなことばかりを考えていたからか、ぱったりと東雲の周りで幸運な出来事は起こらなくなった。人々の興味があっという間に東雲から離れて行く。自分が重宝されたのは、一時のブームのようなものだったと悟ると、東雲は反吐が出るような思いだった。

同時に、こんなことも考えるようになった。

——本物って奴がどこかにいるとしたら、どんな顔をしてやがるんだろう。

きっと、ひと目見ただけでわかるくらいに輝いているに違いない。

少なくとも〝本物〟は、〝贋作〟な自分に願いを託そうとはしないはずだ。

——一度でいいから見てみてえなあ。

繰り返される日々の中で、東雲が抱く〝本物〟への憧れは強くなっていった。

＊　＊　＊

地下室から出て居間へ戻る。ちゃぶ台の上には『南総里見八犬伝』が何冊か載っていた。

どれも東雲の好きな巻だ。手に取りながら、己が付喪神として目覚めるまでを語り終えた。

すると、水明がなんとも言えない顔になっているのに気がつく。

「……贋作？」

「お？　意外だったか」

「いや——。付喪神の強さは、魂が宿った〝モノ〟の価値や出来によると聞いたから」

贋作は真作に比べると格段に価値が落ちる。口ごもる水明に、東雲は苦く笑った。

「なんで、俺の力はそこらのあやかしどもよりもよっぽど強いんだろうってか？　まあ……本物か偽物かを決めるのは、ある意味、人の心持ち次第だからだろうよ」

「権威のある誰かが本物だと認めれば、その他大勢は疑いもしない……ってことか」

「まさにその通りだ。それに、俺には〝幸運を呼び込む掛け軸〟ってえ付加価値があった。ある意味、俺は付喪神として規格外だったんだ」

小さくこぼして薬湯を一気に飲み干した。

苦すぎる薬に顔をしかめていれば、水明が話の続きを促した。

「……それで、贋作の掛け軸がどうすれば貸本屋になれるんだ？」

「だよなあ。俺も不思議になってきた」

物語に興味を持つどころか、そもそも自分を評価する人間を憎んでいた節すらある。ナナシは「別になにも不思議なことはないわ」と笑った。

「あやかしだって誰かの影響を受ければ変わるの。アタシにとっての玉樹とお雪さんみたいにね。アンタは〝あの人〟に変えられた。ほんと、人生ってどう転ぶかわからないわ」

「なになにっ⁉　東雲は誰と会ったの？　すごい人？」

クロがこてんと首を傾げた。東雲は「ああ」と頷いて、話の続きを語り始める。

「俺の人生の転換点は何度かあった。ひとつは〝幸運を呼び込む掛け軸〟と呼ばれ、付喪神になったこと。二度目はそう……人手に渡って、ある偏屈なジジィと出会ったことだ」

ぱちん、と長火鉢の炭が爆ぜた。

確か……あの時も、町は凍えそうなほどに寒かったはずだ。

＊　＊　＊

ひゅうひゅうと木枯らしが木々を揺らす秋晴れの日だった。

この頃には、東雲の掛け軸は商人の手を転々としていた。かつては〝幸運を呼び込む掛け軸〟として名高かったが、効果を失ってしまった今は〝そういういわれがあった〟とされるだけだ。円山応挙の真作には違いない（事実とは異なるが）ので、好事家の間で売り買いされていた。そうこうしているうちにある人物の手に渡ったのだ。

江戸後期に活躍した文筆家、曲亭馬琴。

日本で初めて原稿料で生計を立てた人物で、『南総里見八犬伝』の著者だ。

東雲を馬琴の下へと持ち込んだのは、友人であり商人でもあった小津桂窓である。伝手で手に入れた掛け軸を馬琴へ〝幸福のお裾分け〟だと持って来た。このところ馬琴は連続で不幸に見舞われていたらしい。養子に迎え入れた男に四、五年のうちに連続で逃げられ、貸本屋を開業するための資本金やお披露目料五十幾両を無駄にしてしまったそうだ。

——うわあ。本当についてねえなあ。

小津の話を聞きながら、東雲は思わず顔をしかめた。繁々と馬琴を見つめる。馬琴自体は別に裕福そうには見えなかった。小津や今まで東雲を手にしてきた人々の方が、よほどいい身なりをしている。質素倹約を絵に描いたような老人だ。

「見事な龍の絵だよ。かつてはね、幸運を呼び込んでくれるといわれていたんだ……」

玄関先で小津が東雲の掛け軸を開く。瞬間、東雲は身構えた。誰もが円山応挙の真作だと手放しで褒めるのが常だったからだ。それは東雲にとって最も苦痛な時間だった。

しかし、どうだろう。

馬琴は掛け軸を睥睨（へいげい）すると、フンと鼻を鳴らしてそっぽを向いてしまったのだ。

――なんだコイツ。

東雲は虚を突かれた。意にも介さないなんて初めての反応だ。

「いやはや。どうも今日は虫の居所が悪いようだ」

馬琴の偏屈さを身に染みて理解している小津は、別に気分を害した様子もなく、東雲を置いて去って行った。残された東雲を馬琴の妻であるお百（ひゃく）が引き取る。

「せっかくですから、書斎に飾りましょうか」

妻の言葉に老文筆家は無言で応えた。

その日から東雲は馬琴の家に飾られることになる。

こうして、老文筆家と贋作の掛け軸（付喪神つき）の奇妙な同居生活が始まった。

東雲から見た馬琴の第一印象。

それは、偏屈で〝変な〟ジジィだった。

馬琴の日常生活は恐ろしいほど規則正しい。必ず六ツ時から五ツ時（午前六時から八時）に起きると顔を洗う。先祖を祀った家廟に手を合わせると、庭で奇妙な動きをする。

「ウッ……」

呻きながら天を仰ぐ。顔を撫でさすり、耳を指で引っ張った。腕、胸、腰をさすって、腰に手を当てて体を反らせる。虚空を見つめ、じっと動きを止めた。

——また変なことを……。

東雲は庭に立つ馬琴を部屋の中から眺めていた。

運動をしているらしい。水戸（みと）のお殿様が日課としている体操だそうだ。ぴゅう、と肌を刺すような風が吹き込んで来た。枯れ葉がかさかさと音を立てる。できれば家に閉じこもっていたいような陽気だ。だのに、枯れ木のような老人は薄着のまま平気で庭に出ている。

——腰を痛めたらどうすんだ。

ハラハラしながら見守っていると、朝餉（あさげ）の準備ができたと声がかかった。縁側から部屋へ入っていく老人を見送る。耳をそばだてると、愛想の欠片もない声が聞こえてきた。

「お百。今年の干大根は足りているか」

「はい。ちゃんといつも通りの数を持って来てくれていますよ」

「フン……」

耳に飛び込んできた話の内容に、東雲は呆れ顔だ。

数日前、下女がこんな話をしていたのを知っていたからである。

去年のことだ。いつも肥え汲みを頼んでいた農家がたまたま来られなかった時があった。

代理の農家がやって来たのだが、肥えを引き取る代わりに置いて行く茄子の数が普段よりも少ない。なぜかと息子の嫁に問わせると、農家は人数通りだと言い張った。

ことの真相はこうだ。いつも贔屓にしている農家は、大人ぶんだけでなく幼子も人数に換算してお礼の野菜を置いていってくれていたのだ。しかし、代理の農家は大人分しか用意していなかったのである。むしろ、代理の農家のやり方が一般的だった。いつもの農家は、サービスしてくれていたということだろう。

怒った馬琴は茄子の受け取りを拒否。普段なら農家に昼食を馳走してから帰していたのに、問答無用で追い返したのだという。揉めに揉めた結果、最終的には元々贔屓にしていた農家が再び肥え汲みに来るようになった。

――去年の話だろ？　いちいち確認するってなあ。どんだけ腹に据えかねてたんだよ。

苦笑いを浮かべ、黙々と食事をしているのだろう老文筆家の姿を思い浮かべる。

馬琴は非常にこだわりが強い質だった。普段使いの調味料は、どんなに店が遠くとも一度「ここ！」と決めると絶対に変えない。年を越す前に未払いの精算を終えないと気が済まないし、来客が大嫌いで、できれば誰も家に上げたくなかった。知人の縁故であっても、紹介状がなければ決して対面しない。人と直接話すのが苦手で、件の汲み取り農家の時も表だっては息子の嫁に対応させたくらいである。

――不器用だなあ。身内にすら持てあまされている感がある。

東雲は内心呆れていた。呆れつつも――馬琴を観察することを止められないでいる。

なぜなら、偏屈で変な老人が、いざ仕事を始めると豹変することを知っていたからだ。質素な朝食を終えた馬琴は、客間の襖際に座って茶を一服した。飲み干した頃にはちょうど掃除が終わっている。書斎へ移って前日分の日記を書き上げた。

「……よし」

仕事の時間だ。姿勢を正して大きく深呼吸をする。

すう――。はあ。

途端、老人の体から力が抜けた。目が糸のように細くなり瞳が凪いでいく。視線は原稿に注がれていた。墨をすりながら考えごとをしている。ふと、流れるような動きで筆を手にした。穂先を墨に浸して――最初の一文字を書き付けた。

執筆中の書斎には誰も近づかない。馬琴の邪魔をしないためだ。

書斎に満ちているのは、濃厚な墨の匂い。そして、馬琴の着物がこすれる音。妻が用意した火鉢の炭が、ぱちん、と小さく爆ぜる音だけだ。外には子どもの声や井戸端会議に興じる女性たちの賑やかな声が響いているのに、馬琴の部屋だけは世界から切り取られたかのように静まり返っていた。ピンと張り詰めた空気が満ちているのがわかる。馬琴はときおり筆を止めながら、紙の上に物語をひたすら綴っていく。くしゃりと何枚目かの没原稿を放り投げると、筆を止めて長考に入った。

――ふうん。

東雲はふわふわと書斎の中を漂っていた。じいと馬琴の背中を見つめている。暇を持てあましていたのもあるが、なぜだか馬琴が気になって仕方がない。

それは、老人の曲がった腰が文机に向かった瞬間に凛と伸びたからなのか。原稿に注がれた馬琴の瞳が、そこはかとなく熱を帯びているからなのか。老人が一度も〝幸運を呼び込む掛け軸〟に願いを託そうとしないからか。

——人間なんてクソで偽物ばっかりだと思ってたのになあ……。

時には息をすることすら忘れて紙に向かい合っている馬琴を眺め、東雲はひとり思案に暮れていた。生まれたばかりの付喪神の彼には、なにかに夢中になったという経験がない。なにが楽しいのかと馬琴の手もとを覗きこんでみる。途端に顔をしかめた。

——ちくしょう。読めない……。

文字を教わったことがないのだから当たり前だ。ちえっとむくれてそっぽを向いた。

そうしているうちに、とっぷりと日が暮れた。仕事を終え、夕食を済ませた馬琴はいそいそと寝室へ向かう。秋の夜長は虫の大合奏で賑やかすぎるくらいだ。特になにもすることのない東雲は、書斎の窓から馬琴がいるであろう部屋をぼんやり眺めている。

障子越しに明かりが漏れていた。今日も馬琴は読書に励んでいるようだ。読書もまた馬琴の日課だ。馬琴は本に目がないらしい。普段は節約節約と口うるさいくらいなのに、本を買う時だけは途端に財布の紐が緩むのだと、妻のお百が愚痴っていた。若い頃は深夜遅くまで読みふけっていたようだが、一度体調を崩してからは、最近は四ツ時（午後十時）までと決めているようだ。己を律しないといつまでも本を読んでしまう性なのだろう。

——なんなんだ。

今日という日を思い返してみて、東雲は思わずため息をこぼした。

馬琴の一日は、毎朝の日課を除けば物語漬けと言ってもいいくらいだ。来る日も来る日も延々と物語と接している。飽きないのだろうかと思う。創作は上手くいかないことも多いだろう。嫌気が差したりはしないのだろうか。

文机の上を覗いた。書きかけの原稿が載っている。相変わらず文字の意味はわからない。うぅむと唸って原稿を睨みつけた。

東雲からすれば、文字はヘンテコな文様だ。ミミズがのたくったようであり、時に絵のようである。しかし、東雲の理解できない文字の羅列には多くの意味がこめられていて、それを読むことを人間は楽しんでいる……。

墨色の文字の向こうには、一体なにがあるのだろう。心躍る冒険？　それとも涙を流さずには読めない人情話だろうか。身も凍るような怪談かもしれない……。

だからなんだよ、とせせら笑った。けれど、馬琴の背中を思い出して笑みを消す。

馬琴がまとう空気はいつだって本気だ。文字を追う瞳は真剣そのもの。とある商家に飾られていた時に見かけた、魂をこめて作品を作り上げる職人の姿に似ている。

ふいに、ある人物の姿が脳裏を掠めた。

手入れのされていない月代、無精髭だらけで、みすぼらしい格好をした男——。

男はまばたきひとつせず、夢中になって作品を創り上げていた。

——チッ……。

眉をしかめて、盛大に舌打ちをした。大きくかぶりを振って、脳裏に浮かんだ像を振り払う。なにはともあれ、馬琴から〝特別なもの〟を感じるのは確かだ。

もしかしたら、あの老人こそが東雲が見てみたいと望んでいた〝本物〟かもしれない。

——面白くなってきやがった。

壁に飾られ、周りで浮いているだけの日々にはもう飽き飽きしていたのだ。にんまり笑って、格子窓から夜空を見上げる。秋の月はやはり格別だ。月光浴としゃれ込むことにする。東雲はずいぶんとご機嫌だった。

その後、東雲は思い知ることになる。〝本物〟が〝本物〟であるべく必要な覚悟と、見る者を戦慄させるほどの壮絶な生き様を。

馬琴が住まう滝沢(たきざわ)家に東雲がやってきてから、数年経った時のことだ。

東雲は人の世の移り変わりの速さに唖然としていた。

なぜならこの数年で、滝沢家には次々と不幸が訪れていたからだ。

まず、馬琴の右眼に異常が見られた。左眼にも異変が現れ、徐々に視力が落ちていく。視力の低下は、作家にとって言うまでもなく死活問題だ。なんとか治療できないかと方々手を尽くしているうちに、病弱であった嫡男の宗伯(そうはく)が死亡した。

元々馬琴は武家の生まれだった。いろいろあって商人へと転身したのだが、いずれは家を再興しようと考えていた。だのに、血を継いでいくべき嫡男が死んでしまったのである。眼の治療どころではない。馬琴はひどく落胆し、食事に箸をつける気にもなれない。一時は筆さえ執れなかった。息子の死に衝撃を受けたのは、なにも馬琴だけではない。馬琴の妻であるお百も荒れに荒れた。元々癇癪を起こしやすい質ではあったが、宗伯の死を境にますます乱れた。家庭内は荒れ果てて安らぐ暇もない。不幸はそれだけに止まらなかった。天保十（一八三九）年のある日、馬琴にとって——いや、作家として最も畏れるべき事態が訪れたのだ。

　視力が、ほとんど見えないまでに失われてしまったのである。

「お義父様、もう執筆はやめませんか」

　宗伯の妻、お路が声をかけている。しかし、それに応える声はない。馬琴は文机に齧り付くようにして執筆している。その姿は以前と様変わりしていた。凜と伸びていた背中は丸く曲がり、鼻がくっつきそうなほどに紙面に顔を近づけている。目は血走り、頬は痩せこけ土気色をして、髷はほつれてしまっていた。黙々と原稿に向かう姿は尋常ではない。

「もうほとんど目が見えないのですから、物語を書くなんて無理ですよ！」

　切々とお路が説得を続けている。しかし馬琴は決して耳を貸さない。部屋の中にはむせ返るほどの線香の香りが満ちていた。今日は息子である宗伯の月命日だ。妻のお百が線香を上げているのだろう。ゆらゆらと細い煙が書斎にまで流れてきている。馬琴はすんと鼻を鳴らし、ジロリとお路を睨みつけた。

「――儂が書かねば、誰が『南総里見八犬伝』を完成させるのだ」

老文筆家の声は掠れていた。加老のためもあるだろうが、普段から滅多に言葉を発しないせいかひどく弱々しい。しかし、ほとんど見えないはずの瞳だけは爛々と輝いている。老人のものとは思えないほどの眼力に、お路は怯えの表情を浮かべた。

「で、ですが。以前よりずいぶんと執筆速度が落ちていると聞きました。版元の方も困っている様子で」

「捨て置け。まったく、大人しく原稿を待っていればいいものを」

「お義母様も心配していらっしゃいます。お金のことならなにも心配されずとも」

「――余計な口出しをするな!!」

「ひっ……」

お路が小さく悲鳴を上げた。さすがにバツが悪く思ったのか、馬琴が筆を置く。かたわらの嫁に一瞥もくれないまま、ボソボソと小声で呟いた。

「お前は太郎を健やかに育てることだけ考えておればよい」

お路の頬が赤く染まった。ぎゅう、と拳を握って俯いてしまう。太郎は宗伯とお路の間にできた子だ。馬琴にとっては、孫の太郎こそがお家再興へ繋がる最後の希望だった。

「……申し訳ありませんでした」

お路が頭を下げると、馬琴は再び文机に向かった。黙々と筆を動かし始めた馬琴に、すごすごとお路が書斎を出て行く。やがて、書斎の中に残された馬琴は没原稿を丸めて放り投げた。文机を指で叩く。なにか思いついたのか、ハッと顔を上げた。再び原稿に顔を近づける。あまりにも顔を寄せるものだから、老人の鼻の頭は墨で汚れていた。しかし、馬琴は気に留める様子もない。ただひたすら、原稿に己が創り上げた世界を書き付け続けている——。

——やべえ。なんだコイツ……！

東雲はゾワゾワと全身が粟立っているのを感じていた。

老人の目は確かに見えないはずだった。普段通りに生活できずに苦労している姿を東雲は目撃している。だのに、馬琴が机に向かう時間は日に日に長くなってきていた。外が暗くなっても筆が止まることはない。なにかに取り憑かれたかのように執筆を進める姿は、鬼気迫るものがある。

いや——実際に〝なにか〟に取り憑かれているのだろう。でなければ、己に苦行を強いる理由が理解できない。

『なあ』

たまらず、東雲は馬琴へ声をかけた。絶対に声が届かないとわかっている。今の東雲は幽霊のようなもので、空気を震わせるための発声器官は備わっていない。けれども声をかけずにはいられなかった。馬琴の姿を見るたびに、東雲の心のうちにモヤモヤした消化しきれないものがたまっていく。原因を突き止めなければ、得体の知れない感情に心が呑まれてしまいそうで恐ろしかったからだ。

『もうたくさんだろ？　お前も歳だ。穏やかな余生に興味はねえのかよ』

この時、すでに馬琴は七十三歳。隠居してもおかしくない歳だった。だのに、老文筆家は魂を削るかのように物語を綴り続けている。

『せめて俺に幸運を願えよ。もしかしたら、もしかするかもしれねえだろ!?』

大声で叫ぶも、当たり前だが東雲の声は届かない。馬琴は背を向けたままだ。

すると、馬琴がブツブツ呟いているのに気がついた。執筆しながら独り言を呟くのは馬琴の常だ。普段は聞き取れないほどの小声だが、今日に限ってやけにはっきりと聞こえる。

『…………』

予感がした東雲は、そっと馬琴へ近づいて行った。息を潜め、老人の声に耳を傾ける。

途端、勢いよく後退る。矮躯（わいく）の老人が得体の知れない化け物のように思えた。馬琴の言葉があまりにも異常で、東雲には絶対に理解できないものだったからだ。

「待っていろ。これを書き終えたら次はお前の番だからな」

――一心不乱に原稿へ向かいながら、老人の乾いた唇が動いている。

「順番だ。大人しくしていろ……絶対に日の目を見せてやる。大丈夫だ、目が見えないなんて些細なことだ。なにも問題ない。とにかく書き続けるから。だから待っていろ――」

普段は愛想の欠片もない癖に、虚空に向かって話しかける表情はひどく優しげだ。声は火傷しそうなほどの熱を孕（はら）んでいて、恋人に愛を囁く時のように情熱的だった。

「お前を書き上げるまで、儂は絶対に死なない」

──まさか、コイツは……物語に生かされている？

あまりのすさまじさに恐怖よりも先に興奮が立った。

おそらく、馬琴の中には創作に関わる何者かが棲み着いている。それは馬琴の体の隅々まで支配して、飯を食わせ、睡眠を摂らせて、机へ向かわせている。すべては物語を世に送り出すためだ。何者かに支配された老人はなにがあろうと筆を執るのを止められない。

厄介なことに、何者かは一匹ではないようだ。物語ごとに存在して、新しい話を書け、書くんだと耳もとで囁き続けている──。

これは東雲の妄想だ。およそ現実だとは思えない。だが──。

常人とは違う〝本物〟であるならば、こういうこともあるのではないか？

こくりと唾を飲みこんだ。

『なあ。馬琴の爺さん。お前は……〝本物〟なのか？』

東雲の問いかけに馬琴が答えることはない。

ひとり戦々恐々としていれば、

「…………」

文机に向かっていた馬琴が、首を巡らせて東雲を見ているのに気がついた。

ビクリと身を竦めた。慌ててかぶりを振る。偶然だ。馬琴に東雲の姿が見えているはずがない。居心地が悪く感じて、白濁した瞳から逃れるように顔を逸らそうとすれば、

「──まがい物が」

馬琴の言葉に思わず顔を歪めた。

『お、お前――……』

まさか、俺が見えているのかと訊ねようとして止める。馬琴の視線が、東雲を通り越して掛け軸に注がれているのがわかったからだ。おそらく〝幸運を呼び込む〟のではなかったのかと、掛け軸のいわれに文句をつけているのだろう。

『………。ちくしょう』

とはいえ、東雲にかけられた言葉であることは間違いない。

拳を強く握って歯を食いしばる。東雲は贋作だ。馬琴が言うとおりにまがい物だった。だが、それを許容できるほどに東雲は達観していない。

『俺だって、好きで〝幸運を呼び込む〟だなんて言われてねえ！　人間どもが勝手に言い出したんだ！　俺自身はそんなこと欠片も思っていねえし、できねえよ！』

ジロリと血走った目で馬琴を睨みつける。

『だから、俺をまがい物呼ばわりするな。偽物扱いするな。俺は！　俺だって――』

叫んでいるうちに、じわりと目頭が熱くなった。

『な、なんだよ……なんだこれ』

東雲にとって未知の感覚だ。わけもわからず戸惑っていると、書斎の襖が開いたのがわかった。顔を覗かせたのは、先ほど退室したばかりのお路である。たすき掛けをして、自前であろう筆と硯を抱えていた。

「……お路？」

戸惑っている馬琴の前に正座したお路は、真剣な面持ちで老文筆家へ言った。

「私は、滝沢家の嫁です」

凛としたお路の声には、欠片の迷いも感じられなかった。

「お義父様が苦しんでいるのに、放って置くなんてできません。私に執筆のお手伝いをさせてください。眼が見えなくとも口は動くでしょう？　お義父様がお話しになった物語を、私が書き留めます。そうすれば『南総里見八犬伝』も最後まで書き上げられるはず」

お願いします、と頭を下げたお路に馬琴は何度か目を瞬いた。そして――じわりと喜色を滲ませた。瞳がギラギラと輝きだし、頬がこけた顔にみるみる生気が戻ってくる。

「そうか」

ぽつりと呟いた馬琴の声色を聞いた途端、東雲は愕然として震えた。

『まだ、執筆を続けるつもりなのか。お前は』

――ああ！　コイツはまぎれもなく〝本物〟だ……！

たとえ眼が見えなくなろうとも、〝本物〟は絶対に己の生き様を曲げないのだ。

体の底から熱い感情がわき上がってくる。頬が紅潮した。ソワソワと体が落ち着かない。

情熱的に馬琴を見つめた東雲は、無意識に言葉をもらした。

『かっけえ……』

目を爛々と輝かせ、お路と話し合っている馬琴を見つめる。どんな困難があろうとも、構わず執筆をしようとする馬琴の姿は東雲からすると眩しいほどだった。

ああいう〝本物〟になりたい。

だが――東雲はどうあがいても〝贋作〟だ。

『くそ……』

苦渋の表情を浮かべながらも、東雲はひたすら馬琴の姿を観察し続けたのだった。

それからほどなくして、東雲は滝沢家から出ることになった。生活費に充てるために売り払われたのだ。幸運をもたらさない〝幸運を呼び込む掛け軸〟など無用の長物だ。仕方がないことだと東雲も理解していた。

それから何人もの人の手を渡った。しかし、馬琴のような〝本物〟との出会いはなかった。誰もがそれなりに生きている。そういう人生は、東雲の目にはとても薄っぺらく映った。魂をすり減らしてなにかに夢中になること……それが〝本物〟に必要な素養であると思えてならない。

そのうち、風の噂で『南総里見八犬伝』が完結したと聞いた。馬琴はお路に口述筆記してもらい、最後まで物語を書き上げたのだ。一巻の刊行より、完結まで二十八年かかったのだという。すげえ！　と感心すると同時に、東雲は猛烈に悩み始めた。

――どうすればいい？　どうすれば〝本物〟になれる？

馬琴のように偉業を成し遂げられるような〝本物〟に。己は〝贋作〟だと理解している。

なのに、真作への憧れがやむことはない。むしろ時が経つほどに増していった。

東雲はひたすら考え続けた。曲亭馬琴はなぜ〝本物〟たりえているのか。かの老人を構成しているものは？　偏屈さだろうか。それとも飽くなきこだわり？　習慣。執筆――。目が見えなくなってまで情熱を注ぎ続ける〝創作〟だろうか。

ふいに、ミミズがのたくったような文様を思い出した。人間が文字と呼ぶものだ。文字の集合体を小説と呼び、金を出してまで読もうとする。馬琴のように寝食を忘れるほど熱中する輩（やから）も少なくないそうだ。どうしてそこまでして人間は物語を読もうと思うのだろう？　もしかしたら、物語は馬琴のような〝本物〟にしか創れないのかもしれない。たとえば、そう！　東雲自身が小説を書き、世間に認められたなら〝本物〟に至れるのではないか？

――ああ！　本を読んでみたい。読んだらなにかがわかる気がする。

そこには〝本物〟に近づくための鍵があるはずだ！

しかし、しょせんは付喪神である。本を読むこと以前に文字を学ぶ機会すらない。

『ちくしょう！　なんとかならねえもんかなあ……』

まんじりともせず、眠れない夜をいくつも超えた。

やがて江戸という時代が終わりを告げ、文明開化に日本中が沸いていた頃。当時、東雲はある豪商の屋敷で飾られていたのだが、三度（みたび）大きな転機が訪れる。付喪神としての格が上がり、実体化できるようになったのだ。

「おお……」

誰もいない部屋の中で、己の体を検分する。にぎにぎと手を握った。畳を踏みしめる感覚すら新鮮だ。浮かれたまま姿見を覗きこんで――絶句する。己の顔に生みの親の面影を見つけてしまったからだ。

「チッ」

舌打ちをしてため息をこぼす。小さくかぶりを振ると、本体である掛け軸を手早くまとめて抱えた。これで文字を学べる。本を読める。〝本物〟に近づけるんだ……！

東雲の心は喜色で溢れていた。深く考えることもせずに勢いよく部屋を飛び出す。広い屋敷の中を駆け抜け、塀を乗り越えて外へ出た。

――うおお。俺は自由だ……！

東雲は上機嫌で歩き始めた。

「……大変だあ」

その様子を、ひとりの下男が目撃していた。今しがた出て行った男がなにか持っていたような気がする。慌てて確認すると、当主が最も気に入っていた掛け軸が一幅消えている。当然、屋敷の中は蜂の巣をつついたような騒ぎになった。男衆が東雲の後を追う。

当の本人は気楽なものだ。東雲の行方を探して大勢の追っ手が放たれていることなどつゆ知らず、初めての現し世を楽しんでいた。

――本かあ。本……本ってどこで手に入るんだ？

文明開化で沸く東京の町を当てもなくぶらぶら歩く。

見慣れた和装の人々の中に、洋装の紳士淑女が交じっている。洒落た建物があちこちに見られ、昨今では鉄道なるものも走っているらしい。キョロキョロ辺りを見回しながら歩く東雲は完全なる〝お上りさん〟だった。周囲の人々から笑われているが、東雲はちっとも気がつかない。見慣れない世界を眺めるのに夢中だったからだ。

江戸の匂いを残しながらも、確実に世間が変わってきているのを肌で感じる。古びた伝統に縛られた時代から、革新の時代へ。誰もが胸に希望を抱いている。その気風は東雲の心も軽くした。今ならすぐにでも〝本物〟への道が開けそうだ――そう思った時だった。

「あそこだ！　あの男だ。取り押さえろ！」

鋭い叫び声が聞こえた。ギョッとして振り返れば、血相を変えた男たちが走ってくるのがわかる。驚いた東雲は、本体である掛け軸を抱えたまま脱兎の如く駆け出した。

「待て、泥棒！　掛け軸を返せ！」

「泥棒って……これは俺だぞ!?」

濡れ衣だあ！　と叫ぶも、追っ手の男たちの追跡の手は緩まない。

通りを行き交う人々の間をすり抜けるようにして駆ける。歩き慣れていない足の裏は、あっという間に皮がすりむけてしまった。痛みに顔をしかめながら、バクバクと心臓が脈打っている感覚を新鮮に思いつつ町中を走り抜ける。東雲は人の姿になりたてのわりに健脚で、追跡している男たちも苦労しているようだ。

「こっちだ！　追い込め！」

しかし、しょせんは世間知らずの付喪神。

町中を知り尽くした男衆に勝てるはずもなく、徐々に追い詰められていった。

「くそっ……！」

這々(ほうほう)の体(てい)で裏路地に滑り込む。足が限界だった。これ以上走れそうにない。つう、と冷たい汗が全身を流れていく。人の姿を得た事実に浮かれていたが、以前のようにふわふわ飛べないのがこれほど不便だとは！

かくり、と膝を突いて肩で息をした。遠くから殺気だった男たちの声が聞こえる。見つかるのも時間の問題だ。

「どうしたもんかな……」

ボソリと呟いて途方に暮れた。本体の掛け軸を抱きしめる。これを奪われたら、付喪神である自分はどうなるのだろうと不安になった。思わず俯くと、視界の中に誰かの足があるのに気がついた。黒い革靴だ。東雲の顔が映り込みそうなほどにピカピカに磨き上げられている。すわ追っ手かと顔を上げ、ギョッとして目を瞬いた。

「やあやあ！　ご機嫌はいかがかな」

気取った挨拶をしたのは、ひとりの紳士だった。山高帽にフロックコート、ベストを着込み、見るからに上等な生地のズボンには皺ひとつない。手にはステッキを持って優しげな微笑みを湛えている。紳士は綺麗に整えられた口ひげを撫で、東雲に手を差し出した。

「どうやらお困りのようじゃないか。助けてあげようか？」

なんとも胡散臭い男である。東雲はたまらず顔をしかめた。

「……誰だ、おめえ」

掛け軸を抱く力を強める。警戒心を露わに訊ねると、紳士はクックッと楽しげに笑った。

「おやおや、自己紹介をしていなかったね。君が悪いんだよ。そのうち迎えに行こうと思っていたのに、勝手に抜け出したりするから」

「……迎え？　俺を？」

怪訝に思って眉を寄せれば、紳士が山高帽を取った。思わず目を見開く。紳士の頭部のてっぺんに、真っ白な皿があったからだ。

「僕は遠近。河童のあやかしだ。商いをしながら、現し世で暮らす同胞の世話をしている。君は〝幸運を呼び込む掛け軸〟くんだろう？　もう少しで人の姿を取れそうな気配がしていたから、騒動になる前に手を回そうと思っていたんだけど……遅かったみたいだねえ」

——河童……!?

東雲にとって初めて会う人外の生き物だ。

たまらず絶句していれば、遠近は遠くを見遣って苦笑する。

「どうも君は騒ぎを大きくしすぎたようだ」

大勢が駆けてくる音がする。東雲が忙しなく辺りの様子を窺っていれば、

「よかったら、しばらく身を隠す場所を紹介するよ」

予想外の申し出に、東雲はパチパチと目を瞬いた。

「お、俺は付喪神だぞ。頼る相手もいねえ。どこへ逃げるってんだ」

恐る恐る訊ねた東雲に、遠近はパチリと茶目っけたっぷりに片目を瞑る。

「君に最もふさわしい場所を紹介しよう。その名も幽世。あやかしの心の故郷。異形どもが棲まう素晴らしい世界さ！」

ポカンと口を開けたままの東雲に、遠近は上機嫌でニコニコしている。

なにはともあれ、胡散臭い河童に頼るしか東雲には道がなさそうだ。

「……た、頼んだ？」

「僕にお任せあれ！」

遠近は東雲の手をギュッと握ると、そこらの子女ならばイチコロにできそうなキラースマイルを浮かべたのだった。

これが東雲と遠近の出会い。

掛け軸の付喪神と河童の紳士の付き合いは、数百年経った今もなお続いている。

＊　＊　＊

「……こうして、俺は遠近に助けられて幽世へ来ることになったんだ」

——ぱちん、炭が再び爆ぜた。

話を聞いているうちに、クロはお腹を見せて眠ってしまっている。

水明はクロの上に上着を掛けてやると、小さく息をもらした。

「曲亭馬琴、か。その人がお前に影響を与えたのか」

「ああ！　おもしれえ爺さんだったぜ。本当に融通が利かなくてなあ。なにかしら常に不満を抱えているような奴だった。直接文句を口にしないから面倒でな。こう……仏頂面のまま黙りこんで圧をかけてくるんだ。相手が察するまで延々と」

東雲が馬琴の顔真似をした。やたら険しい顔つきに、水明はたまらず笑ってしまった。

「なんだそれは。絵に描いたような頑固爺だな」

すると、三人分のお茶を淹れていたナナシも会話に加わる。

「懐かしいわね。アンタもそういうところあるじゃない？　馬琴にそっくり」

「うっせえな！　似るわけねえだろ。親子じゃねえんだから」

「そうお？　ふたりに同じことされたわよ。それも塩鮭がしょっぱすぎるとか、沢庵の漬かりが甘いとかすごくどうでもいい理由で」

ナナシが長火鉢の上に網を載せた。ゴソゴソとなにかの袋を漁っている。取り出したのはせんべいの生地だ。おやつの準備を始めるつもりらしい。醤油の瓶を手に笑ったナナシに、水明は首を傾げた。

「ナナシも馬琴のもとにいたことがあるのか？　まるで一緒に暮らしていたみたいだ」

東雲とナナシは顔を見合わせると、小さく笑みをこぼした。にんまりと妖しい表情を浮かべて、水明を同時に見遣る。

「なあ、水明。視覚を失ってもなお執筆を続ける爺さんがよ、死んだくらいで創作を諦めると思うか？」

「………………。まさか」

険しい表情になった水明に、ナナシはクスクス笑った。

「アンタが考えた通りよ。曲亭馬琴は死してもなお創作をしたいと願った。他に類を見ないほどの妄執は老文筆家を人外へと変えてしまったの」

東雲はぐるりと居間を見回した。古びた造りの一軒家は、かつて馬琴が過ごした家にどことなく雰囲気が似ている。

「幽世の貸本屋の創業者は馬琴だ」

水明が息を呑んだのがわかった。じっと東雲を見つめる薄茶色の瞳に笑みをこぼす。

「俺は――幽世で、掛け軸の付喪神から〝東雲〟になったんだ」

そして東雲は再び語り始めた。人から人外に堕ちてまで創作を続ける老人と、人の姿を取れるようになったばかりの新人付喪神の話を。

＊　＊　＊

とある日の幽世。貸本屋の縁側に座った遠近は、喧々囂々とやり合うふたりを面白く思いながら眺めていた。

「うわっ！ やめろっ！ 爺さん落ち着け。落ち着くんだっ！」

「クソ掛け軸め……！ まァた原稿に落書きしおって。今日という今日は許さん……！」

居間に怒号が響いている。茶碗やら本やらが宙を舞う中、顔を真っ赤にして怒っているのは、創作への執念で自らを鬼へと変貌させた曲亭馬琴その人だ。

東雲いわく、人間であった時とはやや見かけが違うらしい。東雲が最後に見た時よりも多少若くなっていて、額から小さな角を生やしていた。視力はなくなっていないものの、やはり見えづらくはあるのかモノクルをかけている。だが——偏屈なのは相変わらずだ。

鬼のような形相で馬琴が詰め寄ると、東雲は脂汗を流しながら後退る。

「わ、わりぃわりぃ。文字の勉強をしようと思っただけなんだ」

「他でやれといつも言っているだろう。儂の仕事の邪魔をするな」

「同じ屋根の下で暮らしてるんだ、そんな邪険にしなくたって……」

「やかましい。そばに寄るな、声を出すな、できれば息をするな！」

「——それじゃ死んじまうだろ⁉」

「お前が死のうとも構わん。儂の執筆時間が確保されるならな！」

きっぱりと言い切った老文筆家に、今度は東雲が顔を真っ赤にした。

「なんだそれ。元々はお前が俺に文字を教えてくれねえからじゃねえか！」

「誰がお前なんかに教えるものか！」

「教えてくれたっていいだろうが！　減るもんじゃあるまいし」

「創作に充てる時間が減る。文字を学びたいなら手習い所にでも行け。儂に頼るな！」

プイとそっぽを向いた馬琴は、東雲に背を向けて原稿に取りかかり始めた。

東雲はワナワナと震え、馬琴の背中に向かって叫ぶ。

「ちくしょう。諦めねえからな。俺は文字を学んで本を読むんだ。絶対に、絶対にだ！」

馬琴は振り返りもせずに言った。

「好きにするがいい。儂には関係ない」

東雲の目つきが険しくなる。拳を固く握ると、力いっぱい畳を叩き付けた。古びた家屋が揺れた。部屋の中が剣呑な空気に包まれる。

「あらまあ。今日も騒々しいこと」

遠近の他に、馬琴たちのやり取りを見守っていた人物がいた。ナナシだ。茶を飲んでいたふたりは、思わず顔を見合わせた。

「アッハッハ。見たかい？　ふたりとも元気だねえ」

「呑気ねえ。不機嫌なアイツらの相手をするのはアタシなのよ。勘弁してほしいわ」

「悪いね。掛け軸くんが人形の生活に慣れたら、徐々に自立するように促すよ。お詫びに薬の仕入れを増やすからさ。しばらくはふたりの面倒を見てくれると嬉しい」

にこりと笑んだ遠近に、ナナシはわずかに眉を寄せた。

「……仕方ないわねえ。約束よ」

「もちろんさ！　僕が約束を違えたことがあったかい？」

　どこまでも朗らかな遠近に、ナナシは苦笑している。

　どうして幽世の貸本屋に東雲が住み込むに至ったのか？　すべての原因は遠近にある。

　数週間前のことだ。騒動を起こしてしまった東雲を、遠近は幽世へ連れてきた。そこで問題になったのは東雲の棲み家である。人の姿を得たばかりの付喪神は赤ん坊同然だ。世の理も常識もなにも知らない。食事が必要だと気づかずに死にかける者すらいる。だから、養い親を立てて自立できるようになるまで面倒を見てもらうのが普通だった。誰に頼もうかと遠近が考えあぐねていると、東雲がこんなことを言い出したのだ。

『なあ！　俺、本が読んでみてえんだけど！』

　遠近は、東雲を開店したばかりの貸本屋へ連れていくことに決めた。先ごろ鬼になった老人が営む店だ。本人に生活能力はないが、薬屋のナナシが生活の手伝いをしてやっていた。いざとなったら、面倒見のいい薬屋に押しつけてしまえと思っていたのだが……。

『うおおおおおおおっ！　お、おま、お前……！　馬琴の爺さんじゃねえか！』

『……？』

『俺だよ、俺、俺！　懐かしいなあ。まだあの変な体操してんのか？』

『まったくわからん……お前は誰なんだ』

　ふたりが知り合い（？）であったようなので、貸本屋に棲まわせることにしたのだ。

「よくもまあ、あの偏屈爺が承知したわよね」

苦い顔をしたナナシに、遠近はにこりと笑んだ。

「――ん？　馬琴の許可は取ってないけど」

「は？　どういうことよ」

「墓場で途方に暮れていた鬼の老人を拾って面倒を見たのも、この店を手配したのも、資本金を提供したのも僕だ。馬琴が文句を言えると思っているのかい？」

雑貨商として財を築いている遠近は、ぬらりひょんから委託され現し世で困っているあやかしの面倒を見てやっている。鬼になった馬琴を連れてきたのも遠近だ。

さも当たり前のことのように語る遠近に、ナナシは呆れかえっている。

「えげつないことするわね。アタシもアンタに店を世話してもらったから、あの爺さんが文句を言えない気持ちもわかるけど」

「無言で睨みつけられはしたけどね。きっと腸煮えくり返ってると思うなあ。でもね、こんなに荒れるのは今だけだよ。そのうち落ち着くだろう」

「……？　どうしてそう思うのよ？　毎日、近所中に響くくらい喧嘩してるってのに」

不思議そうに首を傾げるナナシに、遠近はくすりと笑んだ。

ちらりと室内を覗き見れば、黙々と執筆を続ける馬琴の背中を東雲が不満そうに見つめていた。床に転がった没原稿へと手を伸ばす。クシャクシャに丸まった紙を手で伸ばして眺め始めた。指先はちゃぶ台の上を滑っている。文字の練習を始めたようだ。

「あのふたり、最初はひとことも交わさなかったんだ。でも、喧嘩するまでになった。これってすごい進歩だと思わないかい？　少しずつ上手くやっていくよ。そんな気がする」

東雲が手にしている没原稿を眺めて、遠近はたまらず笑みをこぼした。

戯作の原稿にしてはずいぶんと優しい内容である。難しい漢字には丁寧にふりがなまで振ってあった。素直じゃないと心底思う。物語をなにより大切に思い、創作に命をかけている馬琴だ。本を読みたい、文字を学びたいという東雲を無下にもできないのだろう。だが——いささか親切が遠回しすぎやしないだろうか。東雲に優しさがちっとも伝わっていない。まあ、東雲もどっこいどっこいだが。素直に教えを請えばいいのに、けんか腰で話しかけるものだから、偏屈な馬琴はつい反発してしまう。

「ふたりとも不器用だよねえ。すごく生きづらそうだ」

「……そういう生き方しかできないんでしょ。まったくもう面倒くさいわね」

ナナシの言葉に遠近はクックッ笑っている。

——さてさて、このふたりはどう変わって行くのかな。

ひとりほくそ笑んだ。遠近は、時々こうやって暇つぶしを仕掛けることがある。たとえば——そう。相性の悪そうなふたりを同じ家に放り込んだり。自分でも悪趣味だと思う。とはいえ常に善人面しているのも辛いのだ。遠近は河童のあやかしである。河童はもれなくいたずら好きな生き物なのだから。

「アッハッハ！　伝説的な文筆家と生まれて間もない付喪神。どうなるか見物だね！　実に楽しみだ……！」

「面倒なことになっても知らないわよ」

「その時はぬらりひょんに丸投げするさ。幽世のもめ事は僕の管轄外でね」

「……うわあ」

げんなりした様子のナナシに、愉快に思った遠近はカラカラ笑う。

瞬間、がたりと物音がしたので、ふたりで室内を覗きこんだ。原稿に向かっていたはずの馬琴が立ち上がっている。キョトンと目を瞬いている東雲に近寄ると、こめかみに血管を浮かべて胸ぐらを掴む。反対側の手には原稿が握られていた。子どもの落書きのような絵入りの原稿だ。

「掛け軸……！　こんなところにまで落書きしやがったな!?」

「わ、わりぃ。つい……」

「表に出ろ。根性をたたき直してやる……！」

鬼へ成り果てた馬琴は、以前よりもいささかけんかっ早いようだ。揉めているふたりをよそに、遠近とナナシが顔を見合わせている。ナナシはやれやれと首を横に振った。

「先が思いやられるわ。というか……いまだに掛け軸呼ばわりってどうなの」

元々器物である付喪神は名を持たない。だから、養い親が名付けてやるのが普通だった。しかし、馬琴はなかなか東雲に名を与えようとしない。する気もないようだ。

「そのうち名付けるだろうさ。駄目なら君がつければいい。そうだね、できれば男らしい奴を頼むよ」

「あら～！　じゃあ可愛いの考えておくわ。花子ちゃんとかどうかしら」

「ワハハ！　掛け軸くんが荒れる未来しか見えないなあ！　でも、それも面白そうだねえ。ちょっと見てみたいかも」

　馬琴と東雲。ふたりの始まりは遠近のいたずら心からだった。しかし、この判断が東雲に強い影響を及ぼすことになる。頑固な馬琴も、熱心に教えを請う東雲に徐々に絆されていったのだ。それを置いておいても、似たもの同士のふたりは思いのほか気が合ったのである。


　ふたりはいつでも一緒だ。というより、東雲が子ガモのように馬琴の後をついて回ったと言った方が正しいかもしれない。

　朝起きると庭で一緒に体操をした。食卓を共にして沢庵の味に文句をつけては、ナナシに思いっきり嫌味を言われる。茶を一服したら執筆の時間だ。黙々と物語を綴る馬琴の隣に机を並べ、東雲はひたすら文字の練習をする。やる気に溢れている東雲の上達はめざましいものがあった。時には馬琴が手直しをしてやることもある。

「オイ。さすがに細かすぎるだろう!?」

「なにをいう。これくらい当たり前だ」

　紙面中に赤を入れられ、それが諍いのもとになる場合もしばしばあったが、数時間もすれば忘れてしまった。喧嘩をするより、もっと魅力的なものがあったからだ。

――本である。

馬琴は、幽世にやって来てからというもの、以前よりも更に物語漬けの生活を送っていた。日中は思うさま執筆を続け、貸本業でその日暮らすぶんだけ稼ぐと、さっさと店じまいして空が白むまで本を読みふける。

もちろん、東雲も馬琴と枕を並べて読書に熱中した。

努力に努力を重ね、最近では簡単な本なら読めるようになってきている。以前は未知の存在であった文字の世界は、東雲にとって想像以上に面白かった。床の間に飾られ、ただただ時が過ぎるのを待っていた頃には考えられないほどの刺激を本は与えてくれる。東雲はあっという間に本の世界の虜になり、次から次へと新しい本へ手を伸ばした。わからないことがあれば、すぐさま馬琴へ訊ねる。こういう時、不思議と馬琴は嫌がらなかった。

「なあ、これのどこが面白いんだよ。ちっとも良さがわからねえ」

「……貸してみろ。時代背景を考慮しながら読まねばなにも意味がない」

思えば、馬琴が親しくしていた友人たちはみな鬼籍に入っている。本について語れる友人がいなくなってしまったことを、どこか寂しく思っていたのかもしれない。同じ物語を共有できる相手は得がたいものだ。

「確かにそう考えると面白えかも……！」

東雲が本の面白さを知る様子を、馬琴は静かに見守っていた。なにも言わないまま、次に読むべき本を枕元に用意してやるのは馬琴らしい気遣いだったのだろうか。

　こうして、たびたび衝突しながらもふたりは長い時間を一緒に過ごした。最初は東雲の存在に文句ばかりだった馬琴も、やがて不満を口にしなくなった。

　ある日、いつも通りに眠る前の読書に耽っていた時のことだ。東雲は隣で本を読んでいる馬琴へ声をかけた。

「なあ、もうちょっと文章が読めるようになったらさ」

「…………」

　黙々と読書をしている馬琴は反応を示さない。いつものことだと気にせずに話を続ける。

「俺、『南総里見八犬伝』を読んでみようと思ってる」

「…………」

「二十八年もかけて完結させた物語……すげえよな。目が見えなくなっても書き続けたんだろ。『南総里見八犬伝』にはお前の魂がこもってる気がする。〝本物〟の仕事って感じだ。楽しみだなあ。いつ読めるかな」

　ちら、と馬琴が東雲へ目を遣った。

「掛け軸……」

　なにかを言いかけて口を噤む。不思議そうに首を傾げる東雲に、馬琴は気まずそうに頭を掻くと、そっぽを向いて呟いた。

「あれはずいぶん長いぞ。お前ごときが読み切れるかどうか」

　東雲はニカッと白い歯を見せて笑って、得意げに言った。

「大丈夫だ。絶対に最後まで読む。感想も言うぞ！　楽しみにしてろ」

ごろりと布団の上に寝転がった。天井を見つめて小さく呟く。

「本を一冊読み終わるたびに思うんだ。物語を創作できる奴のすごさを。だって、どこにも存在しない誰かを創り出すんだぜ。神様かよって思う。なんか、すげえ……憧れる。そん中でも、みんなに愛される話を書いた馬琴の爺さんは一等すげえ奴だ」

自分の手をかざして眺める。馬琴とはまるで違う。老文筆家の手はいつだって墨で汚れていて、指にはたこができていた。なにかを創り出した人間の手だ。東雲の手は大きいだけでなんの特徴もない。まだなにも創り出したことのない手だ。

「馬琴の爺さんが物語を書いている時の背中、すげえかっけえよ。俺もいつか、物語を書けたらいいなあ。俺が書いた物語で、誰かをハラハラさせたり感動させてみたりしたい！　そうしたら——爺さんみたいな〝本物〟になれる気がする」

「…………」

それきり東雲は黙りこくった。眠ったらしい。寝息が聞こえてくると、馬琴はおもむろに顔を上げた。視線の先には、東雲の本体である掛け軸が飾ってあった。雲上を泳ぐ龍。しらじらと夜が明ける瞬間、悠々と空を駆ける龍の姿には得も言われぬ迫力があった。

掛け軸をじいと見つめていた馬琴は、ぱたんと本を閉じた。行灯（あんどん）に手を伸ばす。被せていた蓋を開ければ、ふわりと幻光をこぼす蝶が逃げていった。途端に部屋に暗闇が満ちる。布団に潜り込んだ馬琴は、しばらく眠ることもせずに思索に耽っていたのだった。

ある日のことだ。

「掛け軸、お前は奥に下がってろ」

部屋で文字の練習をしていた東雲に、馬琴がこんなことを言い出した。なんだなんだと訝しんでいれば、どうも店の方がやかましい。客が来たようだ。邪魔にならないように引っ込んでいろと言いたいらしい。

「別に邪魔なんてしねえし」

ぷうと子どもみたいに頬を膨らませた。馬琴が店に戻ってからも、しばらくは文字の練習に励んでいたが、接客をしている馬琴にムクムクと興味が湧いてきた。ちょうど反復練習にも飽きてきた頃である。筆を置いた東雲は、そろそろと忍び足で店へ向かった。居間と店を繫ぐ引き戸を薄く開ける。隙間から覗くと馬琴が接客しているのが見えた。

――いや、あれは客か……？

思わず首を傾げた。疑問を抱くほど客の態度が横柄だったのだ。

「いやはや。幽世で尊敬する大先生に出会えるなんてね！」

ひとりは裕福そうな身なりをした鬼だ。でっぷりと太っていて、目が異様に細く、鼻が潰れている。芋虫のような指で本を握りしめ、興奮気味に馬琴へ話しかけていた。

「私も最近鬼になったばかりでね。幽世は娯楽が乏しすぎて困っていたんだ！　退屈を持てあましていたら、町外れに貸本屋ができたというじゃないか。他人の手垢のついた本なんて反吐が出るが、退屈をまぎらわすにはちょうどいいと足を運んだのさ。なあ？」

男が同意を求めると、背後に立った大男が無言で頷いた。土気色の肌をした男からはまるで生気を感じない。屍鬼（しき）の類いかもしれない。

「ここで出会えたのは、まさに運命だと思うんだ！」

興奮で頬を染めた男は、べらべらとひとりで喋り続けている。馬琴はたまに相づちを打つだけだ。東雲の位置から表情は見えないが、目が死んでいるであろうことは察せられる。

——接客って大変だな……。

馬琴を憐れに思っていれば、調子に乗った男が予想もつかないことを言い出した。

「よし、決めた。私を馬琴大先生の弟子にしてくれても構わない！」

東雲はギョッと目を剥いた。同時にあきれ果てた。構わないってなんだ、お願いしますじゃねえのかと男の頭を心配する。男は断られるとは露ほどにも考えていないようで、絶対に大成する、期待してくれたまえと自信満々だ。

「悪いが弟子をとるつもりはない」

当然、馬琴はすっぱりと男の申し出を断った。だろうなあとクックッ笑う。東雲に文字を教えることすら渋るジジィである。弟子を取ろうだなんて考えるはずがない。

「え、あ……？　き、聞き間違いかな？」

想定外の言葉に男は動揺しているようだ。視線をさまよわせ、全身から汗を噴き出している。まっ青な顔のまま表情を取り繕った男は、なおも馬琴に弟子入りをせがんだ。

「私のような優秀な男を弟子にできるなんて幸運なんだよ？　弟子が活躍すれば、師匠である馬琴先生の名声も上がる。鬼に身をやつしてはいるが、現し世の出版社にも伝手がある。希代の名作の誕生を手伝わせてやると言っているのに」

「弟子はいらん。何度も言わせるな」

　しかし、馬琴は頑として首を縦に振らない。

「……お、おま、お前！　ふざけるなよ……！」

　男は一変して険しい表情になると、手にしていた本を床に叩きつけた。牙を剥き出し、額に血管が浮かぶ。男の肌がみるみるうちに青く染まった。額から突き出していた角が伸び、爪が鋭く尖り始める。青鬼だ。正体を露わにした男は、唾を飛ばしながら叫んだ。

「せっかく、人がへりくだって弟子入りしてやると言っているのに！　断るなんて信じられない。鬼になってまで耄碌（もうろく）してるんじゃないよ！」

　馬琴へ詰め寄ると、胸ぐらを掴んですごむ。

「ったく、これだから年寄りは困る。なにが曲亭馬琴だ。無駄に数だけ出版してる駄文製造機じゃないか！」

「…………」

「私が本当に尊敬しているのはね、山東京伝（さんとうきょうでん）だよ！　あの人の創る世界は本当に素晴らしい。そういや、お前……京伝から弟子入りを断られたんだっけか。ハハッ！　それを恨みに思って断ったのか？　いやはや見下げた根性だ」

馬琴は暴言にじっと耐えている。それをいいことに青鬼は言いたい放題だ。

「そういう腐った性格をしているから弟子入りを断られるのさ。ああ！　そういえば、馬琴の代表作と言えば『南総里見八犬伝』だったか――」

「………」

ぴくりと東雲のこめかみに血管が浮かんだ。徐々に表情が険しくなる。青鬼は東雲の存在には欠片も気づかずに、小鼻を膨らませて言い切った。

「――あれは実にくだらない話だった。無駄に話が長くてねえ。展開が冗長で読み進めるのが億劫だったよ。そもそも、あれは本当にすべてお前の考えた話だったのかい？　友人の間では『水滸伝(すいこでん)』の引き写しじゃないかってもっぱらの噂だったけど」

青鬼の顔が歪んだ。この世のあらゆる汚い感情を煮詰めたような醜さを全身から滲ませた青鬼は、馬琴を乱暴に突き放した。

「どうせ他の作品も誰かの話を真似したんだろう。この作家〝もどき〟め！　〝偽物〟のお前に私の師匠になる資格なんて――ブハッ!?」

瞬間、男の体が勢いよく後方に吹っ飛んだ。

怒りの炎を瞳に灯した東雲が、拳で殴りつけたのだ。

「てめぇ。誰が〝偽物〟だって!?」

東雲が叫ぶと、バチバチッと雷光が拳からほとばしった。肌には鱗が浮かび、全身から青白い光を放っている。大男に受け止められた青鬼は、鼻血を流しながら抗議した。

「な、なにをするんだっ！　父にも殴られたことがないのにっ！」

「うるせえ。腐れ野郎!!」

東雲は完全にキレていた。全身から雷をほとばしらせ、ジリジリと青鬼へ近づく。ヒッと息を呑んだ青鬼は、慌てて大男の陰に逃げ込んだ。

「近づくな。私は事実を言っただけだっ！」

「あァ……？」

東雲が剣呑な声を上げた。大男が東雲を睥睨している。東雲と大男の身長差はかなりあった。端から見ると大人と子どもほどの体格差だ。一触即発の雰囲気。だが、東雲は決して臆することはなかった。

「なにが事実だ。うちの爺さんはすげえんだぞ!!」

東雲が一喝すると、雷光が更に激しくほとばしる。ひい、と情けない声を上げた青鬼へ、東雲は訥々と語り始めた。

「朝から晩まで物語のことばっかり考えてやがる。引き写しだって？　他人の真似にあんなに時間をかける馬鹿がどこにいるってんだよ！　いつだって血反吐を吐きそうになりながら話を作ってる。魂を削ってんだ。偽物なわけがあるか！　コイツは誰よりも真剣に創作に向き合ってんだ！」

感情の昂ぶりと共に、東雲のまとう雷光が強くなってきた。まるで雷の化身である。

「やめ、やめろ。こっちに来るんじゃない！　お前、私を助けろ……！」

青鬼を庇うように立った大男は、無表情のまま巨大な拳を振りかざした。

ぶうん、と巨大な拳が東雲の顔面に迫った。東雲は上半身を捻って拳を躱(かわ)すと——。

「あの偏屈ジジィはなあ！　誰よりも〝本物〟なんだよ……！」

くるりと体を反転させ、大男のみぞおちを強烈な力で蹴り込んだ。

「……!?」

「ぎゃ、ぎゃあああああああああっ!?」

大男ごと青鬼が吹っ飛んでいく。戸をなぎ倒し、ふたりは大通りに転がり出た。東雲は怒りの表情を湛えたまま、後を追った。とん、と軽く地面を蹴ると、あっという間に吹っ飛んだふたりへ追いついた。拳に雷光をまとわせ、青鬼たちに叩き込もうとして——。

「やめろ」

「ぐうっ……!?」

ぐい、と襟首を掴まれてつんのめってしまった。

「ゲホッ……！　なにすんだよ、爺さん！」

涙目で抗議すれば、肩で息をしている馬琴がしかめっ面になった。

「まったく。あれを見ろ」

大男を指差す。東雲に見事な一蹴りを食らわされた大男はすでに意識がないようだ。追撃するほどではないと言いたいのだろう。

「それにあれも」

更に貸本屋を指差した。東雲が視線を向けると、ギョッと目を剥いた。東雲が放った雷のせいで、店のあちこちが焼け焦げてしまっている。

「わ、わりぃ……」

バツが悪くなって頭を掻くと、馬琴は小さく息を漏らした。じっと東雲を見つめる。不思議に思って東雲が首を傾げていれば、大男の隣に転がっていた青鬼がうめき声を上げた。

「くそっ……私にこんな仕打ちをするなんて、お前ら覚悟……っへぶう!?」

しかし、馬琴に足蹴にされて意識を失う。唖然と馬琴の様子を見つめていた東雲は、馬琴の発言に再び仰天する羽目になった。

「……東雲ってえのはどうだ」

「は？」

ボリボリと馬琴が頭を掻いている。

「朝方の東の方にたなびく雲。夜明けって意味の名だ」

「いや、うん。だからなんだよ、それ」

怪訝そうに眉をしかめる東雲に、馬琴はあらぬ方向を見つめたまま、ボソボソと今にも風にかき消されそうな声で言った。

「師匠が弟子の雅号を考えるのはよくあることだろうが」

それだけ言い残すと店に足を向ける。意味がわからずキョトンとしていた東雲は、たまらず馬琴の背中に声をかけた。

「ど、どういうことだよ!? で、弟子? 俺が?」

馬琴は足を止めると、ちらりと後ろを振り返り――。

「物語を書いてみたいんだろ? なら……誰か教える奴がいた方が上達が早い」

再びスタスタと歩き出した。東雲は馬琴の背中を唖然と見つめると、

「う、うおおおおおおおおおっ!! で、弟子は取らないんじゃなかったのかよ!」

雄叫びを上げて馬琴へ駆け寄った。バシバシと背中を叩いて「マジかよ、爺さん!」と笑っている。馬琴はうざったそうに東雲の手を払うと「それよりも店の修復だ」とため息をこぼし――。

「偏屈ジジィってのは誰のことだ」

と、ジロリと東雲を睨みつけたのだった。

＊　＊　＊

網に載せられ、炭で炙られたせんべいの表面が、ぷくんと膨らんだ。ナナシが刷毛で醤油を塗っていく。部屋の中は香ばしい匂いで満ちていて、誰かがごくりと唾を呑んだ。

「お前の創作のルーツは馬琴だったんだな」

水明がこぼすと、東雲は照れくさそうに頭を掻いた。

「そうだ。東雲という名もあの爺さんがくれた。ワクワクしたなあ。俺も馬琴のような

〝本物〟の仲間入りができるんじゃねえかと嬉しく思った」

「……〝本物〟にはなれたのか？」

問いかけに東雲はかぶりを振った。

「確かに馬琴は〝本物〟だ。創作が奴を〝本物〟たらしめているのは間違いねえだろうな。だけど――俺も同じになれるかってえと話が違うだろ？」

苦く笑う。

「あの頃の俺は本当に世間知らずだった。馬琴と同じようにしていれば、自動的に〝本物〟になれるような気がしてたんだ」

遠くを見つめて語る東雲に、ナナシは肩を竦めた。

「あの頃のアンタは荒れてたわねえ。上手く文章が作れないって大暴れしてた」

「仕方ねえだろ。いざやってみたらまったく書けなかったんだ」

東雲は照れくさそうに笑って、遠くを見遣った。

「なんでだろうな。文字を綴るだけだぜ？　簡単にできると思ったんだがなあ」

その理由は馬琴が教えてくれた。

『東雲、物語を綴るにはなにより〝心が動いた経験〟がいる』

当時、馬琴は噛みしめるように語った。

『なんでもいい。感動したり、怒ったり、悲しくなったり、面白く思ったり……。人間の行動にはもれなく感情がつきまとうだろ？　感情なしには人は動かないんだ。それを描くためには、経験っていう種がいる。種がないとなにも生まれない。なにも知らないままじゃ、頭の中に像を造ることすらできない』

『……それが足りねえって？』

『そうだ。生まれたてのホヤホヤ。お前は赤ん坊みたいなもんだろう。普通はな、幼少期からの積み重ねがある。お前にはそれがない。世界を知らなすぎる。だのに世界を創ろうなんて、ちっとばかし焦りすぎてるんじゃないか』

人は一本の木だ。〝経験〟を得るに従って、徐々に枝葉を伸ばしていく。なにになるかは自由だ。枝を切って新しい道具を創ってもいい、鳥が休みやすいように枝を太くしても、葉をたくさん散らして大地を肥やしてもいいのだ。

『創作ってのはな、果樹が実を結実させるのに全力を注ぐようなもんだ』

経験と妄想を混ぜ合わせ、独自の感覚で果実を枝先に実らせる。ぽとんと落ちた実がどんな芽吹き方をするのかは創作者にだってわからない。わかっているのは、命を削ってまで努力を積み重ねないとろくな実にならないということだけだ。

『物語を生み出すってのは、誰かの人生を創ってやるってことだ。生半可な覚悟じゃできねえ。時々、頭が変になったのかと思う時がある。周りから音が消えて、自分と紙だけになる。指先から物語がスルスルと出て行くんだ。頭の中のモンが勝手に文字になりやがる。……ふと息苦しくて正気に戻る。息をするのも忘れていたらしい。生きるのに絶対に必要なことすら忘れて、ただ――頭の中にある妄想を〝本物〟にする作業に没頭する。そのためには、経験の引き出しを簡単に開けられるようにしておかないと駄目だ』

馬琴にしてはずいぶんと長い語りだった。それだけ創作に対して強い想いを抱いていたのだろう。

『〝本物〟……』

東雲は泣きたくなった。物語を創ってみたいのに、自分にはなにもかもが足りない。もどかしい。苦しい。書きたいという想いばかりが溢れる。

ふと、あることに気がついた。

――物語が書けないのは、経験が足りないんじゃなくて。

『……俺が〝偽物〟だからか？』

『東雲？　なにか言ったか』

ふるふるとかぶりを振る。東雲は天井を見上げて途方に暮れた。

『クソッ！　俺は一体、いつになったら物語を創れるようになるんだろうな』

情けない声を上げた東雲に、馬琴は優しく声をかけてくれた。

『都合がいいことに、あやかしってもんはずいぶんと長命なようだ。焦る必要はない。ひとつひとつ経験していけばいいんだ』

馬琴の言葉はいつだって優しい。だが容赦がない。

『一度やると決めたんだ。絶対に諦めるなよ』

馬琴の話を思い出すたびに東雲は笑ってしまう。ああ、馬琴と出会えてよかったとしみじみ思うのだ。

「――馬琴は俺に辛抱強く付き合ってくれた。俺は貸本屋の仕事の手伝いをしながら、少しずつ物語の作り方を学んで行ったんだ。あやかしの中には俺を馬鹿にする奴もいた。なにせ、元々人間でもなかったあやかしが創作するなんて前代未聞だったからな」

創作は人間がするもの。

そういう考えが長らくあやかしたちの中にあった。

「その思い込みを打破したのが『幽世拾遺集』か」

東雲と玉樹が創り上げた本。執筆者はまぎれもなく付喪神の東雲だ。

水明の言葉に、東雲は苦笑を浮かべた。

「いや――……。あれもまだ、俺の物語とは言えねぇ」

「どうしてだ？　本を出したんだろう」

「考えてもみろよ。拾遺集ってのは、他人の話を集めたもんだろ？」

「……あ」

「確かに俺の解釈やら紹介文なんかも載せてある。だけどな、まだ……創作した物語を本にしようって勇気がなかったんだ」

ふう、と東雲はひとつ息を吐いた。目尻に皺を作って優しげに微笑む。

「とはいえ、拾遺集を出すのだって勇気がいったんだぜ。自分の文章が、他人が読むのに耐えられるレベルなのかわからなかった。馬琴は書き方を教えてはくれたが、内容の批評はしてくれなかったからな。それでも『幽世拾遺集』を出そうって思えたのは、玉樹っていう仲間を見つけられたことと——」

ふいに階段へと視線を向ける。

「お前がいてくれたからだよ。夏織」

「…………」

いつの間にやら夏織が階上から下りてきていた。なにか物言いたげな顔をして、じいっと東雲を見つめている。夏織の姿を見つけたナナシはぱっと顔を輝かせた。

「あらあら！　やっと下りてきた。おせんべいを焼いた甲斐があったわ」

「うっ……。もしかして私をおびき寄せるために？」

辺りには焦げた醤油の匂いが充満している。夏織でなくともそそられる匂いだ。

「ウフフ。天岩戸(あまのいわと)を開ける方法はね、大昔から変わってないのよ。ほら、焼きたてが一番美味しいわ。座って食べましょう？」

「……うう。釈然としない」

夏織が顔をしかめた。久しぶりに見た愛娘の顔に東雲はたまらず笑みをこぼす。同時に、苦しくも思った。少しやせたような気がする。自分の死の影響を実感して黙りこむ。俯いて長火鉢を見つめ始めた東雲に、夏織はひとつ息を吐いた。東雲の隣まで来ると、すとんと座った。肌と肌が触れ合うほどの距離だ。子どもが親に甘える時のような近さ。

「……なによ。私も最初から聞きたかった」

唇を尖らせた夏織に、東雲は朗らかに笑った。

「ちゃんとおめえにも話そうとは思ってたけどな」

「……水明にばっかり先に話すんだもの。ズルくない？」

夏織の言葉に水明の瞳が揺れた。内心動揺しているらしい少年をおかしく思いながらも、夏織の頭を撫でてやる。

「俺はどっちでもいいと思うがなあ。悪かった。謝るから」

「あら！　アタシには謝らなかった癖に」

「うるせえぞ、古女房」

ナナシを軽く睨む。すると夏織が東雲の袖を引っ張った。上目遣いで訊ねる。

「曲亭馬琴がうちにいたなんて初耳なんだけど。会ったことないし。まさか……」

余計な勘ぐりをしているらしい夏織に東雲は苦笑した。

「別になにもねえよ。爺さんはな、紀行文を書きたいっつって旅に出たんだ」

「紀行文って……旅行記みたいな？」

「そんなもんだな。元々旅が好きだったみたいだ。貸本屋の店主の座を俺に押しつけて、とっとと創作の旅に出ちまった。十年単位で戻ってこねえからなあ。夏織が知らねえのも仕方がないが……本当に創作のことしか頭にねえんだ。さすが〝本物〟は違う」

途端に夏織の表情が曇った。

「寂しくないの？　育ててくれた人でしょ？」

自分の状況と重ねているらしい。東雲は娘を愛おしく思いながら笑った。

「ちっとは寂しいけどな。あの爺さん、不思議と俺ひとりじゃにっちもさっちもいかなくなりそうな時に顔を見せるんだぜ。ひょっこりとな。何度助けられたか……」

馬琴の旅装は江戸時代から変わらない。三度笠に縞合羽。振り分け荷物に小袖をまくって脚絆を履いている。困り果てた時にその姿を見つけると心底ホッとする。自分の中にある馬琴の存在の大きさを感じる瞬間だ。

「――前に帰ってきたのは、夏織を拾ったばかりの頃だ。聞きたいか？」

こくりと夏織が頷いた。

口を開きかけると、東雲の話に夏織が耳をそば立てているのがわかった。

ひどく懐かしい気がして、自然と顔が綻ぶ。

――ああ、まるで小さい頃に絵本を読んでやった時みたいだ。

＊　＊　＊

物語の描き方を学び始めた東雲はすぐに行き詰まってしまった。

原稿を前にしてもなんの物語も溢れてこない。筆は止まったまま、つまらないアイディアばかりが浮かんでは消え、紙を墨で汚しては捨てるを繰り返していた。

馬琴は決して面倒見のいい師匠とは言えなかった。ある程度の基本を教えたら、あとは好きにしろと言わんばかりに旅に出てしまったのだ。貸本屋店主の座を押しつけられた東雲は途方に暮れ、しばらく怒った後――馬琴らしいなと笑ってしまった。

なりゆきで任された貸本屋の仕事だったが、非常にやり甲斐があった。本来なら届かない場所に物語を届ける仕事は面白く……少しだけもどかしい。自分が本当にしたいこととズレているからだろう。東雲はいまだに〝本物〟になるという夢を捨てきれないでいた。

――いつか〝本物〟になれたら。

憧れは日々強くなって行き――いつかっていつ来るんだよ、と諦めが広がっていった。

別に〝偽物〟のままであってもなんら生活に支障はなかった。誰もが穏やかな日々を願う世界の中で、自分がおかしいのかと思い始めるくらいだ。

――やっぱり〝贋作〟として生まれたから〝本物〟になれねえのかなあ。

絶望的な考えが何度も頭を過る。そのたびに否定した。〝本物〟になるためには、創作以外の道もあるかもしれないじゃないか。そう思うのに、創作や物語以上に興味が湧く対象を見つけられない。脳裏に浮かぶのは、一心不乱に机へ向かう馬琴の背中。そして――思い出すのも忌々しい、己を生み出した贋作師が絵を描いている姿だ。

気がつけば、なにもかも中途半端になった。文机の上は散らかり放題、筆は乾いたまま放置され、硯の上にはうっすらと埃が積もっている。

「葛藤は登場人物に必要な行為だ。乗り越えられた奴は強い」

玉樹と知り合ったのもちょうどその頃だった。

いつも陰鬱（いんうつ）な表情を浮かべ、なにを考えているかわからない。物語屋なんて怪しすぎる家業を営み、物語になぞらえて話をする。古きものを憎み、新しいものが正義だと信じる男は、いつだって永遠の命を捨てようとあがき続けていた。

お互い創作に関わってきたからだろう。玉樹とは不思議と話が合った。

「誰しも夢中になっていたものに嫌気が差す瞬間がある。今はそういう時期なんだ」

筆を握ることすら辞めてしまった東雲に、玉樹は語った。渋い顔で酒を飲んでいる東雲を眺め、色つき眼鏡の向こうで目もとを和らげる。

「だが、体の芯から創作を愛しているのなら」

ぐい、と酒を呷る。ちらりと己の右手に視線を注いだ。

「否が応でも戻らざるを得なくなる。今は休んでいればいい」

「……そういうもんかねえ」

「そういうものだ」

一生涯をかけて創作に取り組んだ男の言葉はやたら重く、馬琴同様に容赦がない。

「再び書きたくなったらすぐに言え。読んでやろう。ケチョンケチョンに貶してやる。それでも創作を続けるというなら、本を作るまでの道筋を整えてやってもいい」

「……えらそうに」

「ハハッ！　創作者というものは、たいがい新参者には厳しいものだ」

玉樹と過ごす時間は東雲にとって他では得がたかった。初めてできた友人。一緒にいるとなんとなく落ち着く。やがてそこに遠近が加わった。

「なになに？　しみったれた顔をしてなにを話しているのかな。いい女の情報だったら東雲なんかより僕に優先で流してほしいんだけど？」

「出たな、河童野郎。新宿に女ができたんじゃなかったか？　ぞっこんだったろ？　ずいぶん惚気てたじゃねえか」

「東雲ったら野暮なことを言うねえ。新宿？　確かにそんな女もいたかもしれないけど、もう忘れちゃったよ。僕は決して過去を振り返らない男なんだ……！」

「…………。一度くらい、ひとりの女を愛し尽くしてみる気はないのか」

「おや、意外だ！　玉樹は純愛派なのかい？　なんだなんだ、聞かせてくれよ。君の愛した女の話をさ……！」

「絶対に嫌だ。アイツが穢れる」

三人でいるとそれだけで心が弾む。軽口を叩き合える関係も東雲にとって初めての体験だ。東雲の中に経験が、そして感情の種が蓄積していく。だが、それでも筆を執るまでには至らなかった。紙を目の前にすると恐怖が先に立つ。なにも書けなかったら——〝本物〟への道が閉ざされるような気がしてならない。

——息が詰まりそうだ。

閉塞感に頭を抱える。本体を離れられなかった頃とは違い、今の東雲はどこへでも行けるはずなのに、どこへも行ける気がしない。

そんな東雲のもとへ小さな命が転がりこんだ。今から十八年前のことだ。

「うわあああああん……！」

「ねえ、東雲。この子を預かってくれないかしら」

黒猫が連れてきたのは人間の子どもだった。三歳くらいの女の子。栗色の瞳は怯えきっていて、ポロポロと絶え間なく涙をこぼしている。どう考えても親が必要な年齢だった。少女を連れてきた黒猫は「人間の本で商売してるんだから、子どもくらいどうってことないわよね？」と適当なことをうそぶいている。東雲は困惑するしかなかった。当然だ。付喪神の東雲に子育ての経験などないのだから。

「ちょっと、黒猫!? アンタどういうつもりよ！」

「どうもこうも、ここが適当だって思ったから連れてきただけだわ」

「ママァ。ママあああああああああ……」

ナナシと黒猫が子どもそっちのけでやり合っている。ボロボロ泣いている少女を放って置けなくて、たまらず手を伸ばした。ぽん、ぽんと優しく頭を叩いてやる。どこかの父親が子どもにやっているのを見たことがあったからだ。

「泣くなよ。泣いたってどうにもならねえだろ？」

しゃがみ込んで顔を覗いた。ニッと笑顔を作ってやれば、少女はキョトンと目を瞬いた。涙で濡れた目で東雲をじっと見つめている。栗色の瞳には曇りひとつない。今まで東雲を真作だと讃えてきた人間とは違う瞳をしていた。

「おじさん、ママはどこ……？」

「ママは——あ～。どこにいるんだろうなあ」

ひょいと抱っこしてやる。少女は辺りをキョロキョロ見回していた。そして母親がいないことを再確認すると、顔を歪めて東雲の首に抱きついてきた。

「……ママ……ママァ……」

「俺はママじゃねえけどな……。泣くなよ。大丈夫だから。なにも怖いものはねえ」

優しく頭を撫でてやれば、少女はますます東雲に抱きつく力を強める。少女は得も言われぬ温かさと柔らかさを持っていた。初めての感触に東雲は困惑するばかりだ。

そんな東雲をナナシと黒猫がじっと見つめていた。

「やけに子どもの扱いに手慣れてるわね」

「まさかどこかに隠し子でもいるわけ？」

「バッ……！　んなわけあるかっ！　てか、こういう時だけ気が合ってんじゃねえよ！」

真っ赤になって全力で否定する。

「ひうっ……」

大きな声を出したせいか、少女が再びぐずり始めた。

「うわあ！　悪かった。悪かったから泣くのはよせ！」

慌てて宥めて、今後どうするのかを相談する。結局、黒猫が夏織の母親を捜している間、貸本屋で預かることになった。完全なるなりゆきだ。一歩外へ出れば、人間の血肉に飢えたあやかしどもがゴロゴロいるのだ。小さな女の子を放り出すほど無情にはなれなかった。

——まあ、少しの間だけだ。本当に育てるわけじゃねえ。

相変わらず執筆は手につかなかった。これも経験だと自分に言い聞かす。

それから二週間ほど経った。すぐに見つかるだろうと思っていたのに、黒猫は母親捜しに苦戦しているようだ。幼子の世話は苦労の連続だった。親と離された不安からか少女はよく粗相をする。常に怯えていて、自分にまとわりつく幻光蝶が怖いのだと涙をこぼした。日に何度着替えをしただろう。何度慰めただろう。何度抱き上げてやっただろう。

夜になると東雲はクタクタだった。だのに少女が眠るまで横にいなければならない。

「ママ……ママ……ママ……」

まどろみながら夏織が小さく母親を呼んでいる。隣で横になった東雲は、なにをするでもなく暗闇をじっと見つめていた。

——ひとりで寝られねえとか。人間ってモンは本当に厄介だな……。

苛立ちを覚える。本当なら本の一冊でも読みたかったが、明かりをつけるわけにもいかない。本を読む時間すら取れない現状に悶々とする。

——こんなに大変だとは思わなかった！

幼子の世話の大変さをしみじみと実感しながら、いっそナナシひとりに押しつけてしまおうかとも思う。だが——。

着物の袖を見遣れば、夏織がしっかり握っているのがわかった。夏織は東雲に一番懐いている。ナナシが嫌いなわけではないようだが、東雲（しののめ）の姿が見えなくなるだけで情緒が不安定になった。頼れるのは自分しかいないと、かよわい手が語りかけている気がする。

——俺はこんなことをしている場合じゃねえのに。

「う、ううん……」

夏織が寝返りを打った。少女と視線が交わる。

「しのめめ（い、い、）」

花が綻ぶように笑う。ポンポンと腹を叩いてやった。「寝ろよ」と促すと「うん……」と小さく頷く。夏織の瞼が落ちた。すうすうと健やかな寝息を立てている。ようやく寝たらしい。寝かしつけ完了。これからはやっと自分の時間だ。

「なにがしのめめだ。俺は東雲だっての。バァカ……」

起こさないように夏織の指を袖から外した。起き上がってため息をこぼす。黒猫が夏織の母親を捜し始めてずいぶん経つ。ここのところ黒猫の様子がおかしい。なにか事情があるのだろうが、夏織の母親の行方を明かそうとしないのだ。

——いい加減にしてほしい、早く夏織を連れ帰ってくれ……。

じいと眠っている夏織を見下ろした。子どもは汗っかきだ。たいして暑くもないのに、髪が濡れてしまっている。このままでは風邪を引いてしまう。敷いているタオルを変えるべきかと悩んで、たまらず顔をしかめた。

——親じゃあるまいし。なにを考えてるんだ。馬鹿らしい。一体なにを。

はあ、とため息をこぼす。文机に視線を移した。夏織が触ったらいけないと綺麗に片付けられている。がらんとした机の上に罪悪感を覚えた。夏織が来てからというもの、創作に意識が向いていない。子どもの世話が大変で、頭がいっぱいだったのだ。

――こんなんじゃ〝本物〟どころかなににもなれやしねえ……。

自嘲気味に笑う。しょせん贋作は贋作だ。偽物のまま一生を終えるのだろうか。

「…………。〝本物〟になりてえなあ。偽物で居続けるのは嫌だ」

膝を抱えて丸くなった。胸が痛い。先が見えない不安に押しつぶされそうになる。

「はあ……」

ため息をこぼせば、ふと暗闇の中で夏織と目が合った。

「おしっこ」

さあ、と血の気が引いて行った。寝かしつけ失敗。振り出しへ戻る――。

東雲はがっくり項垂(うなだ)れて、ボリボリと頭を掻いた。

悩ましい日々が続いていく。

泣きじゃくる夏織を必死に慰め、こぼした食事を必死に片付け、気休めに星を見に行ったり、今まで見向きもしなかった菓子を買ってみたりした。夏織はますます東雲に懐いた。ニコニコ東雲の後をついて回る。カルガモの親子だと揶揄(やゆ)したのは一体誰だったか。馬琴と住み始めた頃の東雲のようだと笑われもした。

時が経つにつれて東雲は変な気持ちになった。夏織の世話を続ける日々は思いのほか充実している。文机の前に座り、なにも生み出せないまま悶々としていたあの頃よりかはよっぽど生きている実感があった。

「しのめめ！　見て」

夏織が誇らしげに胸を張っている。手には綺麗に完食した皿。だが、顔やらちゃぶ台がケチャップ塗れだ。

「おお。ちゃんと全部食えたのか。えらいなあ」

口を拭いてやりながら笑う。少女は日々成長していた。少しずつ幽世の環境にも慣れてきて、しかし東雲のそばから離れると不安定になるのは相変わらずだ。

「しのめめ、どこお……」

「便所くらいゆっくりさせてくれよ……！」

些細なことで何度も頭を抱える羽目になった。だが、それすらも面白く思う。無意識に視界の中に夏織の姿を探す。小さな少女の姿が見えないと不安になるのは、なにも夏織だけではない。東雲だってそうだ。夏織が笑うとホッとする。ご機嫌で遊んでいる姿はいくら眺めていても飽きない。綺麗な小石を宝石のように抱きしめる姿に癒やされる。東雲の顔だと、肌色と黒いクレヨンで描いた絵をもらった時は照れくさかった。一緒に見上げた星空。繋いだ手のなんと小さいことか。

東雲の時間が、世界が、夏織に占領されていく。

自由な時間なんてまるでない。少し息苦しくて、思い通りにいかない日々。小さな暴君に蹂躙されつくした日々は、不思議と以前よりも笑う機会が多い。

「まるで本当の父親みたいね」

ときおり、ナナシが冗談交じりに茶化してきた。そのたびに東雲の胸は重くなる。

「偽物の父親なんていらねえだろ……」

どうせ、現し世に本当の親がいるはずだ。そう思うほどに東雲の中に苦いものが広がっていく。夏織が自分に信頼のこもった視線を向けるたびにやりきれなくなった。

そんなある日のことだ。黒猫が決定的な報告をしてきた。

「……夏織に親はいなかったわ。頼れる親戚も。面倒を見られる人間はいなかった」

一緒に話を聞いていたナナシも珍しく動揺したようだ。

「どういうこと⁉　手がかりが見つかったたって言ってたじゃない！」

黒猫が秋田へ通っていたのは全員が知るところだ。『子どもを捜しています』というチラシも見つけた。だのに、母親がいなかったとはどういうことだろう。

「確かに手がかりはあった。でも――母親はいなかったのよ。それしか言えない」

黒猫の口調は頑なだ。夏織のそばに寄るとフワフワの体を擦りつける。

「この子のことはあたしが守るわ。でもね、あたしは猫なの。人間の世話はできない。だからお願い。このままこの子を貸本屋に置いてやってくれないかしら」

じいとオッドアイが東雲を見つめている。黒猫の目は本気だ。

「にゃあちゃん？」

夏織が首を傾げた。黒猫は耳をピクピク動かすと「にゃあさんでしょ」と指摘する。黒猫の口調は以前と打って変わって穏やかだ。なにかあったのだろうとは察せられるが、火車の思うところまで東雲にはわからない。

東雲はナナシと顔を見合わせた。夏織の世話をしているのは、なにも東雲だけではない。ナナシの負担もかなり大きい。彼の家業は薬屋で貸本屋ほど暇ではないのだ。

「……そう」

ナナシは肩を竦めると、ぽつりと呟いた。

「このまま〝家族ごっこ〟を続けるしかないってことね」

瞬間、東雲はたまらず顔をしかめる。〝ごっこ〟という言葉がやたらと耳に残った。〝ごっこ〟――つまり真似ごとだ。本当ではない。つまり……〝偽物〟の関係。

ナナシはぱさりと緑色の髪をかき上げた。大きく深呼吸をして不敵に笑う。

「上等じゃない！」

ニッと笑んだナナシは、興奮しているのか頬が紅潮していた。

「望むところだわ。アタシ、ずっと家族がほしかったの。決めた。今日からこの子はアタシの娘よ。愛情をたっっっぷり注いで、誰よりも素敵なレディに育ててみせる。絶対に離さないわ。この子が倒れそうになったらアタシが支えてあげるの。苦しい時はそばにいてあげる。夏織が誇れるような母親になってみせるわ！」

　ギュッと夏織を抱きしめる。「ん〜？」と目を白黒させている夏織の頬に、ナナシは熱烈な口づけを見舞った。勢いそのままに東雲を指差す。

「東雲！　アンタが父親なんだからね！」

「お、俺が⁉」

「当たり前じゃない！　ちゃんとしなさいよ。確かにこれは〝ごっこ〟よ。だけど、この子がちゃんと成長できるかはアタシたちにかかってる。責任を持ってやらなくちゃ」

「………………」

「この子の〝本当〟の父親になってあげて」

　ナナシはひとり張り切っている。困り果てた東雲は黒猫に声をかけた。

「おい、黒猫……」

「ちょっと。その呼び方はやめてくれる？　あたしは〝にゃあ〟よ」

「お前……あんだけ嫌がっておいて」

　ツンとそっぽを向かれた。黒猫とナナシはふたりで盛り上がっている。話題に乗り遅れた東雲はぽつんと取り残された格好になった。

「………………」

　ひとり唇を噛みしめる。東雲の心は不安定に揺れていた。

　数日後の夜のことだ。ナナシがいない日に限って夏織のぐずりが止まらない。もう寝る時間だというのに夏織は泣きっぱなしだ。絵本を読むのも拒否され、抱っこしても暴れるばかり。気分転換になればと店の外に出る。

「やだあああああああ！　きゃあああああああ！」

静まり返った幽世の町に夏織の声が響いている。どこからか幻光蝶が寄ってきた。淡く光る蝶が心配そうに夏織のそばを飛んでいる。

「落ち着け。落ち着けってば……」

いつもなら、ゆらゆら揺れながらあやせば泣き止んでいた。辛抱強く待ち続ければ、やがて泣き疲れて眠るのが常だったのに、今日に限って鎮まる様子がない。幽世に夏織が来てから数ヶ月。以前より体力がついたのかもしれない。

「ママあ！　ママ、ママあああ……」

――勘弁してくれよ……。

げんなりしながら夏織をあやし続けるが、まるで終わりが見えない。早く休みたい。ひとりの時間を満喫したい。けれども相変わらず夏織は騒ぎ続けている。ママ、ママと居もしない母親を求め続ける少女に、ほとほと嫌気が差してきた。

「ママあああああああ……」

「ああ……！　ちくしょう!!」

じわじわと黒い感情がわき上がってきた。延々と終わりが見えない育児にも、どうあがいても〝本物〟になんてなれそうにもない自分にも。

だから——つい、厳しい言葉が口から出た。

「ママはいねえ！　諦めろ。ここには俺しかいねえんだよ……！」

一瞬だけ、夏織の泣き声が止まった。とうとう泣き止んだかと思えば、

「ぎゃあああああああああああ……!!」

先ほどまでより更に強烈な声で泣き始める。幼児とはいえ、三歳ともなれば相手の言葉を理解できる。「ママはいない」という事実に感情を爆発させせたに違いなかった。

——やっちまった……。

心底後悔して夏織を抱き直す。ふとナナシの言葉が蘇ってきた。

『この子の本当の父親になってあげて』

思わず顔を歪めた。ギリリ、と奥歯を噛みしめる。

——なにが父親だ。子どもひとりあやせない自分に父親など務まるものか。だってコイツとは血が繋がっていないんだぞ。そもそも夏織は人間で俺は付喪神だ！　偽物として生まれた自分が、誰かにとっての本物になれるはずが——……。

途端、ズシン、と夏織を重く感じた。思わずたたらを踏む。まるで石のようだ。取り落としそうになって、慌てて腕に力をこめる。

なんだこれは。夏織を抱き続けたせいで腕が疲れたのだろうか。それとも——。

「うあああああん……ママあああああああ……！」

——お前なんかじゃ母親の代わりになれないと、夏織が言っているのだろうか。

夏織は暴れ続けている。まるで東雲の手から逃れようとしているかのようだ。

——もう無理だ。俺に育児なんてできない。

じわりと涙腺が熱を持った。視界が滲む。心がどうしようもなく弱っている。

——俺はコイツの〝本当の〟父親じゃないんだ。なにができるってんだ。俺は偽物で、本物にすべてにおいて劣っているのに。価値なんてない。なにも——なにもできない。すべてを投げ出したくなった。が、幼児を放り出すほど無情にはなれない。

——ああ！　本当に俺は中途半端だ。

創作だって、夏織の世話だってろくにできやしない。己の意志を貫き、なにかを成し遂げる〝本物〟たちとは正反対だ。なにもかも諦めきれない。だのに頭ひとつ抜けることもできずに、ズブズブと沼の底へ沈み込むまがい物……。

「ちくしょう」

どうしてこうなったのだろう。

「ちくしょう……」

自分はただ〝本物〟になりたかっただけなのに。

「ちくしょおおおおおおおおおおお……!!」

ため込んでいた感情が爆発する。ボロボロと熱いしずくが瞳からこぼれた。まるで癇癪を起こした子どものように喚き続ける。流れた涙は腕の中の夏織まで濡らしていく。

「……しのめめ？」

いつの間にやら夏織は泣き止んでいた。キョトンと東雲を見つめ、不思議そうに目を瞬いている。やがて手を伸ばした。小さくて、汗でしっとりと濡れた手だ。夏織は東雲の頭に触れると、優しく撫で始めた。

「なかない。だいじょうぶだから。なにもこわくないよ」

それは東雲が夏織に何度も投げかけていた言葉。真似をしているのだろう。その慰めが最も効果的だと思っているのだ。なぜだかその事実がたまらなく愛おしくて。

ぐっと奥歯を噛みしめると、情けない顔をしたままぎゅうと夏織を抱きしめた。

「……ごめんな、偽物の父ちゃんで。ごめんな、ごめん。ごめん……」

「んん……。しのめめ、苦しい」

夏織が苦しげに暴れている。だのに、どうしても腕の力を緩められる気がしなかった。手を離してしまえば、とうとう自分は救いようのないなにかに変わり果ててしまう。そんな予感がしたからだ。

「まったく。相変わらず不器用な奴だ」

その時、東雲の耳に聞き馴染みのある声が届いた。

心臓が軽く跳ねる。そろそろと振り返れば――三度笠に縞合羽を着た老人がいる。

「馬琴」

震える声で呼べば、馬琴は日に焼けた顔を歪めて笑った。

「執筆は捗(はかど)っているか。弟子」

東雲は息を呑んでふるふると首を横に振った。

「……駄目だ。なんにもわかんねえ」

「だろうな」

馬琴が静かに笑っている。夏織は東雲と馬琴ふたりを見合わせると、

「あのおじいちゃん、だあれ？」

と首を傾げていた。

部屋に戻った夏織は、泣き疲れたのかすんなり眠ってしまった。壁に寄りかかってぐったりした体を労っていると、旅装を解いた馬琴は東雲の正面に座る。

「なにがあった」

言葉少なに問われ、東雲は事情を語り出した。執筆が行き詰まっていること。物語を書ける気がまるでしないこと。ある日、女の子を預かることになったこと……。

「子どもの面倒を見てると一日があっという間に過ぎちまう。他になにも考えられねえ。なにもできねえうちに日が暮れちまう。執筆をしなくちゃって焦っているのに、そんな余裕なんて欠片もなくて。まあ、一時的なことだしいいかって思ってたんだが……」

「娘をずっと育てることになった？」

「ああ！　……コイツの親はもうどこにもいねえんだと」

馬琴の表情が険しくなった。すやすやと眠る夏織の寝顔を痛ましげに見つめている。

東雲は固く拳を握ると、苦しげな思いを絞り出すように吐き出した。

「今の俺はなにもかもが中途半端だ。どうしてこうなったんだろう。〝本物〟になりたい。ただそれだけなのに」

ぴくりと馬琴の眉が上がった。視線を宙に惑わせると、ボソボソと東雲へ訊ねる。

「……前から気になってた。どうしてそんなに〝本物〟にこだわる？」

かあ、と東雲の顔が赤くなった。勢いよく俯き、固く拳を握りしめる。

思えば馬琴にすら自身が贋作であることを告げていない。実際のところ、玉樹や遠近、ナナシにも明かしていなかった。贋作である事実が恥のように思えて隠していたのだ。

強く、強く拳を握りしめる。白くなってしまった手を見つめて、大きく息を吸う。

死ぬまで隠し通すべきだと思っていた。

だが——馬琴になら明かしてもいいかもしれない。

自分が初めて見つけた〝本物〟で。名をくれ、師匠になってくれた人になら。

「——俺は。俺は、贋作なんだ」

決心して口を開く。馬琴がわずかに目を見開いた。羞恥と恐怖をまぎらわすように早口で己の来歴を明かす。作られたのは江戸のあばら屋。生みの親は贋作師。円山応挙作というのは嘘っぱちで〝幸運を呼び込む掛け軸〟という謳(うた)い文句も詐欺師がでっち上げたもの。

「なのに、どうしてか俺は真作になっちまった。偽物なのに、金を掴まされた鑑定師が〝本物〟だって言ったせいで——」

　こくりと唾を飲みこんだ。馬琴の視線が怖くて顔が上げられない。

「本当なら贋作として朽ちて終わるはずだった。だが、真作にされちまったせいで俺は大切にされて……なんの因果か付喪神にまでなっちまったんだ」

　だから〝本物〟になりたい。

　偽物として生まれ、まがい物の真作にされた付喪神は〝本物〟に焦がれている。

「……ブハッ！」

　そこまで語り終えると、なぜか馬琴が噴き出した。驚いて顔を上げる。馬琴は肩を揺らして、クックッと喉の奥で笑っていた。

「なんで笑うんだよ。そんなに滑稽か？」

　たまらず剣呑な声が出た。信じていた相手に裏切られたような気持ちになっていれば、目尻に浮かんだ涙を拭った馬琴が、実にあっけらかんと言った。

「いや。お前さんの生みの親が、すげえ奴だと知って感心してただけだ」

「は……？」

　ポカンと口を開けたまま固まる。

　馬琴は懐から煙管を取り出すと、葉を詰めて火を点けた。

「贋作であるお前が、真作にされちまったって？　別になんも不思議なことはねえだろう。贋作が真作を越えたってだけの話だ」

　実に美味そうに煙を吸って、ニヤリと不敵に笑った。

「円山応挙はすげえな。下地になった絵を生み出した応挙はまぎれもなく〝本物〟だ。確かにお前の親は贋作師だったんだろう。偽物はいつかバレるものだ。どこかに綻びが出て、絶対に誰かが疑問に思う」

二の句を継げずにいる東雲に、なにかを思い出しているのか馬琴は遠い目をした。

「お前がうちに来た時のことを覚えているか」

「あ、ああ！　もちろんだ」

「うちにお前の掛け軸を持ち込んだのは、小津桂窓って男だ。奴の審美眼は間違いねえ。商人としても文筆家としても信頼の置ける男だった。儂の……大切な友人だ」

懐かしげに目を細める。ふう、と白い煙を吐き出した馬琴は、ニッと笑んだ。

「アイツがまがい物を持ってくるはずがねえ。だからお前は〝本物〟だ」

「ま、待てよ！　だから、俺は贋作師が作った偽者で――！」

「うるせえな。お前には小津よりも美術品を見る目があるってのか!?」

一喝されて身を竦めた。ビクビクしている東雲に、馬琴は淡々と話を続けた。

「正直、誰が描いたかなんて些細なことだ。問題はその品がいいか、悪いかだ。儂は己の目を信じるぞ。東雲――」

馬琴の目が糸のように細くなった。目尻に皺がより、口角が上がって、眉尻が下がる。いつも仏頂面な馬琴の、初めて見せたえびす顔。

「お前の絵は、すげえ」

「……！」

「お前さんの生みの親はすごい奴だったに違いねえ。元の絵を儂は知らねえが……きっと、お前よりは迫力で劣るに違いないと思う」

東雲は生みの親である贋作師の姿を思い浮かべた。瞬きひとつせず、息をするのも忘れ、黙々と筆を動かし続ける男。己の作品が贋作であると誰よりも理解しながら、決して作品作りに妥協しなかった。後世に名を残せなかった男の仕事が認められた瞬間だった。

「うう」

止まったはずの涙が再びこぼれ始める。胸が熱い。嗚咽が漏れてどうしようもない。

「……ば、馬琴」

ボロボロ涙をこぼしながら、けれども俯かないように必死に耐えた。師匠が大切なことを教えてくれている。背筋を伸ばして耳を傾けるべきだろう。

そんな東雲の気概が伝わったのか、馬琴は実に気持ちよさげに話し続けた。

「お前の本体は儂から見れば〝本物〟だ。だが肝心な中身はどうだ。まだまだ甘ちゃんじゃねえか。これじゃせっかくの絵も台無しだ。みんなに大切にされて付喪神になったんだろう。なら、ちゃんとしろってんだ」

「で、でも」

ぐしぐしと袖で涙を拭う。眉尻を下げた東雲は、迷子のような顔になった。

「どうすればいい。物語も書けない。かといって他に興味も持てない」

「……まったく。お前は本当に不器用だな。もうちょっと周りを見ればいいものを」

ため息をこぼした馬琴は眠っている夏織を見遣った。

「――いい種だなあ」

「種？」

「これからすくすく育ちそうだ」

クックツ笑った馬琴は、じいと東雲を見つめた。

「娘を育てなくちゃならねえなら、育ててみればいい」

「俺が？　この子を？」

「お前は外側だけは立派だが、中身はてんで駄目だ。経験が足らねえ。この子は見た目からして幼いな。中身も相応に子どもだ」

「……なにがいいたい？」

たまらず訊ねれば、馬琴はこともなげに言った。

「お前に必要なのは経験だ。なにも考えずにこの子を育ててみろ。自分が偽物だって思うなら、本当の父親に負けないくらいに必死になれ。経験が足りないなら、この子と一緒に増やしていけばいい。そのうち、自然と書きたいものが溢れてくる。無意識に筆へ手を伸ばしてるだろうよ」

そして馬琴は、東雲に「日記をつけろ」と勧めた。日々の記録を書き残す行為は、それだけで己の考えを文字として吐き出す練習になるんだ、と。

「……そういや、アンタも日記魔だったな」

「儂の日記が現し世で本になってるのを見た時にゃあ、ちっと仰天したがな」

馬琴は上機嫌で笑っている。戸惑っている様子の東雲をちろりと見遣り、

「大丈夫だ。お前なら」

と、言葉少なに励ました。

「……！　そうか。そう、なのか」

こくこくと何度も頷く。東雲にとってそれがわかっただけで充分だった。否定し続けていた親を認めてもらっただけでもすごいのに、更に見えなかった道を指し示してもらえたのだ。馬琴の存在のなんと大きいことだろう。彼の弟子になれた事実を誇らしく思う。

「俺……本当に中身も〝本物〟になれるかな？」

弱々しい声で訊ねる。道は見えたものの、歩き通せる自信はまったくない。

馬琴は小さく笑みをこぼし、己を見つめる弟子に言った。

「その時になってみねえとわからん。この子が大人になって、お前から独り立ちする頃には答えが出ているだろう」

こくりと頷いた。夏織が大人になるまでずいぶんとある。途方もない。途中で道を踏み外したらと思うと恐怖が募る。でも——やるしかないのだ。

夏織には自分しかいないのだから。

「……腹が決まったようだな」

　馬琴は三度笠を手に取った。旅装を整え始めた馬琴に東雲は焦りを浮かべる。

「なんだよ、またどこかに行くのかよ。少しくらいはゆっくりしてってもいいだろ!?　夏織にも紹介してえし、友だちもできたんだ。貸本屋の客も前より増えた。ナナシも、遠近だって会いたがってる！」

　引き留めた東雲に、さっさと支度を終えた馬琴はニッと笑った。

「悪いな。書きたいものが山ほどあるんでね」

　くるりと踵を返す。しかし、一瞬だけ足を止めると、

「そうだなあ。この子が大人になった頃。ちっと覗きにくるかねえ——」

　それだけ言い残して再び旅へ出た。あれから十八年。いまだに馬琴が戻ってくる様子はない。きっと今もどこかで執筆に没頭しているのだ。


　それからというもの、東雲は夏織の育児に集中した。

　共に笑い、共に泣き、時には父親らしく怒ったりしながら日々を過ごしていく。日記をつけるのも忘れない。夏織が寝静まった後、日々起きた出来事を綴り、時には読み返す。父親らしくできたか、もっといい方法があったんじゃないかと反省をする。東雲の夜はそうやって更けていった。

　夏織が十歳になった頃のことだ。東雲は、現し世との関わりが薄くなっていくあやかしの実情を憂いて、なにかできないかと模索していた。このままでは、誰にも存在を知られ

ないまま消えてしまうあやかしが出てくる。どうしたものかと頭を悩ませていると、日記を読み返しているうちに、なんとなく筆を執ることへの忌避感がなくなっているのに気がついた。今なら書けそうな気がする。東雲は、玉樹へ『幽世拾遺集』の作成を持ちかけた。

「書ける奴がいないいから自分で書くと？……お前にできるのか？」

「俺が創作するわけじゃねえ。たぶん、大丈夫だ」

それが本作りに取りかかったきっかけだ。『幽世拾遺集』を執筆するかたわら、少しずつ創作の練習も始めた。やはり一から話を創るのは難しい。物語づくりは難航した。だが、以前と違って東雲の心は軽かった。なにも焦らなくてもいいのだ。

――夏織が大人になるまで、だ。

夏織への愛情と共に、創作の種をじっくりと根気強く育てていく。

『東雲さんがなりたいものがなにかはわからないけど、それになれるように協力する！』

ある夏の終わりの日。夏織にそう言われた時は、本当に驚いた。東雲が〝本物〟になりたいという願いを抱え続けている事実を、無意識に感じ取ったのだろう。幼子の言葉はしみじみ心に沁みて、健気に自分を想ってくれている娘が愛おしくてたまらなかった。全身が満たされ、充足感で泣きそうになったくらいだ。

『もしも、俺になにかなりたいもんが見つかったら、そん時はよろしくな』

答えた声は震えていなかっただろうか？

父親なのに情けない声になっていなかっただろうか？

いつか――成長した夏織に聞いてみたいと思った。

更に時は流れ、少女だった夏織は立派な女性になった。なにもできなかった幼子は、いつしか東雲の世話を焼くまでに成長した。背も伸び、女性らしい体つきになった。いろんな経験をして、恋をして、好きな相手をも見つけてしまった。

少しずつ。少しずつ東雲の手から離れていく。自立していく。今の夏織は誰が見たって立派な大人だ。もう守られるだけではない。これからはきっと、自分のための家族を作っていくのだろう。だから、唐糸御前に「直らない」と言われた時も、東雲はショックを受けなかった。予感していたというのもあるが、己の中に撒いた種が確かに芽吹いている実感があったからだ。もう少し。あとちょっとで――新しい、自分だけの物語を生み出せる気がする。

実のところ、東雲の中にあった〝本物〟への渇望は薄れていた。

今の自分は――夏織にとって〝本当の〟そして〝本物の〟父親になれていると感じていたからだ。愛する娘を置いて逝く事実は寂しくもあった。だが、なによりも自分の中で育んできた物語への期待感でワクワクしていたし――。

命が燃え尽きる瞬間に新しい物語を生み出すなんて、ものすごく〝かっこいい〟じゃねえか、なんて思っている。

＊　＊　＊

「……だから永遠はいらないの？」

長い、とても長い話を語り終えた東雲に、夏織は震える声で訊ねた。

東雲は長火鉢に視線を落とすと「ああ」と言葉少なに頷く。

「俺は付喪神としての生の最期に、とっておきの物語を創り上げるんだ」

「馬鹿っ！　馬鹿、馬鹿、馬鹿、馬鹿！」

夏織に腕を掴まれる。ガクガク揺さぶられて、東雲はたまらず苦笑してしまった。

「それでも、一緒に居てほしいって願うのは私のわがままなの……？」

絞り出すような夏織の声を聞いた途端に真顔になる。俯いたままの夏織の表情は窺い知れない。でもきっと――今までで一番苦しんでいるのだろうことはわかった。

「わがままなのは俺の方だ」

夏織の頭に手を伸ばす。ポン、ポン、ポン。優しく叩いてやれば、夏織の肩が大きく震えた。夏織の手が東雲の袖を掴んだ。ぎゅう、と皺になりそうなくらい握る姿は、小さい頃と変わんねえなあとしみじみ思う。

それきり、夏織は黙りこんでしまった。ナナシや水明は言葉を発することすらできない。いつもは騒がしくて仕方がない幽世の居間に静寂が満ちている。

――ぱちん、と長火鉢から音がした。

ぱちん、ぱちん、ぱちん。炭と一緒に夏織と東雲の想いも淡く爆ぜた。

その日の晩、東雲が眠る準備をしていれば、珍しく夏織がやってきた。手にはボロボロになった絵本を抱えている。

「……ねえ、東雲さん。本を読んでよ」

成人した娘が、どういう想いでそれを口にしたのかはわからない。東雲はこくりと頷いて、自分の布団の隣にもう一組用意した。ごろりと並んで寝転ぶ。ネズミの兄弟がパンケーキを作る本だ。擦りきれるほどに何度も読んだ本を、幼い頃と同じように読んでやる。夏織はじっと東雲の声に耳を傾けていた。無言で文字を追う夏織の瞳に、行灯の光が映り込んでいる。まるで目の中に宇宙があるみたいだと思うのは、いささかロマンチック過ぎるだろうか。

やがて美味しそうなパンケーキが出来上がった頃。

ふと隣を見遣ると、夏織が背を向けていることに気がついた。

「……寝るか」

行灯の蓋を外せば、ふわりと蝶が逃げていく。薄く窓を開けてやる。パタパタと外へ出て行く蝶を眺めていると、小さくすすり泣く声が聞こえた。

——ごめんな。

そう口にしようとしてやめた。自分なりの信念がある。だから最期を決めた。謝ったらすべてを否定したのと同義だ。それだけは絶対にしてはいけない。

窓の外へと視線を向ける。夜も更けた幽世の町は、外を歩くあやかしも少ない。視界の中に目当ての人物を見つけられずに落胆する。

翌朝。目が覚めると隣の布団はもぬけの殻だった。東雲はそのまま布団の中に潜り込んだ。バリバリと頭を掻く。適当に布団を片付けると、

「やるか」

東雲は文机の前に座って墨をすり始めたのだった。

第三章　永遠に語り継がれる物語

早朝の幽世。ずいぶんと早い時間なのに、買い物をするあやかしたちですでに町は賑わっている。東雲さんが目覚める前に店を出た私は黙々と歩いていた。

「夏織ちゃん、おはよう！　いい野菜が入ったよ。うちへ寄っていって！」

店先で客寄せをしていたあやかしが私に声をかけてくれた。

一瞬だけ足を止めたが、上手く反応を返せずに横を素通りする。

「あれ……？　聞こえなかったかな」

怪訝そうに首を傾げるあやかしに、胸がチクリと痛んだ。

――ごめんなさい。聞こえてました。

頭の中で謝りながらも、しょうがないと自分を慰めた。今の私には愛想を振りまく余裕なんてない。賑やかな通りを、なるべく地面だけを見るようにして進んだ。

行く当ては特にない。貸本屋にいたくなくて飛び出してしまったのだ。あそこには養父との思い出がたくさん詰まっていて、ふとした瞬間に辛くなってしまう。それに、東雲さんの姿を見たくなかったのもある。

昨日、東雲さんはやっと胸に納めていた〝秘めごと〟を吐き出してくれた。まったく、わが父ながら不器用すぎる。遠回りしすぎだ。素直に打ち明けられなかった気持ちもわかるが、振り回されるこちらの身にもなってほしい。

『俺は付喪神としての生の最期に、とっておきの物語を創り上げるんだ』

東雲さんの言葉を思い出して渋面になる。

「男の浪漫って奴？　そんなのわかんないよ」

じわりと視界が滲んだ。慌てて袖で拭えば、乾燥した空気のせいで肌がヒリヒリする。目もとを掠めるように幻光蝶が舞っていた。常夜の幽世で、蝶を侍らせている私という人間はとても目立つ。すれ違うあやかしの中には顔見知りもいたが、私が泣き顔をしているのがわかると見ないふりをしてくれた。ありがたいな、と思いつつも洟を啜って前に進み続ける。

なんだかすべてがふわふわしていて、まるで現実味がない。

――寝て起きたら、悪夢のような現実が全部帳消しになっていればいいのに。

ときおり、そんな考えが頭を過る。都合の良すぎる妄想は私の心を癒やしてくれたが、ふと現実に立ち戻るたびに虚しさを残した。心は擦りきれていくばかりで、なにをどうすればいいかまるでわからない。

冬の気配が濃厚な幽世は薄いコート一枚じゃ心許ないくらいに寒かった。木々はすでに葉を散らし終え、心なしか世界が灰色に見える。ふと入った横道には落ち葉がたっぷり積もっていた。かさかさと乾いた音をあげる葉を踏みしめて更に先へ進もうとすれば、黒いものが前方を遮った。

「……どこへ行くつもり？」

にゃあさんだ。オッドアイに剣呑な色を宿した黒猫は、ジロリと私を睨みつけている。

「別に」

にゃあさんの横を通り過ぎようとする。だのに、進行方向を邪魔されてしまった。しまいには、素早い動きで私の肩に飛び乗ってきた。

「あたしも連れていきなさい」

「重っ……！　重いよ、にゃあさん。ダイエットしたら!?」

決してスレンダーとは言いがたい親友に文句を言う。にゃあさんはフンと鼻を鳴らすと、最高に不機嫌そうな顔をして覗きこんできた。

「うるさいわね。それどころじゃないでしょう」

するりと三本のしっぽが首に巻き付いた。逃がさないぞと言わんばかりだ。

「……別に変なことは考えてないけど？」

親友の気遣いを嬉しく思いながら断りを入れれば、ぴくりとにゃあさんの髭が動いた。

「本当にそうかしらね。アンタってば、思い込んだらなにをするかわからないもの」

「私ってば信用ないね……」

「そういうところ、秋穂にそっくりよ」

「………」

ふいに亡くなった母の名前が出てきて身を硬くした。三歳だった私を置いて死んでしまった母。幼かった私は、母の最期に立ち会うことすらできなかった。

再び涙腺が熱を持つ。視界が歪んで見える。ここ数日、泣き通しだったせいで、涙腺が壊れた蛇口のごとく簡単に涙を吐き出すようになってしまった。反射的に拭えば、再び肌が悲鳴を上げた。ピリピリ、チリチリ。激痛でもないのに耐えがたい。

……ああ、駄目だ。本当に心が弱りきっている。

すると、ざらりと生暖かいものが目尻を拭っていった。ハッとして顔を上げれば、心配そうなにゃあさんの瞳と視線が交わる。

「別になにを考えてもいいわよ。あたしが止めるから」

「にゃあさん……」

黒猫の親友はゆっくりと瞬きをしながら、淡々と私に告げた。

「あたしは、アンタが辛い時も苦しい時も……どんなに悲しい時だって、いつでもそばにいるだけだわ。あたしにはアンタが幸せになる瞬間を見届ける義務があるの」

「……お母さんと約束したから？」

「それもあるけれど――」

にゃあさんは私の頬に頭を擦りつけ、なあんと小さく鳴いた。

「アンタのことが好きだから。布団の上で大往生する瞬間まで離れてやらないわ」

小さく息を呑んだ。再び涙が溢れてくる。

「……ありがと」

泣きながらお礼を言えば、にゃあさんはため息をこぼした。

「宝石みたいな涙もこれじゃ台無しだわ」

「――宝石？」

「なんでもない。なにはともあれ、どこかへ行きましょ。店に居たくないんでしょ。わかるわ！　東雲ったら真面目に机に向かっちゃって……気持ち悪いったらありゃしない」

ぐうたらじゃない東雲なんて東雲じゃないわ！　と断言したにゃあさんに思わず噴き出しそうになった。泣き顔のまま笑う私に、にゃあさんは安堵したように息をもらす。

「思い出して。今までも辛い時はいくらでもあった。全部、なんとか乗り越えてきたでしょう？　アンタはひとりじゃないもの。いつだって誰かが助けてくれた」

すんと洟を啜る。こくりと頷けば、にゃあさんは珍しく優しげに笑った。

「でもね、ひとりで閉じこもってたら誰も手を差し伸べられない。せっかく外へ出たんだもの。誰かに思いっきり気持ちをぶちまけにいきましょうよ。世の中、割り切れることばかりじゃないわ。なにかしら折り合いをつけなくちゃいけない時ってあるものよ」

にゃあさんは遠くを眺めた。色違いの瞳はなにを見ているのだろう。

「あやかしは死を厭わない。でもね、誰だって好きな相手の亡骸（なきがら）なんて見たくないわ」

「…………」

かさり、と落ち葉が乾いた音を上げた。

にゃあさんは私の背から下りると、地面に座って見上げた。

「まったく！　寒いったらありゃしない。猫が外に出る気温じゃないわ。ナナシのところにでも行きましょう。せっかくだから、美味しいおやつでも買って行くといいわ。お腹が空いているとろくなことにならないもの」

にゃあさんが歩き始めた。後を追うと、道端に焼き栗売りがいるのがわかった。大ぶりの栗はいかにも美味しそうだ。にゃあさんは焼き栗売りに一直線に向かっている。

「なるほど。食べたかったんだ？」

「…………。うるさいわね。た、たまたまよ。たまたま！」

苦し紛れにシャアッ！　と威嚇されてケラケラ笑う。いまだどんよりした気持ちは晴れないけれど、わずかに心が軽くなった気がした。

——誰かに話す、かあ……。

悶々としてため込むよりか、思いっきり吐き出した方がいいのだろう。

そうすれば、私の中で一応の結論を出せるだろうか？　いつかはグチャグチャになった感情を綺麗に整頓する時が来て、心を苛(さいな)み続けている痛みを忘れられる？

——それって、私が東雲さんを忘れてしまった時なんじゃないの……？

思考が鈍っていく。現実から目を逸らして閉じこもってしまいたい。

でも、それじゃ駄目なのだろうと思う。

東雲さんの決意はきっと変わらない。娘の私はどうするべきなのだろう。

そっと空を見上げた。ふわりと白く染まった息が宙に溶けていく。

数日引きこもった後だからか、頭上に広がる幽世の空は目に染みるほど美しく思えた。

＊　＊　＊

大ぶりの焼き栗がゴロゴロ入った紙袋を抱えて、私とにゃあさんは途方に暮れた。

「ちょっと！　いつまで待たせるつもり!?　早くしないと夜までに棲み家に帰れない！」

「待てよ。俺の方が先に注文したはずだ。どうして後回しにするんだ！」

「うわあああん！　ママァ！　飽きたよお……！」

幽世の薬屋の店頭はまるで戦場だ。薬を買い求めるあやかしで長い行列ができている。

店の中を覗くと、ナナシと水明がてんてこ舞いしていた。

「こんなに混雑しているの、初めて見たかも」

「あたしもよ。なにがあったわけ？」

にゃあさんとふたりで首を傾げる。すると、水明と客の会話が聞こえてきた。

「アンタが元祓い屋かい。聞いたよ。アンタの薬、めっぽう効くらしいじゃないか」

真っ白な髪をした砂かけばばあは、口もとに手を添えて水明に囁くように訊ねた。

「噂は本当なのかい？　あやかしの殺し方を熟知してるから、よく効く薬を作れるって」

途端、水明がげんなりした顔になった。

「知らん。俺はナナシに教わったとおりに調合しているだけだ。効果は変わらな……」

「アッハッハ！　そうだよねえ！　こんなところで本当のこと言えるわけないわよね！」

渋い顔をしている水明をよそに、砂かけばばあはひとり盛り上がっている。

「今度、こっそり秘訣を教えておくれ。ヒッヒッヒ。あ、冷え性の薬をおくれよ」

「はあ……」

やたら混み合っているのは、水明目当ての客が殺到しているからのようだ。

「……大変そうだね。後にしようか？」

「そうね。勝手に家に上がり込むわけにもいかないし」

薬屋を離れた。道を歩きながらにゃあさんはプリプリ怒っている。

「せっかくの焼き栗が冷めちゃうじゃない！　客ぐらいさっさとなんとかしなさいよ。手際が悪いわねえ！」

「あ、あはは……」

まあ、繁忙期と知りつつ訪ねた私たちも悪いんだけど……。

──当てが外れちゃったなあ。

ナナシの優しさに包まれたかった。水明の顔を見てホッとしたかった。こればかりはしょうがないと思っていても、どんよりと心が曇っていくのがわかる。他に誰かいないだろうか。私の話をしっかりと聞いてくれる人は……？

ふと、ある人物の顔を思い出した。チリリと焼けつくような感情が胸に去来する。思わず手に力をこめてしまって、焼き栗入りの紙袋がくしゃりと悲鳴を上げた。

——あの人なら。こんな時はどうするんだろう……。

「……夏織？」

怪訝そうな顔をしたにゃあさんに、慌てて笑みを取り繕った。

「ごめん、ごめん。…………」

すぐに押し黙る。脳裏に浮かんだ人の姿が頭にこびり付いて離れない。だが、その人の場所へ行くのはとても勇気がいった。自分が平静でいられるか自信がなかったからだ。

何気なく視線を地面に落とした。瞬間、ハッと息を呑む。

地面に座ったにゃあさんが私を見上げている。曇りひとつない瞳がそこにあった。空色と黄金色のオッドアイ。その組み合わせは、冬支度を始めた秋田の山々の色合いに似ているのだと——遠い日に、死んだ母が語ったらしい。

親友の瞳の奥に母の姿を見る。たまらずにゃあさんに手を伸ばした。いつもは嫌がる黒猫も今日ばかりは大人しい。そっと抱きしめて母の温もりを想像した。大丈夫。私には誰よりも頼りになる黒猫の親友がいてくれる。

——よし。行ってみよう。

「にゃあさん、私……話をしてみたい人がいるの。いい？」

私の提案に、にゃあさんは「どこへでも付き合うわ」と頷いてくれた。

「ありがと。にゃあさん、大好き」

にゃあさんの頭を優しく撫でた。いつもの女王様然とした態度を封印し、撫でやすいように耳を伏せてくれている親友を眺めて、如何に自分が気遣われているかを思い知る。

あの人と話をすれば、気持ちの整理ができるだろうか。

わからない。わからないけれど――行かなければいけない気がした。

ざあ、と風に乗った幻光蝶の群れが飛んでいく。蝶が作り出す光の帯に照らされて、水中の座敷牢が妖しく浮かび上がった。橋の上から覗きこめば、真っ赤な魚がゆらゆらと泳いでいるのが見える。ところどころに置かれた行灯が淡く座敷牢を浮かび上がらせ、湖底に囚われた魂たちの棲み家を照らしていた。

ここは魂の休息所。

幽世の中でも異質な場所で、転生を拒む人間の魂が集められている。

「――文句でも言いに来たのかい？　それとも復讐？」

欄干に寄りかかった女性は、不機嫌さを押し隠しもせずに言った。

「別に。そんなつもりはありませんよ」

笑顔で返す。しかし、その人物は「嘘をつくんじゃないよ」と渋い顔になった。

尼僧頭巾を被り、黒衣に紫色の絡子（らくす）を首から下げている女性の正体は八百比丘尼（やおびくに）だ。

一年ほど前。東雲さんを修復不可能なまでに傷つけた張本人である。

「東雲が死ぬきっかけを作ったのは私だ。父親の本体を裂いて、あまつさえ火を付けた私を憎まないで、誰を憎むってんだい！」

煙管を突きつけられ、何度か目を瞬く。じわり、体の底から黒い感情が滲んできた。沸々と怒りがこみ上げてくる。激情に任せて口を開きかけ――。

「……なあん」

瞬間、にゃあさんが足もとに擦り寄ってきたので、冷静さを取り戻した。

「………………」

息を吐いて、吸った。八百比丘尼の左腕を見遣れば中身のない袖が風に靡いている。

「もう報いは受けていると思っています。……左腕がない生活には慣れましたか」

「ハハッ！　アンタがそれを聞くのかい。嫌味だねェ。いい根性してる」

すると、にゃあさんが威嚇音を上げた。

「さっきから失礼ね。ねえ、反対の腕も食べてあげましょうか？　不老不死なんだから構わないわよね？」

にゃあさんの言葉に八百比丘尼は顔色をなくした。幽世で初めての本を刊行するにあたって巻き起こった騒動の中で、かの尼僧の片腕を食べたのは他でもないにゃあさんだ。

「厄日だね。ああ、やだやだ」

大きくかぶりを振った八百比丘尼は、気まずそうに私を見つめた。

「それで。なんの用だい。復讐でも本の配達でもないなら、ここへ来る理由はないだろ」

「一緒に焼き栗を食べてくれる人を探していた……じゃ駄目ですかね？」

なんとなく言い出しづらくて言葉を濁せば、八百比丘尼があからさまに不機嫌になった。かつて人魚の肉を食べ、永遠の命を得た尼僧に冗談は通じないらしい。小さく深呼吸をして気持ちを奮い立たせる。

「……八百比丘尼は、父の余命が残り少ないことを誰から聞いたんですか」

すると、尼僧は最高に渋い顔になった。

「本人からだよ。ヘラヘラ笑いながら報告に来やがったのさ」

東雲さんは八百比丘尼にこう言ったのだという。

『付喪神はいつか壊れるものだ。だから、気に病むことはねえ』

なんとも東雲さんらしい。同時に頭を抱えたくなった。

「壊した本人に伝えるなんてねェ。ひどい男だと思わないかい。気に病むなといいながら、でっかくて重たすぎる鎖を残していきやがった」

「た、確かに……。まあ、養父にそういう意図はなかったと思いますけど」

「それが頭にくるんだよ！　天然野郎ってのは本当に反吐が出る」

東雲さんは予想外のところで仕返しをしていたらしい……。面白く思っていれば、私の様子を見ていた八百比丘尼が口を開いた。

「言いたいことがあるならさっさとお言い。焦らすんじゃないよ」

「……はい」

緊張で高鳴る心臓を必死に宥める。八百比丘尼の黒目がちな瞳が私をまっすぐ射貫いていた。この人の前で弱い部分を曝け出すのは少し怖い。彼女の飾り気のない言葉は、容赦なく心を抉(えぐ)ってくるからだ。

ゆっくり息を吸って、吐いた。おもむろに口を開く。

「どうすればいいか、なにもわからなくて」

情けない顔をしているのが自分でもわかった。唇が震えている。開きっぱなしの涙腺が新たな涙を放出し始めた。ずっと悲しみに浸っていたせいで、逆に感情が凪いでいるのがわかる。だのに、頬を涙が濡らす感覚だけが生々しい。

「なにもかもが唐突過ぎて、ひとりで途方に暮れています。心の整理がつきません。死んだら嫌だと子どものように暴れていいものか、父の選択を穏やかに受け入れていいものかすらわからないんです」

涙で濡れた瞳でぼんやりと八百比丘尼を見つめた。

「私はどうすればいいと思いますか」

八百比丘尼はチッと舌打ちを打った。

「どうして私に？　ンなもん、ナナシあたりにでも聞けばいいじゃないか。アンタの親代わりだろう！」

眉を吊り上げた八百比丘尼に、小さくかぶりを振った。

「それでも、あなたの話を聞いてみたかったんです。私、八百比丘尼の歯に衣着せない感じ……嫌いじゃないんですよね」

これは私の本心だ。八百比丘尼が仕出かした所業に思うところはある。だけど、傷ついて消えそうになっている魂の救済を続けている彼女への信頼は、まったく揺らいでいなかった。誰かのために厳しい言葉を吐ける八百比丘尼は、おそらく私が知る人の中で一番情に深い。迷っている私になにかしらの言葉をくれるはずだ。

「……お人好しが過ぎるだろ。まったくもう、こっちが不安になっちまう」

途端、八百比丘尼は変な顔になった。袖から手ぬぐいを出して私に押しつける。

「アハハ。確かにそうですね。自分でもどうかしてると思います。それに、八百比丘尼はたくさんの家族を見送ってきた人だから……」

手ぬぐいで涙を拭いながら私が言うと、八百比丘尼が渋面を浮かべた。

不老不死を得た八百比丘尼は、人間を愛さずにはいられなかった人だ。彼女は数え切れないほど多くの家族や恋人の最期を看取ってきた。八百比丘尼は、誰よりも愛情に溢れ、常に悲しみの淵に立ち続けている人だ。

「――アンタのそういうところが嫌いだよ」

十八歳ほどの若々しい姿をした八百比丘尼には、私には想像がつかないほどの人生の積み重ねがある。彼女の言葉はもれなく重い。今の私に必要なのはそういう言葉だろう。

眉をひそめていた八百比丘尼は、ちらりと私を見た。彼女の言葉を待っている私に、深く嘆息する。

「一応、訊いておく。まさか、ご都合主義的な奇蹟を信じてるんじゃないだろうねェ？」

「いいえ。私も大人になりました。大人に……なってしまいました」

無邪気に魔法や奇蹟を信じられたなら、まだ心に救いがあったかもしれないと思う。だけどそうはいかない。私は世界を知っている。今までの生で現実を思い知らされている。

私の腕の中で短い一生を終えた蝉のきょうだいを思い出す。

容赦なく襲い来る死は、誰にも止められない。

「――それならいいけどね」

八百比丘尼は瞳に哀愁を滲ませ、湖面を見つめたまま言った。

「生ってもんには種類がある」

指折り数えながら、八百比丘尼は続けた。

「満足して終える生。唐突になにもかも奪われて半端なまま終わる生。不満だらけで悔恨しかない生……どれが一番かは説明するまでもないだろ？」

「はい」

「人やあやかしが最も印象深く感じるのは死の間際だと思ってる。どんなに充実した生であっても、理不尽に死を迎えたら不満しか感じないだろうねェ。逆もしかりだ」

「つまり、最期の瞬間に満足していたら……」

「ソイツは、いい人生だったって思いながら死ねるだろうさ」

「東雲さんが満足して最期を迎えられるようにするべきってことですか」

ぎしりと胸が軋んだ。東雲さんの死を受け入れろと言われているようだったからだ。

私の問いかけに、八百比丘尼は乾いた笑みを浮かべた。

「どうだろうねえ。これは生者のエゴだからね」

「エゴ……？」

「だってそうじゃないか。黄泉路へついていけるわけでなし、ソイツが満足したかなんて誰にもわからない。葬式だってそうだ。どんなに盛大に弔っても、どんなに大量の線香を焚いたって本人に届いているかなんてわからないだろ？　すべては自己満足だ。結局は全部自分のため」

「……自分のため」

あまりにも厳しい言葉だ。なにをしても意味がないと言っているように聞こえる。

涙を浮かべて黙りこんでいれば、

「でもね。それでいいんだよ」

あまりにも意外な言葉に目を見開く。

八百比丘尼は天翔る幻光蝶を眺めながら話を続けた。

「死はふたりの歩む道を分かつものだ。死者は終着点に到着するが、生者はこれからも長い道を歩き続けなければならない。心残りがあって後悔し続けるのは死者じゃない。生者だ。なら、やりたいようにやればいい」

彼女の凪いだ瞳の中に、幻光蝶が作り出す光の帯が映っている。それはまるで彼女が延々と歩いてきた道を象徴しているようだった。

「東雲って野郎はね、アンタの父親になろうととんでもない苦労を重ねてきたんだと思うよ。でも、アンタは？　父親に甘えてばかりだったんじゃないか」

図星を指されて息を呑む。

八百比丘尼は静かに私を見つめて、いつも通りに歯に衣着せないまま言った。

「今度はアンタが頑張る番だ。甘ったれたこと言ってんじゃないよ。こんなところで時間を浪費している場合かい。東雲が最期を迎えるその時まで、自分のためになにをしてやれるか……頭を振り絞って考えるんだね。アンタ、東雲の〝娘〟なんだろ？」

＊　＊　＊

八百比丘尼のもとを辞した後、ぼんやり考えごとをしながら幽世じゅうをさまよった。行く当てもなくフラフラ歩いているうちに、ある場所にたどり着く。幽世の町から少し離れた場所にある小高い丘だ。かつて東雲さんと星を観測して、水明とネモフィラの花畑を眺めた場所だった。春が花盛りのネモフィラは枯れていて見る影もない。枯れ葉を踏みしめながら丘へ上った。

「……綺麗な葡萄色（ぶどういろ）」

頂上に座って空を見上げる。幽世の空は秋らしい紫がかった色をしていた。遠くから深紅に染まり始めているのがわかる。冬はすぐそこだ。幽世で一番静かな季節がやってくる。

『東雲さんがなりたいものがなにかはわからないけど、それになれるよう応援する！』

無邪気に養父と過ごせていたあの頃が懐かしい。

「小説家になりたいのかなって思っていたのに」

隣に座ったにゃあさんの頭を撫でながら、ひたすら思考を巡らせる。

東雲さんは贋作だ。そして〝本物〟になるため、自分だけの物語を創ろうとしている。

〝大人になっちゃったら、なんにもなれないの？〟という私の問いかけに、養父が言葉を濁していた理由がようやく知れた。あの時、まだまだ東雲さんは夢の途中だったのだ。私という存在を通して、必死に経験という種を育てている最中だった。

〝本物〟になれるかどうかわからない中、東雲さんは懸命に私を育ててくれた。多くの時間を私のために割いてくれた。ありがたかった。東雲さんが慈雨のように注いでくれた愛情のおかげで、私はここまで大きくなれたのだから。

「東雲さんの〝本当の娘〟になりたい、かあ……」

それは私が、物心ついた頃からずっと胸に抱えていた想い。

……ううん、今でも変わらない。どんなに頑張ったって、どんなに「お前は俺の娘だ」と優しい言葉をかけてもらったって、血が繋がっていない事実は覆せない。〝本当の娘〟になるためには、実の親子以上の努力が必要だ。

大きく息を吸った。覚悟を決めろと自分に言い聞かせる。

――〝娘〟である私がするべきこと。

たぶん、養父を応援することだ。東雲さんが死を受け入れるというならば、残り少ない時間を最大限に有効活用できるよう助けてあげるべき。自分にしか創れない物語を生み出そうとしている養父の背中を押してやる。おそらく――いや、絶対に……それが最善だ。

「にゃあさん。娘の私がいつまでもメソメソクヨクヨしてちゃ駄目だよね？」

瞬間、するりと手の中からにゃあさんが抜け出した。少し離れた場所に立って、私の背後に意味ありげな視線を送る。不思議に思って振り返れば、

「夏織！」

そこには、息を切らした水明がいた。

「どうしたの？」

「ど、どうしたもこうしたも。お前が出かけたって聞いて。捜したんだぞ」

「忙しかったんじゃないの？　お店の前に行列ができてたじゃない」

「なんだ。店まで来たのか。声をかけてくれればよかったのに」

私の隣に腰掛けた水明が、はあと息を吐いた。ずいぶん心配をかけてしまったらしい。申し訳なく思っていれば、水明は私をじっと見つめた。

「なにを考えてた」

薄茶色の瞳にまっすぐ射貫かれて、少し居心地悪く思う。水明から目を逸らし、空で瞬く星々を眺めながら言った。

「東雲さんにさ、〝娘〟としてなにをしてあげられるかって悩んでたの」

話しながら、凝り固まった顔の筋肉を必死に動かそうとする。

「八百比丘尼に話を聞いてきたの。落ち込んでばかりじゃいけない、前向きに考えなくちゃって思った。東雲さんに残された時間は少ししかないんだよ。後悔しないためにも――私がちゃんとしなくっちゃ」

なんとか笑みを形作る。大丈夫。笑えているはず。泣いてばかりじゃ……駄目だ。

「……ッ！」

瞬間、温かいものに包まれて目を瞬く。水明が私を抱きしめている。ふわりと汗と薬の匂いがした。水明の匂いだ。独特だけど、ずっと嗅いでいたいと思うほど落ち着く匂い。

「……どうしたの？」

布越しに伝わってくる温もりがやたら優しくて、背中に手を回して訊ねる。

水明は私を抱きしめる腕に力をこめると、ふてくされたような声で言った。

「俺の前でまで無理をするな」

「……！」

反射的に息を呑んだ私に水明は続けた。

「もうひとりで泣かなくてもいいんだ」

優しく頭を撫でられる。水明は私の耳もとに顔を寄せて囁いた。

「大丈夫だ。気兼ねすることはない。俺はお前のことは全部知ってる。お前がおっちょこちょいなことも、食い意地が張ってることも、本がなにより好きだってことも。……いつも、東雲にとっていい娘であろうと気を張ってることも。本当は泣き虫だってことも」

「……っ。す、すい、めい」

「ああ、そういえば。去年の夏も同じ言葉を言ったな」

ふいに耳の奥に空から降り注ぐような蝉の鳴き声が蘇ってきた。蝉のきょうだいが死んだ時、水明は今日と同じように私を抱きしめてくれたのだ。

「我慢するな、泣け。馬鹿」

ぎゅう、とひときわ強く抱きしめられる。少し痛いくらいの抱擁。だけど今は、それがなによりも心地よかった。

「あ、あ……」

ほろり、瞳から熱いしずくがこぼれた。

「あああぁ……」

くしゃりと顔を歪める。つう、と涙が頬を伝っていく。顎から滴り落ちた涙が水明の服の上で弾けた瞬間――押しとどめていた感情が溢れ出した。

「水明。私、嫌なの。嫌なんだよっ……!!」

まるで子どもみたいに大声を上げて泣く。

ぐりぐりと顔を水明に擦りつけて、必死に想いを声に乗せた。

「東雲さんがいなくなるのは嫌だっ！　もっと一緒にいたい。笑って、泣いて。しょうがねえ奴だなあって何度だって言ってほしい……」

私の叫びを水明は黙って聞いてくれている。感情をまるでコントロールできない。悔しくて、悲しくて、やるせなくて。拳を握って暴れ出す。

「なにが前向きよっ！　なにがメソメソなんかしていられないよっ……！　娘として応援してあげるべき？　最善？　馬鹿じゃないの！　そんなの無理よ……！　私は、私はっ！　ただ、東雲さんのそばにいたいだけなのに……」

執筆が進まなくてウンウン唸っている東雲さんを見ていたかった。だらしない姿に文句を言いたかった。いざという時は頼りになる父の背中を見つめていたかった。

なんてことのない日常が続いてほしい。ただそれだけが私の望み。

「どうすればいいの。どうすれば東雲さんは私のそばにいてくれるの。私が口うるさかったから？　私が気が利かない娘だったから？　だったら、もう小言は言わない。娘としてもっとちゃんとする。貸本屋の仕事だって頑張るから。だからお願い」

脱力して水明にすがった。

「私から離れて行かないで。もうやだよ。大切な人がいなくなるのは、もういやだ」

本当の母も父も、この世にはもういない。現し世に私を大切に想ってくれている人間は誰ひとりとして残っていないらしい。だから、私の世界のほとんどは幽世でできている。そして、幽世で培った世界の大部分を占めているのは養父の存在だ。

「助けて。東雲さんが死んじゃう。嫌だ。それだけは絶対に嫌だ……！」

子どもみたいに暴れた。拳が水明に当たることもあった。だけど、年下の少年はじっと私の気持ちが収まるのを待ってくれている。なのに、私の感情は昂ぶるばかりで止まることを知らない。養父の死を納得できるならしている。でも、絶対に納得できる気がしない。これればかりは受け入れられない。嫌だ。嫌だ。嫌だ。嫌だ——！

「あああああああああっ……！　嫌だよおっ……！」

私が、ひときわ大きく叫んだ瞬間。

「なら、人魚の肉を食べさせたらいいんじゃないかなあ」

背後から飄々とした声がした。心臓が激しく跳ねる。恐る恐る振り返ると、私と水明の影の中からぬらりと人魚の肉売りが姿を現した。先日のカジュアルな服装ではない。浦島太郎らしい、いかにも物語に出てくる漁師といった格好だ。

魚籠に手を差し込んだ肉売りは、暴れる人魚を持ち上げて笑った。

「人魚の肉はなんでも願いを叶えてくれる。君も知ってのとおりだ。壊れた付喪神も元通りさ。よかったら切り身をいくつかあげよう。東雲の食事に混ぜ込めばいいんだ」

屈託のない笑みを浮かべている肉売りに悪寒が走った。

「……ほ、本人に許可を取るようにしてるんじゃ……？」

「んー。そうなんだけどね。今はそれどころじゃないだろ？　それにね、君が望んだと知ったら、東雲も納得してくれる気がする！」

緑がかった瞳を細める。浮かべた笑顔にはどこまでも善意が溢れていた。

「娘がここまで傷ついているんだ。東雲もきっと永遠を受け入れてくれるさ。みんなが幸せになる道を探ろうよ。永遠は救いだ！　少なくとも君の心はすぐに救うことができる」

永遠という鎖に縛られ、永遠に愛する人を見つけられない男が囁く。その声は鼓膜にじん、と染みた。悪魔の誘惑が実在するならば、おそらく似た響きを持っている。

――でも……！

思わず頭を抱えた。自分の望みと東雲さんの想いの狭間で息をするのも辛い。

「勝手に決めつけるな」

凜、とした声が辺りに響き渡る。ハッとして顔を上げれば、まっすぐに肉売りを睨みつけている水明の横顔があった。

「どうするかを決めるのは夏織であり東雲だ。お前の意見はどうでもいい」

「どうでもいいなんてひどいなあ！　僕はみんなの幸せを考えて――」

「黙れ」

水明に言葉を遮られ、肉売りは不愉快そうに顔を歪めた。水明は私から体を離し、両肩を掴んでまっすぐ見つめる。ふわりと幻光蝶が眼前を横切った。朧気な燐光をこぼす蝶が、水明の薄茶色の瞳を金色に装飾する。

「……辛いよな」

水明の瞳に憂いが滲んだ。

「俺も、母親が死んだと聞かされた時は、本当に辛かった」

水明もまた母親を亡くしていた。それも、かなり幼い頃だ。最も頼れる身内がいなくなった痛みは如何ばかりだったろう。父親の行き過ぎたしつけのせいで、白髪になってしまった水明の心情は計り知れない。

「あ……。ごめ、ごめんね」

私ばかりが辛い思いをしているわけではないと知り、慌てて謝る。水明はゆっくりかぶりを振ると、私の頬を濡らしていた涙を指で拭った。

「悲しみは人それぞれのものだ。別に遠慮することはない」

そして——柔らかく目を細め、ふわりと春の陽光のような微笑みを浮かべた。

「お前はどうしたい？　判断できるのは夏織と東雲だけだ。他人にはできない」

私と東雲さんに残された選択肢はふたつ。

——永遠の命を獲得するか。

——そのまま望み通りに一生を終えるか。

ふと脳裏にある人の声が蘇ってきた。

『あなたは選択を間違わないで。後悔ばかりの人生ほど空虚なものはありません』

亀比売の言葉だ。選択を間違えたと考えている彼女は、最愛の人に認識してもらえずに千年以上もの間苦しみ続けている。

——重すぎるよ。簡単に選べるわけがない。

胸が締めつけられるような気持ちでいると、水明は私の手を握って続けた。

「落ち着いて考えるんだ。なにを選択しようと俺は決して否定しない。東雲の死を許容できないなら、人魚の肉を食べるように一緒に説得するし、見送る決意ができたなら辛くないようにずっとそばにいる」

力強く、思いやりに溢れた言葉だ。ノロノロと顔を上げた私に水明は続けた。

「だから、辛い時はそばにいさせてくれ。感情をぶつけてくれてもいい。ひとりで感情をため込んで、追い詰められるのだけは勘弁してくれ。どうせなら一緒に苦しい気持ちを共有させてほしい。俺を隣にいさせてくれ」

ゆっくり息を吐く。そしてひとつも曇りのない瞳で水明は言った。

「俺の居場所は夏織の隣だ。やっと……自分がいてもいい場所を見つけたんだ。俺の席を空けておいてほしい。大丈夫だ、そばにいる」

「……あ」

じん、と胸が震えた。水明が触れている場所から温かな温度が伝わってくる。心を苛んでいた痛みに柔らかな熱が届く。傷だらけだった私の心の傷が少しずつ塞がれていく。

「水明ばっかりズルいわ！」

その時、声を上げたのはにゃあさんだ。

「あたしはアンタの一番の親友でしょ？　確かにどうするか決めるのは夏織と東雲よ。でも意見を言うことくらいは猫にだってできるもの！　なんでも聞きなさいよ！　ウジウジするなんてアンタらしくないわ」

「そうだよー!!」

聞き慣れた声がして振り返る。そこには、ナナシに抱っこされたクロがいた。

「オイラもっ！　相談に乗るよ。えへへ、あんまし役に立たないかもしれないけどね」

「クロ、ありがとう」

そっと視線を上げる。どうやら離れた場所で私たちの様子を窺っていたらしい母代わりの顔を見れば、私以上に泣きはらしているのがわかった。

「夏織」

クロを下ろしたナナシが勢いよく近づいてきた。水明を押しのけて、ぎゅうっと私を抱きしめ、頬ずりをする。息苦しさに目を白黒させていれば、ナナシは彼らしくない弱々しい声で言った。

「聞いたわ。八百比丘尼に会ったんだって？」

くしゃりと顔を歪める。

「アタシじゃ駄目だった？　そんなに頼りないかしら」

自信なさげなナナシに、私は勢いよくかぶりを振った。

「違うの。私、ナナシにはすごく甘えちゃうでしょう？　ナナシがいると、なにも考えなくても物事が上手く進む気がしちゃうんだ。でも……今はそれじゃ駄目だと思って」

とは言え、ナナシを蔑ろにしたい訳ではない。私の気持ちが伝わるようにと、ナナシに笑いかけた。しかし、ナナシの瞳は不安げに揺れたままだ。

「そう。……本当に？」

瞬間、ナナシも私と同じ悩みを抱えているのだと、今さらながらに気がついた。

ナナシだって、私にとって〝本当の〟母でありたいと努力を重ねてきたのだ。娘である私が知らないわけがなかった。この人の温もりと優しさに何度救われたかわからない。胸の奥から愛おしさが溢れてきて、私は彼の固い胸板にそっと頬を寄せた。

「本当。ごめんね。今度はちゃんと相談する。ナナシは私のお母さんだもの」

「……ッ！」

感極まったように息を呑んだナナシは、小さく洟を啜ると私を抱きしめる力を強めた。

「もうっ！　もうっ、もうっ、もうっ！　本当ね？　これからは、ひとりで悩むのはおよしなさいね！　アタシたちは家族なんだもの!!」

「くるっ……苦しいってば、ナナシ……！」

「だって!!　ああもう〜！　アタシったら母親としてはまだまだ未熟だわあ！」

うおおおん、と大仰に泣き始めたナナシの腕からやっとのことで抜け出すと、丘の下から賑やかな気配がするのに気がつく。

「おお〜い！　夏織がべそかいて幽世をウロついてたって聞いたんだけど！」

銀目だ。あんまりな物言いに顔を引きつらせていると、

「銀目ったら、そういうデリカシーがないところが駄目だよねえ。あ、夏織〜。肉まん、いっぱい買ってきたよ。お腹が空いてるとグルグル考え込んじゃうでしょ。なにはともあ

れ腹ごなししようよ〜！」

金目の場違いに能天気な声がした。いつの間にかみんな勢揃いしている。目を凝らすと、金目銀目の後ろに続々とあやかしたちが続いているのがわかった。

「夏織く〜ん！　大丈夫かい。頼りになる素敵なおじさまが駆けつけてあげたよ！」

河童の遠近さん。

「ホッホ。なんじゃ、メソメソしとるのう。クラゲに乗って散歩としけこむか？」

ぬらりひょん。

「あらあらあら！　あちきがいない間になにがどうなってるでありんす？　泣き顔は恋話をする時だけにしなんし。いい女はそうそう涙を見せるものじゃありんせん！」

「怒っている文車妖妃も美しい……！　ああ、今日という日に感謝の念が絶えない！」

文車妖妃に髪鬼（かみおに）。更に山爺（やまじじい）や小鬼（こおに）、唐傘（からかさ）の兄さんに、孤ノ葉に月子……。

誰も彼もが、私を心配して集まって来てくれていた。

「「「夏織〜！」」」

みんなが私に向かって手を振っている。呆然と彼らが集結する様を眺めた。静寂で満ちていた丘の上は、今や町中よりも賑やかだ。

「ふっ……」

思わず小さく噴き出した。

「やだ。みんなお仕事とか修行はどうしたの……」

「おやおや。夏織くんの一大事に仕事なんてしていられないさ！」

遠近さんの言葉に、全員が一斉に頷いた。

「アハハハ！」

なんだか笑いが止まらない。冷え切っていた心に優しい熱が灯ったのがわかる。

「もう！　ひとりで静かに泣くこともできないなんて」

大きく息を吸う。肺を限界まで膨らませて、ゆっくり吐き出した。パンッ！　と両頬を手で叩く。涙でグチャグチャだった顔をひきしめ、勢いよく顔を上げた。

「夏織？」

怪訝そうな顔をしている水明に、ニッといつも通りの笑みを向ける。

「……心配させちゃったね。ごめん！」

キョトンとしている水明に、私はある人の言葉を引用して口にした。

「ねえ、知ってる？　死はふたりの道を分かつもの。死者は終着点に到着するけど、生者はこれからも長い道を歩き続けなければならないんだって」

「なんだそれは？」

「幽世で一番厳しくて、一番優しい人の言葉」

笑いながらみんなの顔を眺める。東雲さんを見送った後、私の心はまた大きく傷つくだろう。きっと多くの血が流れるに違いない。それこそ死に至りそうなほど弱ってしまう可能性だってある。でも――私にはみんながいる。水明が、ナナシが、にゃあさんが、クロ、金目銀目、遠近さん……私を慕ってくれる大勢のあやかしたちがいるのだ。

彼らは私の傷から血が流れないように塞いでくれるだろう。薬を用意したり、励ましてくれたり、時には叱咤してくれるはずだ。私が挫けないように支えてもくれるだろう。東雲さんの死後も私の道は延々と続いていく。山あり、谷ありの決して平坦じゃない道だ。途中には必ず障害(ライフイベント)が用意されている。なんとも険しい道のり。絶対に苦労する。挫けそうになるのも一度じゃないだろう。でも、きっと大丈夫。私が転びそうになったら誰かが支えてくれる。支えてもらうだけじゃない。私も誰かを支えてあげるのだ。

それが〝人生〟。

人は誰だって終着点を目指して歩き続けている。

――まだ、心は苦しいままだけど。

養父の死という衝撃が簡単に拭えるわけではない。だけど、前に進もう。見知らぬ道に踏み込むのだって怖くない。だって、私はひとりで道を歩かなくていいのだ。周りにはいつだって大切な人たちがいる。

「みんなありがとう」

笑みを浮かべた私に、みんなは安堵の色を滲ませた。冷静に思考を巡らせる。苦しくとも考えなければならない。私が東雲さんに対してできること。きっと正解はない。だけど精一杯やりたい。

「…………」

人魚の肉売りが私を物言わぬまま見つめている。私は彼を刹那の間見つめ、すぐに視線を逸らした。私が選び取る選択肢の中に、人魚の肉がもたらす永遠が含まれていない事実に気がついたのだろう。永遠の命を至上と考える肉売りの表情が曇る。

「私ね、東雲さんが〝なりたいもの〟になれるように応援するって約束したんだ。だけどさ、東雲さんはひとりで全部決めちゃってて、私が入り込む余地がまるでないの。ねえ、どうすればいいと思う？」

私の言葉に、そこにいた全員が顔を見合わせた。はあ、と大仰にため息をこぼしたのは、母代わりのナナシである。

「東雲ってそういうところあるわよね。ひとりで突っ走って満足しちゃう」

その言葉に素早く反応したのは遠近さんだ。

「ああ！　確かにねえ。夏織くんに自分の寿命を告白できない程度にはヘタレの癖に」

「その通りじゃのう。儂まで巻き込んで、ハラハラさせられたわ」

カッカッカ！　と笑うぬらりひょんに釣られてみんなも笑った。遠回しに事実を伝えてきた東雲さん。もう腹を決めた様子だったけど、たぶん心の中では迷っていたのだろう。養父の気弱な一面が知れて嬉しくもあった。

「肝心なところで意気地なしだよね。私の父親になるって頑張ってきたのにね」

ぽつりとこぼせば、途端にナナシの目が輝いた。

「——それだわっ！　父親よっ！」

私の手を掴んで顔を寄せてくる。呆気に取られている私にナナシは言った。

「あの男に父親の幸せって奴を実感させてやりましょ！」

「し、幸せ……？」

「ウフフ！　そうよ、そうだわよ！　アタシ知っているのよ、東雲が隠れ里の職人に大金を積んで依頼してた〝アレ〟のこと！」

「え、え……？　どういうこと？」

唐突に隠れ里の名前が出てきて驚きを隠せない。わけもわからず混乱している私をよそに、ナナシはウッキウキだ。遠近さんも上機嫌で話に乗っかってきた。

「なるほどねえ。そういやそういう話もあった。うん、いいんじゃないかな！」

遠近さんは私と水明の肩を抱くと、私たちの顔を交互に見た。展開についていけずに黙りこんでしまった私たちの耳もとで、ある計画を口にする。

「「なっ……!!」」

水明とふたりして茹で蛸のように真っ赤になる。パクパクと口を開けたり閉めたりすることしかできない私たちに、遠近さんとナナシは言った。

「大丈夫。準備はアタシたちに任せておいて」

「親友の東雲に贈るプレゼントだ！　気合いは充分さ。完璧に仕上げてみせる！」

胸を張り、自信満々に請け負ったふたりに、私と水明は思わず目を見合わせ――。

「「……！」」

なんだか気恥ずかしくなって、勢いよく顔を逸らしたのだった。

＊＊＊

その日の晩。私は貸本屋へ戻った。からりと引き戸を開ければ、不安そうな顔をした東雲さんが待ってくれていた。よほど落ち着かなかったのか部屋の中が煙草臭い。すん、と洟を啜って、泣きすぎて真っ赤な顔のまま笑いかける。

「ただいま」

いつも通りの私の言葉に、東雲さんはわずかに安堵の色を滲ませた。

「おかえり」

東雲さんの隣に座って、じっと養父の顔を見つめる。以前よりも格段に顔色が悪い。養父の寿命は確実に削れていっている。

「仕事の引き継ぎ、急がなくちゃね」

ぽつりとこぼした私に、東雲さんはくしゃりと顔を歪めた。

「いいのか」

言葉少なに訊ねてきた養父に寄り添う。東雲さんの一張羅の袖を指で引いて言った。

「最期まで一緒にいるから」

じわりと東雲さんの青灰色の瞳が滲んだ。私の視界も輪郭が朧気だ。黙りこくったまま、いそいそとお茶の用意をする。当たり前の日常の風景。永遠に続くと思っていた日々にも終わりがあるのだ。知りたくもなかったことを理解して、私はまたひとつ大人になった。

木々が装いを変え、幽世に身も凍るような風が渡るようになった頃。

冬の貸本屋は例年なら閑散期に入る。しかし、今年ばかりは忙しい。日本各地にいる東雲さんの顧客と顔合わせして、貸本屋が代替わりすると挨拶をして回る。

それと並行してナナシや遠近さんと綿密に打ち合わせをした。目が回るほどの忙しさだったが、絶対にやり遂げてやると疲労で悲鳴を上げる体に鞭打って頑張った。

そうしている間にも、東雲さんは少しずつ弱っていく。食が細くなり、やがて歩くのも困難になった。車椅子で過ごせるように、貸本屋をバリアフリーに改造したりもした。それでも東雲さんは日々机に向かうのをやめなかった。なにを書いているのだろう。物語の内容を東雲さんは教えてくれない。

黙々と執筆を続ける父を見守っているうちに、幽世は純白の雪に一面染められてしまった。しんしんと降り積もる雪はあらゆる音を飲みこんで、わが家をも包み込んだ。

その頃には挨拶回りもその他の準備も一段落していた。執筆を続ける東雲さんのそばで、思うさま本を読みふける。養父と過ごせる日々は残り少なかったが、あえていつも通りに過ごすことに決めていた。普通の日々の大切さをしみじみ感じていたからだ。

ぺらり、とページをめくるたびに物語は進んで行く。

ぺらり、ぺらり、ぺらり。

静かな冬だった。穏やかで……一生忘れられない冬。

物語の最終章はすぐそこに迫っていた。

＊　＊　＊

──そして、再びの春。

暖かな風が花畑の上に吹いた。春風は様々な想いを乗せて世界を渡っていく。

東雲は困惑していた。朝から夏織の姿が見えなかったのもあるが、唐突にナナシに連れ出されたのだ。不機嫌そうに顔を歪めてネモフィラ畑を眺める。

今年もネモフィラは見事に丘一面を覆っていた。風が吹くたびに青い花がうねる。まるで紺碧の海だ。海辺を訪れたような錯覚を覚える。潮の匂いがしないのが不思議なほどだった。見事な眺めだ。夏織が好きな風景のひとつ。

しかし、今日はいつもと様子が違った。花畑の中にいくつもの行灯が設置されている。中に閉じ込められているのは幻光蝶。蝶が羽ばたくたびにちらちらと黄みがかった明かりが揺れる。それだけではない。大勢のあやかしたちが丘に集結しつつあった。誰も彼もが提灯を手に歩いている。揃って黒い装いをして丘の頂上を目指していた。

「なあ、ナナシ。なんだこれは……」

わけもわからず連れて来られた東雲は困惑するばかりだ。車椅子を押していたナナシは琥珀色の瞳を細め、どこか意味ありげに笑った。

「別に変なことじゃないわよ。アンタは黙って乗ってればいいの」

「黙ってって……。クソ。人が動けないからって好き勝手しやがって」

東雲の体はすでに衰えきっている。ろくにひとりでは車椅子から立ち上がることすらままならない。介護はありがたいが、どうにもプライドが邪魔をする。それも面倒を見てくれるのが嫌みったらしいナナシともなればなおさらだ。

「夏織はどこ行ったんだよ。夏織は」

苛立ち混じりにブツブツ呟いた。すでに大声で怒鳴る気力もない。ナナシは「だんだんと馬琴の爺さんに似てきたわねえ」と東雲の機嫌を逆なでするようなことを言った。たまらず東雲が仏頂面になっていると、ひょいと顔を覗きこむ。

「湿気た面しちゃって。アンタがそんなんじゃあ、夏織が悲しむわよ」

「は？　なんで夏織が——」

思わず首を傾げていれば、ナナシがある場所を指差した。怪訝に思って視線を向ければ、視界に飛び込んできた光景に息が止まりそうになった。

紺碧の海のただ中に、穢れひとつない白い衣が浮かび上がって見える。

「花嫁……？」

それは白無垢を着た女性の後ろ姿だ。生成りの正絹の白打掛が目に眩しいほどだった。

東雲が到着したことに気がついたのか、わずかに顔をこちらに向ける。だが、角隠しを被っているせいでよく顔が見えない。だのに、東雲はその人物が誰かわかってしまった。当たり前だ、三歳の頃から毎日顔を見て過ごしてきた――大切な娘だ。

「……夏織！」

声をかけると、美しく着飾った娘がしずしずと歩いて来る。透明感のある白い肌に、目にも鮮やかな真っ赤な口紅が映えて見えた。幼かったあの頃の面影はまるでない。美しい。ただただ、美しい大人の女性がそこにいる。

「来てくれてありがと。びっくりした？」

東雲の前に到着すると、夏織はにこりと笑んだ。

――ああ、無理矢理笑ってやがる。本当は泣きたい癖に。

自然と娘の気持ちが理解できた。苦しく思いながらも訊ねる。

「……どういうことだ。説明しろ」

思いのほかぶっきらぼうな声が出てしまった。ちくしょうと内心で毒づいて、ちらりと丘の上を見上げた。頂上で誰かが待っているのが見える。あれはきっと――。

「私と水明の結婚式だって。ナナシと遠近さんが準備してくれたの」

「馬鹿野郎っ！　俺は――……」

まだそこまで許した覚えはねえ、と叫ぼうとした瞬間に咳き込んでしまった。息ができずに顔をしかめていれば、東雲の背中をさすりながらナナシが笑う。

「あらあら。父親の複雑な心境って奴かしら。遅かれ早かれくっつくって自分でも思ってたでしょうに」

声が出せずにジロリとナナシを睨みつけた。だが、渾身の睨みも古女房には通じない。

「隠れ里の職人さんね、生涯で一番の出来だって言ってたわ。アンタのために寝ずに仕上げたんですって。綺麗でしょう？　本当に似合っている」

夏織のまとう白無垢は眩いほどの光沢を持っていた。いつか夏織が嫁入りする日に備えて、東雲が注文しておいた布で仕立てられているらしい。唐糸御前から余命いくばくもないと告げられた時、娘の花嫁姿は見られないと残念に思ったものだ。なのに、まさか目にする日が来ようとは。

ようやく咳が治まった東雲は、しみじみと夏織の姿を眺め、ぽつりとこぼした。

「……ああ」

娘と目を合わせる。どこか不安そうな夏織に言った。

「すごく綺麗だ」

夏織の表情がくしゃりと歪んだ。ふいっと顔を逸らす。泣くまいと必死に耐えているようだ。ハハッと東雲は小さく笑った。婚姻の儀式の前に化粧が崩れたら大変だろう。

瞬間、ナナシが東雲の肩に羽織を掛けた。黒地の紋付き羽織だ。

「花嫁の父親がくたびれた一張羅じゃ恥ずかしいじゃない」

「てめえ……」

「文句なら後でたっぷり聞くわ。ほら……」

「東雲さん」

気がつけば夏織が真横に立っている。手を差し出されて反射的に握った。

「一緒に行ってくれる？」

花婿のところに、という意味だろう。

ぐう、と喉の奥で唸った。ちらりと夏織の顔を見れば、穏やかな表情をしている。

「……………。わ、わかった」

しぶしぶ了承すれば、夏織が嬉しげに笑った。

ナナシに車椅子を押してもらいながら、ゆっくり、ゆっくりと丘を上って行く。

春の風が丘の上を渡っていく。暖かく優しい命の産声を運ぶ風に応えて、ネモフィラがざざ、ざざざざ……と波音のように騒いだ。東雲の眼前を光る蝶が横切っていく。蝶の行方を目で追うと、そこには眩いほどの娘の姿があった。

みずみずしい肌。キラキラ輝く瞳は星空を写し取っている。真っ赤な唇には、東雲が知らなかった夏織自身が持つ色香が垣間見えた。きっと、誰もが夏織を美しいと讃えるだろう。大勢を魅了するに違いない。なにせ、夏織の中には生命力が溢れている。まるで未来そのもののようだ、と東雲は笑んだ。自分には未来はない。それはとても悲しいことのはずなのに——どうしてこう胸が熱いのか。

やがて丘の上に到着した。そこには紋付き袴を着た水明と、父である清玄——。

そして、人魚の肉売りの姿があった。

「お前……」

思わず怪訝な顔をしていれば、一歩前へ進み出た肉売りが口を開いた。

「最後の……本当に最後の確認だよ、東雲」

魚籠から人魚を取り出す。肉売りの緑がかった瞳が不安げにゆらゆら揺れている。

「人魚の肉はなんでも願いを叶えてくれる。……君には、必要かな？」

東雲はしばらく黙りこむと、ふるふるとかぶりを振った。

「いらねえよ。俺に人魚の肉がくれる永遠は必要ない」

肉売りは泣きそうな顔になると、「そっか」と短く答えて踵を返す。とぷん、と手近な影の中に飛び込み姿を消してしまった。代わりに前に進み出たのは清玄だ。しっかり紋付き羽織袴を着込んだ清玄は、東雲に向かって大きく頷いた。

「若いふたりの面倒は私に任せてくれたまえ」

「……おめえにできるのかよ？」

「ハハッ！　厳しい言葉だ。だが確かにそうだね。思えば、私は息子にずいぶんとひどいことをしてきた。だけど……君と違って私には充分すぎるほど時間があってね」

清玄もまた人魚の肉で永遠を得た人物だ。

「時間をかけて信頼を勝ち取っていくよ。いつかはいい父親になってみせる」

「………」

穏やかに語りかけてきた清玄に、東雲はいささか不満そうに唇を尖らせた。

「しゃあねえな。……頼んだ」

手を差し出す。清玄は東雲の手を握り返すと「約束するよ」と笑った。

「東雲」

最後に東雲の前に立ったのは水明だった。透き通るような薄茶色の瞳で東雲をまっすぐ見据えている。表情に不安などは欠片も見えない。無許可で結婚式を断行したわりには肝が据わってやがると内心笑った。

「一発殴っておくか？」

水明が放った予想外の言葉に噴き出しそうになった。

「ハハッ……！　お前なあ」

「殴れば気が済むだろう」

「そうかもしれねえけどな」

ちらりと夏織の様子を覗き見る。ハラハラしているのが丸わかりだ。くすりと笑みをこぼした。正直なところ、水明を殴るほどの膂力が残っていない。

「勘弁してくれ。花婿を花嫁の前で殴ったら一生恨まれそうじゃねえか」

格好をつけてみる。柔らかく目を細めた水明は、その場に膝を突いた。

「幽世に落ちた俺を最初に見つけてくれたのは東雲だったな」

あれは雨が降りしきる夜のことだった。幻光蝶の群れの中心に少年が倒れているのを見つけた時は、幽世での生活が長い東雲もさすがに仰天したものだ。

「ソイツが娘婿になるとは思わなかったがな」

「俺もだ」

水明と笑い合う。やがて真顔になった水明はまっすぐ東雲を見据えた。

「――夏織を幸せにすると誓う」

決意のこもった言葉。東雲は固く口を引き結ぶとたまらず顔を逸らした。

「絶対だぞ。約束を破ったら祟ってやるからな……！」

「望むところだ」

水明は力強く頷いてくれた。だが、なんとも言えないやりきれない思いが満ちてきて思わず俯く。その時、タイミングを見計らったかのようにナナシが口を開いた。

「さあ、そろそろお行きなさい。花嫁がいつまでも父親のそばにいたら駄目よ」

ハッとして顔を上げた。夏織が東雲のそばから離れて行く。とてつもない寂しさがこみ上げてきた。思わず手を伸ばす。

「夏織」

水明の隣に立った夏織は、東雲に向かって微笑んだ。

「東雲さん。……ううん、お父さん」

「か、夏織」

「私を育ててくれてありがとう。いつもそばにいてくれて、愛してくれてありがとう」

「夏織！　ゴホッ……」

再び咳き込みそうになった東雲へ、夏織は大粒の涙を流しながら続けた。

「あやかしは、死んだ後も巡り巡って帰ってくるんだよね？　私、東雲さんが帰ってくるまで待っているから」

予想外の言葉に目を見開く。

「まさか、お前……。人魚の肉を食うつもりか？」

愕然としながら問えば、夏織はふるふると首を横に振った。

「違うよ。待っているのは私じゃない。幽世の貸本屋が潰れないように、私の子どもに引き継いでいくの。そしてその子どもは、店をまた誰かに引き継ぐ。そうしたらきっと、東雲さんが帰ってくるその日まで店は存在しているはず」

夏織は水明に目配せをした。今度は水明が口を開く。

「俺たちは、東雲がしてきた仕事を途切れさせないようにする。日本各地のあやかしのもとへ物語を届け、誰にも知られないまま終わるあやかしがいなくなるように『幽世拾遺集』の刊行も続ける」

「『幽世拾遺集』にはね、永遠に残すべき〝価値〟があると私たちは思ってる」

「手探りで始めることになる。上手く行かないかもしれないが……」

「私たち、頑張るよ。東雲さんがいなくなった後も諦めない。そうすればきっと――」

夏織と水明が微笑み合った。

「永遠の命を手に入れたのと同じだよね。私たちが繋いでいった想いは、遠い未来に戻ってきた東雲さんにも届くはずだもの」

その手は自然と繋がっている。互いを見つめる眼差しには確かな信頼があった。

ふたりが出会った頃は、ただの〝あやかしの娘〟と、ただの〝祓い屋の少年〟だった。

少年少女はいろいろな経験を積み、己の中に種を蒔いて、やがて別のものへと生まれ変わった。誰もが認める貸本屋の次代の姿がそこにある。東雲の中に安堵感が広がっていく。

――ああ。夏織が巣立っちまった。

東雲は静かに涙を流した。次から次へと熱いしずくがこぼれるたびに、夏織と過ごした思い出が脳裏に浮かび上がってくる。本当に大変だった。何度挫けそうになったことか。だけど――それ以上に楽しかった記憶の印象が強い。

『東雲さん！　いつもぐうたらして。無精髭剃ってって言ってるでしょ！』

『執筆お疲れ様。どうする？　ビール一本までなら飲んでもいいよ』

『ねえねえねえ！　希覯本が買えたの！　すごくない？　一緒に読もう！』

夏織はいつだって元気いっぱいで、いつだって信頼のこもった眼差しを向けてくれた。無邪気に笑ったり、怒ったり、時には失敗して東雲に頼ってきたり。

記憶の中の夏織の姿が徐々に幼くなっていく。多感だった十代。無邪気だった幼児期。出会った頃の三歳ほどの年齢になると、東雲は思わず手を伸ばした。

『ママァ……』

小さな小さな夏織は不安で仕方がないという顔をしている。

あの頃の東雲と夏織は、まだまだ〝偽りの親子〟だった。

――大丈夫だ。大丈夫だぞ、夏織……。

手の中に収まるほど小ぶりな頭をぐりぐり撫でてやる。力いっぱい抱きしめてやれば、涙目だった夏織はキョトンと目を瞬いた。

――お前はな、将来こんなに綺麗なお嫁さんになるんだ。頼りになる旦那も見つかる。仲間もいっぱいだ。なにも心配することはねえ。お前の道は希望の未来に繋がってんだ。

幼い夏織の頬が薔薇色に染まった。ぱあ、と顔を輝かせ――。

『ぜんぶ、しのめめがいてくれたからだね！　ありがとう！　だいすき……！』

小さな腕で力いっぱい東雲を抱きしめた。

「さあ、指輪の交換を」

清玄の声が聞こえてハッと顔を上げた。

いつの間にやら婚姻の儀式が進んでいる。現し世では見られない幽世独自の形式だ。あやかしは神に永遠の愛を誓わない。立ち会ってくれた仲間たちに幸福を約束する。

やがて、夏織の指に水明が誓いの指輪を嵌めた――その瞬間。

列席していたあやかしたちが、行灯や提灯の中に入れた幻光蝶を一気に解き放つ。自由を得た蝶たちは、ふわふわと夏織と水明の周りに集まった。ふたりの周囲を舞い飛ぶと、やがて群れとなって空へ帰っていく。まるで光の帯だ。天まで突き抜けた蝶の帯は――新米夫婦の行く末を祝福してくれているようだった。

蝶が作り出す光景に東雲が見蕩れていると、遠くに場違いな格好をした人物がいるのに気がついた。三度笠に縞合羽。今どき珍しい旅装を着た老人だ。その人は目をキラキラ輝かせて蝶の群れを眺めていたかと思うと、そそくさと背を向けて去って行く。きっと、なにかしら創作意欲が刺激されたに違いない。

――馬琴。俺はやったぞ。夏織の父親としてやり遂げた。

誇らしい気持ちでいっぱいになって、泣き笑いを浮かべる。腹の底に今まで積み上げてきた経験という種が、発芽する瞬間を今か今かと待っているのがわかった。

果たして東雲は〝本物〟になれるのか。試練の時はすぐそこだ。

だが今は――美しい光景を目に焼き付けておこう。

東雲は晴れやかな気持ちで笑ったのだった。

＊　＊　＊

東雲さんは新しい夏を迎えることなく生涯を終えた。

あやかしは死を悼まない。魂が巡り巡って戻ってくるのを知っていたし、再び出会えるまで待てるほど長命な者が大半だったからだ。

なのに、東雲さんの死後、貸本屋を大勢のあやかしが弔問に訪れた。東雲さんとの思い出を語り、手向けだと本を借りていく。東雲さんの死を悼む余裕がないくらいの忙しさだった。意気消沈していた私には、ちょうどよかったのかもしれない。客足がようやく落ち着いた時には、すでに秋の気配が濃厚に漂っていて、虫干しだ棚卸しだとまた忙しくなったから。

　水明と一緒に暮らすための準備も進めている。わが家はそう大きくないから、東雲さんの部屋も整理しなければならない。本当は手を付けたくなかった。養父の気配をずっと感じていたかった。だけど、終着点に到着してしまった東雲さんとは違い、私の前にはこれからも進むべき道が続いている。いつまでも放置しておくわけにはいかない。

　——それにしても、東雲さんは〝本物〟になれたのだろうか。

　私の胸の中にはずっと疑問が渦巻いていた。東雲さんが、死の直前まで夢中になってなにかを書き続けていたのは知っている。だけど、遺品を整理していてもそれらしい原稿は見つからなかった。結局、東雲さんは物語を一から創作できたのだろうか。養父の親しい友人たちも知らないらしく、真相は誰にもわからないままだ。

　ある日、水明とふたりで東雲さんの部屋の片付けをしていた時だった。

　押し入れの奥に古びた木箱を見つけた。不思議に思って開けてみる。

「……あっ！　懐かしい」

「ダイダラボッチの件以来だな」

　中に入っていたのは『竹取物語（たけとりものがたり）』だ。ページを繰ると空中に絵が浮かび上がるという特別製で、あまりにも泣き止まない私に困った東雲さんとナナシが作り上げたという一点物。

「ないと思ったらこんな場所に仕舞い込んでたんだ」

懐かしさに胸を熱くしながら本を取り出す。

すると、下にもう一冊本が入っているのを見つけた。

「『幽世貸本屋奇譚（かくりよかしほんやきたん）』……？」

不思議に思いながら表紙を撫でる。作られてから間もないらしい。紙は白く、糊の匂いがした。きっちり装本され、カラーの表紙までつけられている。表紙をまじまじと眺め、たまらず水明と顔を見合わせた。

「なあ、これ。ここの店じゃないか」

「うん……」

水明の言葉に頷く。入り組んだ作りをした古い日本家屋。壁際にはずらりと本棚が並び、あちらこちらで幻光蝶が舞い飛んでいる。東雲さんと過ごした店の雰囲気そのままだ。表題にある『幽世貸本屋』とはまさかうちの店なのだろうか……？

表紙には更に気になる部分があった。

「ねえ、この子たち」

「……似てるな」

表紙にはふたりの人物と一匹が描かれていた。ひとりは本を手にして座る少女。かたわらにふてぶてしい顔をした黒猫を携えている。もうひとりは白髪の少年だ。どこか遠くを見て佇んでいる。

「私たちだよね？　たぶん……」

「黒猫のしっぽが三つ叉でオッドアイだ。たぶん、そうだと思う」

――もしかしたら。

ドキドキしながら表紙をめくった。瞬間、淡い光が本の中から溢れ出す。

この本も『竹取物語』と同じ仕様のようだ。二度と同じものは作れないと言っていたのにと驚きながらも、映し出され始めた物語を眺める。

「…………」

私と水明は言葉を発することもできずに、本が描き出す物語に夢中になった。

内容は、貸本屋を営む少女と幽世に迷い込んできた少年の成長譚だ。

ふたりは日本中を駆け回り、物語を必要としているあやかしたちに本を届け続ける。苦労することもあった。辛いこともあった。だけど――互いを支え合うように寄り添ったふたりは、ひとつひとつの問題を確実に解決していく。

やがて物語は終局を迎えた。ふたりは黒猫と黒い犬と一緒に歩き始める。道の先には眩い光が見えた。彼らは笑顔を浮かべ――果てなく続く道へ足を踏み込む。

「……東雲さん」

物語が終わった時、私の頬は自然と濡れていた。

奥付を指で撫でる。発行年月日は、東雲さんの最期の日から少し前のことだ。

――養父は物語を完成させていた。

その事実に胸が震えて、私はまた涙を溢れさせた。

「頑張ったね……」

ぽつりと呟いて、しかし寂しくも思う。この話が私たちをモデルにしているのは間違いない。なのに、物語の中には東雲さんらしきキャラクターがいなかった。私の人生には東雲さんという存在は欠かせないものなのに。どうしてだろう。自分を登場させるのが恥ずかしかったんだろうか？

本を抱きしめて泣いていると、水明が驚いたように目を見張った。

「夏織」

水明が裏表紙を指している。どうしたのだろうと本を裏返せば――。

「ああ……！」

私はたまらず歓喜の声を上げた。

表紙から続く一枚絵。二匹の烏と紅い斑のある黒犬と一緒に、見慣れた東雲さんの部屋が描かれている。そしてそこには――。

「お父さん」

黙々と執筆を続ける東雲さんの姿があったのだ。

「絵の中でまで執筆してるなんて。フフ……」

笑いながらしゃくり上げる。いろんな感情がこみ上げてきてたまらない。

すると、水明が肩を抱いてくれた。体を預けてしみじみと表紙絵を眺める。一体誰がこんな仕掛けをしたのだろう。よくよく絵を眺めていれば、「T」というサインがあった。

「玉樹か。遠回しだな。アイツらしい」

表紙は玉樹さんが亡くなる前から制作を進めていたのだろう。完成前の物語の表紙を作るだなんて苦労しただろうに。

「すごい。すごいなあ。東雲さんは本当にすごい」

「ああ。そうだな」

私たちは固く手を繋ぎ合った。東雲さんの贈ってくれた物語のように、私たちはこれから手と手を取り合って前へ進まなければならない。

大切な人たちが遺してくれた最後のプレゼント。

私たちはうっとりと目を瞑ると――養父が綴った物語の余韻に浸ったのだった。

最終章　わが家は幽世の貸本屋さん

――時は流れ、流れゆく。時間は誰にも止めることはできない。

現し世では多くの命が生まれ、そして死んでいった。百年もすれば町は様変わりする。人々の価値観すら変わってしまう。何百年も経てばもはや別世界だ。だからこそ、今を生きる人間はその時々を懸命に過ごしている。

だが、現し世と薄紙一枚で隔たれている幽世はそうではない。停滞を好み、ゆっくりとした変化が常である幽世では、たかだか数百年では顔振りも町並みも変わらない。太陽を知らない世界は、今日も今日とて同じような日常を繰り返している。

「らっしゃい！　らっしゃい！」

「今日は魚が安いよ～！　どうだい奥さん。おまけするよ！」

威勢のいい呼び込みが飛び交う幽世の町。大通りは大勢のあやかしたちで賑わっていた。

冬が明けたばかりだ。ようやく雪解けを迎え、棲み家から這い出てきたあやかしたちが、狭い穴倉で溜めた鬱憤（うっぷん）を晴らそうと町中を賑わせている。

そんな往来を下駄をカラコロ鳴らして歩く男がひとり。懐かしげに目を細めながら、あやかしたちの間をゆったりと進む。道行くあやかしたちは、誰も彼もが男を見つけるとソワソワと落ち着かない様子を見せた。しかし、彼に一番に声をかけるのは誰であるべきか知っていたから、静かに男の行く末を見守っている。

やがて男がたどり着いたのは、大通りの外れにある一軒の店だ。繁華街から外れているというのに盛況のようで、人だかりができている。不思議に思った男は店頭を覗きこんだ。入り口の前に大きなワゴンが設置されている。積まれているのは——真新しい本だ。

「大変お待たせしましたっ！　幽世拾遺集の新刊は本日発売だよ〜！」

すると、景気のいい声が男の耳に届いた。驚いて顔を上げると、店の前でひとりの少女が懸命に呼び込みをしている。

「とうとう第三十巻！　記念号には、現し世あやかし界のドン、河童の遠近とみんなご存知ぬらりひょんの対談も収録されてるよっ！　さあ買った買った！」

「オイ、購入じゃなくて貸本で利用したいんだが……」

ひとりのあやかしが声をかける。少女は大きくかぶりを振った。

「ざあんねん。貸本分はもう予約で埋まっちゃいました！　キャンセル待ちをしたいなら、薬屋に回ってちょうだいね！」

少女が店を指差した。どうやら貸本屋と薬屋を併設しているらしい。なるほどな、と男は感心している。

しょり、と無精髭を指で擦る。男は貸本屋をじっくり眺めた。店の奥に黒い毛玉が二匹転がっているのが見える。黒猫と紅い斑のある犬だ。仲睦まじい様子で寄り添っていたかと思うと、黒猫の機嫌を損ねたのか、犬は強烈な猫パンチを見舞われていた。薬屋を見遣れば、鮮やかな緑色の髪をした男が客と駄弁っている。隣でせっせと薬を調合している少年は、貸本屋の店頭で呼び込みをしている少女と面影が似ていた。きょうだいだろうか？

男は笑いを浮かべると、おもむろに少女へ近づいて行った。

「……おっ！　見たことのない顔ですねっ！」

少女は男の存在に気がつくと笑顔を浮かべた。人懐っこそうな印象がある。

「おじさん、貸本屋の利用は初めて？　大丈夫？　あたしが説明してあげようか？」

栗色の瞳をキラキラ輝かせ、男を見上げている。興奮で顔を染めてウズウズと落ち着かない様子だ。どうやら店を紹介したくてしたくてたまらないらしい。

「今の時代じゃ、本を読まないと流行に乗り遅れるよ。あやかしだって本を山ほど読む時代なんだから！」

少女の言葉に男はわずかに目を見開いた。すると、店の奥に居た毛玉たちと目が合った。ブワッと毛を膨らませた二匹が慌てて立ち上がる。更には人だかりの向こうから、苛立った声が聞こえた。

「急いでるんだ。どいてくれないか。ええい、紳士たる私の行き先を遮るんじゃない！」

「あ、現し世あやかし界のドンだ」

「そんな色気のない名で私を呼ぶなっ‼　そこの双子。手伝ってくれ！」

「「あいあいさー！」」

途端、どっかん！　と派手な音がした。巻き込まれたあやかしが吹き飛ばされていく。

しかし、騒動に少女は動揺ひとつ見せなかった。おそらく日常茶飯事なのだろう。

男はおかしげに笑うと、少女の頭をポンと叩いた。

「……ああ。頼む。ここはどういう店なんだ？」

ぱあっと顔を輝かせた少女は、コホンと小さく咳払いをした。

「ここは、初代曲亭馬琴、次代東雲、三代目村本（もらもと）夏織が作り上げた幽世唯一の貸本屋です！　もちろん本の品揃えも幽世で一番！　面白い本が読みたいっ！　泣ける話でさっぱりしたいっ！　本がないと夜も眠れない！　そんな時に必要な店。……そうっ！」

最後ににっこり太陽みたいに笑うと――どこか誇らしげにこう言った。

「お探しの本はございますか？　本のご用命は、ぜひ幽世の貸本屋でどうぞ……！」

――ああ。アイツもおんなじこと言ってたなあ。

男はじわりと喜色を滲ませると「いい本を頼む」と満面の笑みを浮かべたのだった。

了

あとがき

こんにちは。忍丸です。「わが家は幽世の貸本屋さん—無二の親子と永遠の約束—」をお読みいただきまして、誠にありがとうございます！

とうとう最終巻と相成りました。正直、こんなに巻数を重ねられるとは思っていませんでした。初めてのキャラ文芸作品でしたし、新レーベルの創刊タイトルというのもあって、発売当初は不安でいっぱいだったのを覚えています。それが、なんやかやと六巻まで続けられたのは、読者のみなさまと担当編集の佐藤さん、イラストの六七質先生をはじめ、様々なみなさまに助けられつつも執筆を続けられたからです。本当に感謝しています。

編集さんと手探り状態で始めた今作ですが、とりあえずは書きたいものを一通り描けたかな……と思っています。思えば、一巻から全力で駆け抜けたのが貸本屋さんでした。彼らの〝閑話〟という場所を使って、キャラクターの掘り下げもじっくりしてきました。彼らの背景は、私が想像していた以上に深く、時に昏かったり明るかったり……と、毎巻本当に苦労させられたものです。ここまで読んでいかがでしたでしょうか。〝閑話〟によって、彼らをより深く知り、夏織や水明、にゃあ、金目銀目、ナナシ、東雲……彼らをもっともっと好きになってくれたら、作者冥利に尽きますね。

小説とは、作家が登場人物の人生の一部を〝切り取り〟、みなさまにお披露目することだと思っています。夏織と水明の出会いから始まり、そして今巻のクライマックスまで……私が描いていない部分でも、夏織たちの時間は延々と流れていて、私はその一部分をお借りしただけなんです。

だから、物語の完結後も夏織たちには新しい人生が待っています。きっといろんな苦労があるのでしょう。喜ばしいことも、悲しいことも、苦しいことも。眠れない夜もあるに違いありません。なにせ〝ライフイベント〟は誰にでも訪れるんですから。しかも、遠近が言うとおり逃げ出したら碌なことにならない。夏織は逃げ出したい気持ちでいっぱいになりながらも、歯を食いしばって前へ進んで行くんでしょうね。でも、その先には光に溢れた未来が待っています。そう……まさに東雲が描いた物語のクライマックスのように。

〝ライフイベント〟は読者のみなさまのもとへも平等に訪れます。苦しいな、しんどいな、もう駄目かもな……と思った時、ふと夏織たちのことを思い出してくださると嬉しいです。

頑張らなくてもいいんだよ、という優しい言葉が尊ばれる昨今のように思いますが、踏ん張らないといけない時は必ず来ます。涙をこぼしながらも、夏織は自分なりに前に進んでいきました。彼女の選んだ選択肢は本当に正しかったのか。亀比売のように後悔する人生になるのか……結果は夏織自身にしかわかりませんが、同じような悩みを読者のみなさまが抱えた時、彼女の決断が手助けになれれば幸いです。

さてさて。いつものように謝辞を。

担当編集の佐藤さんには本当にお世話になりました。書きたいテーマはありつつも、どうにもふわっとして緩みがちな私の作品をここまで導いてくださったのが佐藤さんでした。なんだかんだ自由にやらせてもらったように思いますし、だけど苦しい時はいつだって力になってくれました。ことのは文庫の立ち上げから一緒に歩んできた日々は、私にとってとても貴重な経験となりました。ぜひこれからもお仕事を一緒にできるよう、私自身も磨いて参りますので、どうぞ今後ともよろしくお願いします。

貸本屋さんのサブタイトルは、いつも佐藤さんと一緒に決めていたんです。感謝の気持ちを込めて、それと諸々の伏線回収を含め、六巻には今までのサブタイが織り込まれています。どこがどうなっているのか、読み返した時にでも探してくださると嬉しいです。

最終巻、今回も六七質先生にイラストを担当いただきました。六巻の表紙は、まるで貸本屋さんの物語の集大成のようで……本当に感動しました。ありがとうございます！

お気づきの皆さんもいるかと思いますが、実は「幽世貸本屋奇譚」……東雲が最期に残した本の表紙は、六七質先生が描いてくださった一巻の表紙です。以前、六七質先生が「東雲の仕事場を覗き見するような感じになりましたね」とおっしゃってくださったのが、ずっと頭に残っていて、ああいう展開となりました。この物語は六七質先生のイラストあってのものです。本当に感謝していますし、すべての始まりのきっかけとなった一巻の表紙を作品に織り込めたのも、やはり六七質先生のおかげです。感謝してもしきれません。

貸本屋さんはマイクロマガジン社のパワフルな営業さんにも支えられた作品でした。書店様に熱烈にプッシュしてくださったお陰でここまで巻を重ねられたのだと思います。本当にありがとうございました！

同時に、書店員のみなさまや読者様にも感謝を。NetGalley というレビューサイトに大勢の方がコメントを寄せてくださいました。それがどれだけ執筆中の励みになったか！貸本屋さんは、いつも応援してくれるみなさまへの恩返しの気持ちを込めて作られています。物語にこめられた私の気持ちを受け取ってくださると幸いです。

さてさて、今巻が最後……と言いつつも、実はもう一冊。短編集を予定しております。来春発売予定です。夏織たちのその後についてや、脇役含めた彼や彼女たちの活躍を描けたらなあと思っています。発売をどうぞお楽しみに！

金木犀が二度咲いた秋に　忍丸

参考文献・資料一覧

『アイヌ童話集』金田一京助　荒木田家寿　角川ソフィア文庫
『アイヌの昔話』萱野茂　平凡社ライブラリー
『アイヌ文化で読み解く「ゴールデンカムイ」』中川裕　野田サトル イラスト　集英社新書
『アイヌ民譚集　付，えぞおばけ列伝』知里真志保 編訳　岩波文庫
『カラー版　1時間でわかるアイヌの文化と歴史』瀬川拓郎 監修　宝島社新書
『江戸三〇〇年吉原のしきたり』渡辺憲司 監修　青春新書インテリジェンス
『怪談・奇談』小泉八雲　平川祐弘 編　講談社学術文庫
『貸本小説』末永昭二　アスペクト
『貸本屋のぼくはマンガに夢中だった』長谷川裕　草思社
『鳥山石燕　画図百鬼夜行全画集』鳥山石燕　角川ソフィア文庫
『神、人を喰う　人身御供の民俗学』六車由実　新曜社
『神隠し・隠れ里　柳田国男傑作選』柳田国男　大塚英志 編　角川ソフィア文庫
『【改訂新版】狐の日本史――古代・中世びとの祈りと呪術』中村禎里　戎光祥出版
『暮しの中の妖怪たち』岩井宏實　河出文庫
『シャーロック・ホームズの思い出』コナン・ドイル　延原謙 訳　新潮文庫

『図説　本の歴史』樺山紘一編　ふくろうの本

『精選 折口信夫　第Ⅰ巻　異郷論・祭祀論』
折口信夫　岡野弘彦編　長谷川政春解題　慶應義塾大学出版会

『全国妖怪事典』千葉幹夫編　講談社学術文庫

『中国の神獣・悪鬼たち　山海経の世界（増補改訂版）』
伊藤清司　慶應義塾大学古代中国研究会編　東方選書

『青森『津軽』太宰治』太宰治　名作旅訳文庫

『動物たちの日本史』中村禎里　海鳴社

『日本の七十二候を楽しむ―旧暦のある暮らし―増補新装版』白井明大　有賀一広絵　角川書店

『日本印刷文化史』印刷博物館編　講談社

『日本人の動物観―変身譚の歴史』中村禎里　ビイング・ネット・プレス

『日本俗信辞典　動物編』鈴木棠三　角川ソフィア文庫

『日本の伝説25　青森の伝説』森山泰太郎　北彰介　角川書店

『日本の妖怪』小松和彦監修　飯倉義之監修　宝島SUGOI文庫

『日本妖怪異聞録』小松和彦　講談社学術文庫

『改訂・携帯版　日本妖怪大事典』村上健司 編著　水木しげる 画　角川文庫
『日本恋愛思想史　記紀万葉から現代まで』小谷野敦　中公新書
『復元 白沢図　古代中国の妖怪と辟邪文化』佐々木聡　白澤社
『星の王子さま』サン＝テグジュペリ　河野万里子 訳　新潮文庫
『「本をつくる」という仕事』稲泉連　ちくま文庫
『幻の漂泊民・サンカ』沖浦和光　文春文庫
『山に生きる人びと』宮本常一　河出文庫
『山の神　易・五行と日本の原始蛇信仰』吉野裕子　講談社学術文庫
『遊女Ⅰ――廓――』中野栄三　雄山閣アーカイブス

ことのは文庫

わが家は幽世の貸本屋さん
—無二の親子と永遠の約束—

2021年11月28日　初版発行

著者　忍丸

発行人　子安喜美子

編集　佐藤　理

印刷所　株式会社広済堂ネクスト

発行　株式会社マイクロマガジン社

URL：https://micromagazine.co.jp/

〒104-0041

東京都中央区新富1-3-7 ヨドコウビル

TEL.03-3206-1641 FAX.03-3551-1208（販売部）

TEL.03-3551-9563 FAX.03-3297-0180（編集部）

本書は、小説投稿サイト「エブリスタ」（https://estar.jp/）に掲載されていた作品を、加筆・修正の上、書籍化したものです。

定価はカバーに印刷されています。

ISBN978-4-86716-207-1　C0193

乱丁、落丁本はお取り替えいたします。